LE CHEVALIER DÉLOYAL

ROIS DE LA RUE

TOME 3

SIENNA SNOW

LE CHEVALIER DELOYAL

SIENNA SNOW

1

L ondres, huit mois plus tôt
Reyhan

— *Si vous vous faites prendre avec ça, vous serez seul*, dit Cora Hass en allemand à son ancien patron, Rex Busch, qui l'approcha non loin d'un magasin de quartier dans la banlieue de Brixton.

Je l'avais suivie pendant plus d'une heure sans qu'elle s'en rende compte, ce qui signifiait que l'épuisement dû à la course avait finalement fait son œuvre.

Heureusement pour moi, j'avais enfin capturé ma proie.

Cora Hass, ou plutôt Lillian « Lilly » Lennox, finirait la journée en sachant que le destin l'avait placée sur le chemin de l'homme qu'elle aurait dû espérer ne plus jamais revoir.

J'étais surpris de voir qu'elle avait choisi ce quartier de Londres pour la livraison. Il devait y avoir une raison. Personne n'oserait s'aventurer dans ce quartier sans avoir de renforts.

Bon sang ! Ma propre équipe avait les yeux rivés sur moi en ce moment même.

— *Je connais la marche à suivre*, répondit Rex, qui lui prit la boîte cadeau et l'ouvrit. *Et je sais comment fonctionnent les affaires.*

Elle ajusta la casquette sur ses oreilles et étudia l'apparence de Rex, et je ne pus m'empêcher de sourire devant le dégoût qui se lisait sur son visage. Elle aurait dû l'avertir de s'habiller de façon un peu plus décontractée pour la livraison.

S'ils avaient été à Berlin, il aurait pu passer pour n'importe quel autre homme aisé d'une trentaine d'années. Mais dans ce quartier, il faisait tache.

Lilly, Lilly, Lilly. Tu devrais savoir qu'il ne faut pas travailler avec des abrutis.

D'un autre côté, ledit abruti se croyait peut-être la crème de la crème en matière d'espionnage. Cet enfoiré ignorait que nous le surveillions depuis des années et que nous attendions.

Ou peut-être cela faisait-il partie du plan : elle voulait que les gens le remarquent. Qu'il sorte du lot. Que les gens du coin sachent qu'il y avait un intrus parmi eux.

Elle, en revanche, se fondait parfaitement dans le décor. Elle portait des vêtements usagés et ordinaires, légèrement sales, et ses cheveux autrefois blonds étaient recouverts par une large casquette. Et, sauf erreur de ma part, elle portait des lentilles de contact noires ou brunes. Dans ce quartier, être reconnu n'était pas une bonne chose.

— Je veux m'assurer que vous compreniez que c'est vous qui assumerez toutes les conséquences.

— Compris, répondit-il, étudiant l'appareil enveloppé dans du coton avant de hocher la tête en souriant. *C'est incroyable qu'une chose aussi discrète puisse causer autant de chaos.*

— C'est l'histoire de ma vie.

— Parfois, un peu de chaos ne fait pas de mal.

Cet homme était une vraie merde. Au mieux, il détestait Lilly. Le simple fait qu'il la rencontre aujourd'hui montrait à quel point il était désespéré.

Et à en croire les lèvres pincées de Lilly, elle en était parfaitement consciente, mais elle se plierait à cette comédie jusqu'à ce qu'elle reçoive le paiement sur son compte.

Busch avait le don de sous-estimer son intelligence. Un jour, il le regretterait. D'un autre côté, il avait quitté le confort et la sécurité de son bureau au BND, le service fédéral de renseignement allemand pour rencontrer Lilly.

Il n'avait aucune idée des ennuis qu'il venait de s'attirer en franchissant des frontières internationales.

Bon sang ! J'avais hâte de l'emmener dans une salle d'interrogatoire.

À la seconde où la livraison serait terminée, mon équipe serait là pour récupérer cet imbécile.

— *La flatterie vous mènera partout*, dit-elle, soulevant le poignet pour tapoter l'écran de sa montre. *Facture envoyée.*

Il sortit à son tour son téléphone et tapa quelque chose.

— *Paiement transféré.*

Quelques secondes plus tard, elle reçut une alerte sur sa montre. Elle saisit rapidement un code et inclina la tête.

— *Dispositif activé. Comme toujours, c'est un plaisir de collaborer avec vous.*

Alors qu'elle se décalait pour le dépasser et prendre la direction du métro londonien, il dit :

— *Je pourrais vous donner dix fois plus de travail si vous reveniez à Berlin.*

— *Je n'ai pas besoin de travail*, répondit-elle avant d'ajouter avec une pointe d'amertume, *en plus, je ne pourrais jamais revenir. Vous vous en êtes assuré. Avez-vous oublié que j'ai une cible sur la tête ? Ou que vous avez essayé de me tuer ?*

— *Et si je disais que j'ai les moyens d'effacer votre dossier en guise d'excuses ?*

— *La dernière chose que je ferais serait de croire un traître mot de ce que vous avez à dire, Rex Busch.*

— *Vous devriez écouter mon offre en entier.*

Elle pencha la tête sur le côté, lui jetant un regard si dédaigneux que Busch n'eut aucun doute sur les sentiments qu'elle éprouvait à son égard.

— *Je ne devrais rien faire du tout.*

— *Pourquoi êtes-vous venue aujourd'hui ?*

— *Parce que j'aime voir le désespoir sur le visage d'un homme. C'est apaisant. Je ne m'en lasserai jamais.*

Busch lui attrapa le bras en une prise qui semblait douloureuse.

— *Vous êtes une garce, Cora Hass.*

— *Oui, c'est vrai. Mais c'est vous qui m'avez contactée par des voies détournées qui pourraient vous attirer un paquet d'ennuis, qui m'avez remis de l'argent provenant d'un fonds qui ne devrait pas exister, avant de vous envoler vers un autre pays pour vous procurer mon produit. Je suis la garce que vous pensiez pouvoir jeter et dont vous avez maintenant besoin pour continuer à faire tourner votre monde illégal du commerce de l'information.*

Oh, Lilly, tu sais comment frapper un homme et lui faire mal, surtout Rex Busch. Son ego était sa faiblesse. La dernière chose qu'il voulait, c'était qu'on lui rappelle qu'il était un criminel tout autant qu'elle.

En fait, il l'était même encore plus.

Lilly était-elle au courant que son ancien patron était également un trafiquant d'êtres humains ? J'en doutais fortement. Les hommes comme lui dissimulaient ce genre de choses, surtout aux femmes comme elle.

L'une des rares qualités rédemptrices de Lilly Lennox était son dégoût pour ceux qui s'en prenaient aux innocents. Son alias se démenait pour dénoncer toute personne impliquée dans le monde de la traite des êtres humains.

D'abord, je m'occuperais de Busch, puis de Lilly.

Ses crimes à elle étaient d'un autre ordre. D'ordre personnel. Elle avait failli me coûter la vie. Mais je patienterais encore un peu.

— *Ce n'est pas comme si vous ne faisiez pas un énorme béné-*

fice avec cet arrangement, dit Busch. *La rumeur dit que vous bossez en freelance pour des individus dangereux quand l'argent se tarit.*

— *Mon argent ne se tarit jamais, surtout quand des gens comme vous ont constamment besoin de l'aide de criminels comme moi.*

Elle battit des cils une seconde, puis baissa les yeux sur la main accrochée à son bras. Elle haussa un sourcil.

— *Je laisserais tomber si j'étais vous. Vous pourriez avoir l'usage de cette partie du corps à l'avenir.*

Lilly ressemblait à une élégante ballerine avec ses longues jambes et sa silhouette légère, mais je l'avais déjà vue projeter au sol des hommes cinq fois plus grands qu'elle en un clin d'œil.

— *J'ai besoin que vous reveniez.*

Elle secoua son bras.

— *J'étais inutile et personne ne se souciait de ce qui m'arrivait. N'est-ce pas ce que vous avez dit quand tout s'est effondré ? Non, attendez… vous avez dit que l'agence goberait n'importe quelle histoire que vous leur raconteriez à mon sujet, et que je n'avais donc d'autre choix que de faire ce que vous me disiez. Ou bien était-ce « à partir de maintenant, la mort sera l'expérience la plus facile que vous vivrez » ?*

Ça, c'était nouveau.

Je n'allais pas changer mes plans pour l'un ou l'autre, mais l'information était la clé de toute cette entreprise.

— *Vous avez commis une erreur de débutante, et elle a eu des conséquences. Mais ne laissez pas cela dicter votre avenir.*

Nous travaillions bien ensemble avant que vous vous déconcentriez.

J'avais le sentiment de savoir quelle était cette erreur de débutante.

Moi.

— *Mon avenir est très confortable, surtout maintenant que je suis plus riche de plusieurs millions.*

— *Je pourrais glisser votre nom dans les bonnes oreilles, et la CIA apprendrait où se trouve la femme qui a séduit puis abattu l'un de ses agents. D'autant plus que de nombreuses agences sont toujours à la recherche du petit génie de la technologie dont personne ne s'est rendu compte qu'il s'agissait d'un serpent.*

Et... j'avais raison.

De la rage passa sur son visage avant qu'elle ne la chasse. C'était intéressant. Peut-être avais-je représenté plus à ses yeux que je ne le croyais.

— *Est-ce une menace ?*

— *Même si c'en était une, je doute que vous en ayez quelque chose à faire. Disons qu'il s'agit d'un avertissement amical.*

— *Pour commencer, vous ignorez où je me trouve. Vous pensez vraiment que je vis dans ce quartier ? Une fois que nous en aurons terminé ici, ne vous attendez pas à me revoir. Ensuite, vous avez besoin qu'on vous rafraîchisse la mémoire. C'est vous qui êtes à l'origine de toute cette merde. Vous avez ciblé cet agent parce que vous aviez du mal à croire que quelqu'un comme lui puisse vouloir plus qu'un coup occasionnel avec l'intello que je suis. Vous pensiez qu'en mettant le contrat sur lui, la CIA cesserait de se concentrer sur vous pour reporter son attention sur moi.*

Tout en moi se figea. C'était donc Busch, le commanditaire. Alors pourquoi était-elle tombée dans son piège ?

Peu importe… elle avait quand même appuyé sur la détente et m'avait blessé.

— *Je vous avais dit de ne pas vous impliquer avec aucun des Américains. Vous vous êtes déconcentrée, et j'ai dû attirer votre attention.*

— *Ce que je faisais pendant mon temps libre ne vous regardait pas.*

— *Si vous aviez couché avec lui et que vous en étiez restée là, je m'en serais moqué. Il fallait que vous appreniez la leçon. Il n'y a pas de jolie maison avec une jolie barrière blanche pour les gens comme vous. Faites le travail, ou assumez les conséquences.*

— *Si je tombe, vous tombez aussi. Ne jouez pas au con avec moi.*

— *Vous ne me faites pas peur, fillette.*

— *Vous devriez pourtant me craindre. N'oubliez pas que c'est moi qui ai un moyen de pression.*

— *Quel moyen de pression ?*

— *Disons que vous m'avez volé un ensemble de micropuces et que vous pensiez que je ne l'avais pas remarqué. Les choses se sont-elles déroulées comme vous l'aviez prévu lorsque vous avez utilisé le logiciel ?* demanda-t-elle avec un sourire calculé, puis elle fit claquer sa langue et secoua la tête. *En plus de bousiller votre système, j'ai observé tout ce que vous avez fait à partir de ce moment-là. Du trafic, Rex. Vraiment ? Vous le savez, pourtant. C'est carrément inacceptable, même pour nous, les méchants.*

Elle était donc au courant de ses autres activités. Les choses allaient devenir intéressantes.

Le teint de Rex devint rouge, et il ramena Lilly vers lui, rapprochant son visage du sien.

— *Qui êtes-vous ?* demanda-t-il en serrant les dents.

Elle sourit, soutenant son regard.

— *Cora Hass. Une femme sur la liste des personnes les plus recherchées par la CIA, Interpol et le BND à cause de vous. Et une légende sur le dark web. Je suis une dure à cuire.*

À ce moment-là, un SUV noir s'arrêta le long du trottoir, et un groupe d'hommes et de femmes en sortit. Ils portaient des vêtements semblables à ceux des habitants du quartier, mais se déplaçaient comme des agents entraînés.

Bon sang, mais qui étaient-ils ?

Je sortis mon téléphone pour envoyer un code à mon équipe, leur demandant d'intercepter, si possible. Quelques secondes plus tard, je reçus une réponse disant qu'ils ne pouvaient pas intervenir sans faire de grabuge.

Elle ne pouvait pas faire échouer deux fois la même opération pour moi ! Je serrai les dents, puis soufflai, tâchant de me calmer.

Bon sang, Cora. *Lilly.* Merde !

— *Il est temps de me lâcher, Rex. J'ai un avion à prendre et une plage qui m'attend.*

Lilly adressa un signe de tête à l'un des hommes du groupe, qui éloigna Busch d'elle en l'attrapant par le cou.

— *Vous m'avez piégé. Vous m'avez fait quitter l'Allemagne pour ça,* l'accusa Busch.

Lilly se pencha vers lui.

— *Tout comme vous m'avez piégée. Tout comme vous m'avez forcée à tirer sur un innocent pour sauver votre peau. En matière de vengeance, il ne faut jamais vous imaginer que les femmes ne sont pas aussi impitoyables que les hommes. Souvent, nous sommes pires. Vous vous êtes foutu de moi de tant de façons que même après mille vies, je ne vous pardonnerais pas. Ce n'est que la partie émergée de l'iceberg de ce que je veux vous faire. Bonne chance pour votre interrogatoire. Vous en aurez besoin.*

Sur ces mots, elle se dirigea en trottinant vers la station de métro et disparut dans les escaliers. Le temps que je reporte mon attention sur Rex, le groupe l'avait déjà emmené et s'insérait dans la circulation.

Qui était-ce ?

J'envoyai à mon équipe le signal pour qu'elle suive le véhicule transportant Busch et je quittai ma position. J'empruntai un autre escalier pour entrer dans le métro, et j'arrivai sur le palier à temps pour voir Lilly faire une pause, comme pour reprendre son souffle.

Ses lèvres tremblaient, et elle plaqua ses mains sur ses yeux.

Ce devait être épuisant d'être toujours en fuite, de ne jamais se sentir en sécurité, de savoir que son passé était constamment à sa recherche.

Elle pensait pouvoir repartir à zéro ailleurs, faire comme si ses péchés étaient oubliés.

Cela n'arriverait pas.

Je connaissais son vrai nom. Je connaissais son histoire.

Bon sang, je connaissais tout d'elle ! J'avais un plan pour elle, et elle allait le suivre, que cela lui plaise ou non.

J'étais son passé, son présent et son foutu avenir. Oui, j'avais l'air d'un abruti aigri, et c'était peut-être le cas.

Avec elle, j'avais cru que le gamin des rues endurci d'un quartier pauvre de New York avait trouvé l'âme sœur. *Imbécile.*

Après s'être calmée, elle se redressa et traversa les tourniquets et les couloirs jusqu'à atteindre le bon quai. Elle monta dans le train, se dirigea vers l'arrière, et prit un siège qui lui permettrait de voir tout le monde.

Dommage, je jouais à ce petit jeu depuis plus longtemps et je savais comment rester dans l'ombre. Mes douze années comparées à ses missions ponctuelles pour le BND faisaient d'elle, au mieux, une novice.

Quoique la novice m'avait porté un coup dur.

Dès le début, j'aurais dû savoir qu'elle serait source de problèmes. Elle avait cette vulnérabilité sous-jacente qui m'avait attiré. Elle le cachait sous les apparences d'une femme d'affaires dure et sans état d'âme. Mais ses yeux gris tempête racontaient l'histoire obsédante de choses qu'elle avait vues et faites.

Dans notre branche, nous faisons tous des expériences que nous aurions préféré oublier. Les horreurs que j'avais vues dans les rues sales de New York quand j'étais gamin auraient pu faire vomir un adulte.

Repoussant les souvenirs, je l'étudiai.

Personne n'aurait pu deviner qu'elle était la fille unique

de Joseph Lennox, un chef mafieux allemand à l'influence exceptionnelle, férue d'art et libre penseuse. Personne n'aurait deviné qu'elle était capable de dire à un homme qu'elle l'aimait et de lui tirer dessus la seconde d'après.

Alors que le train s'arrêtait et que Lilly se levait pour partir, je reçus un message m'informant que mon équipe avait perdu la trace de la camionnette transportant Busch.

Je me pinçai l'arête du nez.

Cette femme pouvait me la faire à l'envers sans même essayer.

Lilly frotta ses mains l'une contre l'autre pour se réchauffer, puis les fourra dans ses poches en sortant du métro, et traversa la rue.

Restant à bonne distance derrière elle, je la vis emprunter une petite rue qui menait à une rangée de maisons de ville luxueuses. À ce stade, les choses allaient se compliquer.

Lilly n'avait pas choisi un quartier ordinaire à Londres. Son choix s'était porté sur une rue cossue de Richmond où la sécurité était assurée par le gouvernement.

Mais, heureusement pour moi, j'avais les compétences nécessaires pour faire face à ce genre de situation. Quinze minutes plus tard, je me glissais par la lucarne de la chambre de Lilly.

Des pas résonnèrent dans l'escalier de bois quelques secondes avant que Lilly n'apparaisse, le téléphone à l'oreille.

— Je n'ai pas droit à un jour ou deux ? demanda-t-elle à

son interlocuteur en retirant sa casquette, révélant de longs cheveux bruns.

Elle ôta sa veste et laissa échapper un soupir résigné.

— Très bien, je te retrouve à la tanière. Laisse-moi prendre une douche. Je dois laver la puanteur de cette ordure de ma peau.

Après avoir raccroché, elle jeta le téléphone sur son lit et s'assit au bout. Elle ferma les yeux, se passa les mains sur le visage, puis retira ses lentilles de contact et les jeta dans une corbeille à papier proche. Ensuite, elle retira ses chaussures et passa son t-shirt par-dessus sa tête.

Elle s'étira en se levant du lit, mais s'arrêta sur le seuil de la salle de bains, tournant la tête légèrement sur la gauche.

Je ne pus m'empêcher de sourire.

C'est ça, Lilly. Tu le sens, n'est-ce pas ?

Avant que je ne sorte de l'ombre des rideaux, Lilly pivota, tira l'arme qu'elle portait à la taille, et la pointa sur moi.

— Bonjour, mon amour. Je suppose que tu ne t'attendais pas à une visite de ma part.

2

L^{illy}

Mon pouls martelait mes oreilles tandis que je fixais les yeux dorés de l'homme qui hantait chacune de mes pensées.

Je n'avais qu'une envie, tendre la main et toucher son magnifique visage.

Il était en bonne santé et respirait. La dernière fois que j'avais été aussi proche de lui, je l'avais laissé en sang dans une ruelle.

Oh, mon Dieu ! Mais que faisait-il ici ? Il ne pouvait pas rester près de moi. Ce n'était pas prudent. Tout ce que j'avais perdu, tout ce que j'avais sacrifié l'aurait été en vain.

Reste calme, Lilly. Trouve ce qu'il veut, et fais-le sortir d'ici avant que quelqu'un ne s'en aperçoive.

— Tu n'as pas de réponse pour l'homme que tu prétendais aimer ?

Mes mains tremblèrent sur le pistolet pendant une fraction de seconde, et je savais qu'il l'avait remarqué.

— Comment m'as-tu trouvée ?

Il s'avança vers moi, et, sans hésiter, je relevai mon arme et écartai les jambes, me préparant pour ce qu'il avait prévu.

— Reste là où tu es.

— Pourquoi ?

Il souleva son t-shirt, dévoilant sa taille nue et les cicatrices laissées par les blessures par balles.

Mon ventre se noua, et je ne pus m'empêcher de déglutir. Je ne pouvais pas oublier que tirer sur Rey lui avait sauvé la vie.

Il baissa le nez, remarquant l'endroit où mes yeux s'attardaient.

— Est-ce que ça te fait mal de voir ça ? Ou regrettes-tu de n'avoir pas terminé le travail ?

Il ne me croirait jamais, même s'il connaissait la vérité. J'avais tué une partie de mon âme en appuyant sur la détente.

Il avait été mon unique bonheur au cours des trois années que j'avais passées sous couverture, à ce point impliquée que j'en avais presque oublié mon vrai nom. J'avais dû devenir le méchant contre lequel je me battais.

Ce temps volé ensemble avait plus d'importance pour

moi qu'il ne le saurait jamais. Et cela m'avait coûté très cher. Cela continuerait, surtout si Rey restait ici.

Mais les ennemis qui me voulaient aujourd'hui n'étaient pas les mêmes que j'avais infiltrés pour les vaincre, mais ceux que j'avais prévu d'éliminer bien avant que cet homme n'entre dans ma vie.

Solon. Le Solon européen, pour être exact.

Cette même organisation que j'avais rejointe à l'âge de dix-huit ans en croyant qu'ils étaient les gentils, pour découvrir des années trop tard que la cupidité et la corruption s'étaient infiltrées dans presque tous les aspects de l'organisation.

Je fis taire le chaos des émotions qui m'envahissaient et lui ordonnai :

— Réponds à cette foutue question. Comment m'as-tu trouvée ?

— Est-ce que c'est important ? Le fait est que je t'ai trouvée.

— Qu'est-ce que tu attends de moi ?

Un sourire calculé effleura ses lèvres et il pencha la tête sur le côté.

Son regard parcourut mon corps de haut en bas avant de se poser à nouveau sur mon visage.

— C'est une question tendancieuse. Nous pouvons commencer par des réponses. Ensuite, nous passerons à la pénitence.

— Des réponses à quoi ?

— Première question, sais-tu qui je suis ?

Oui, je savais qui il était, mais j'avais découvert la vérité après que tout s'était effondré et que j'avais dû recoller les morceaux.

— Shay Decker.

Je gardai l'arme braquée sur lui et lui répondis en me servant de son pseudonyme au lieu de son vrai nom.

Dès que j'avais rencontré l'agent américain de la CIA aux yeux ambrés, j'avais su qu'il ne s'appelait pas Shay Decker. Sa façon de se présenter l'avait trahi.

C'était mon travail de déchiffrer les gens, et je m'y étais entraînée dès l'âge de dix-huit ans. Il était tellement sûr de lui que cela me hérissait. Parfois, je me demandais s'il m'aurait même remarquée si je ne lui avais pas dit en face qu'il devait modérer son arrogance s'il voulait que les gens croient à sa couverture. Mais, d'un autre côté, « Shay » m'avait surprise un soir où Rex m'avait énervée, et où je n'avais plus aucun filtre.

— Je ne parle pas de celui que l'agence m'a donné, répliqua-t-il avec un regard noir.

Je gardai le silence.

Découvrir son vrai nom n'avait pas été chose facile, mais j'y étais parvenue. Il m'avait fallu pénétrer dans les dossiers cryptés de la CIA pour connaître sa véritable identité.

Reyhan King.

Non seulement j'avais eu une aventure avec un agent de la CIA, mais Rey se trouvait être l'un des célèbres frères King, un groupe d'hommes qui faisaient office d'intermédiaires entre les éléments peu recommandables du monde et la société convenable.

Je savais les choisir, pas de doute.

— Cela ne fonctionnera que si tu coopères.

Au lieu de répondre, je posai ma propre question.

— Tu es en colère parce que je connais ton vrai nom ? Ou parce que tu as découvert que le mien n'est pas Cora ?

— Tu savais pour moi quand on s'envoyait en l'air ?

Il parlait d'un ton froid, comme si cela n'avait rien signifié. Peut-être que les séquelles avaient tué tout ce qu'il avait pu ressentir pour moi, tandis que seuls les souvenirs de l'amour que nous avions partagé m'avaient maintenu en vie au cours de l'année écoulée.

J'affichai un visage aussi impassible que le sien.

— Non. Je l'ai appris plus tard.

— C'est déjà ça.

Il fit un pas vers moi, et je me préparai à ce qu'il allait faire.

Je l'avais vu s'entraîner suffisamment souvent pour savoir que sa plus grande force dans un combat était d'être imprévisible.

— Cela te fait-il peur d'apprendre que tu as ajouté les King à ta longue liste d'ennemis ?

Les King étaient le cadet de mes soucis. Le danger qu'ils représentaient n'était rien en comparaison de celui que j'avais affronté au cours de l'année écoulée.

— Est-ce que j'ai l'air d'avoir peur ? C'est moi qui tiens le flingue.

Ses yeux s'assombrirent comme ils le faisaient juste avant une attaque lorsque nous nous entraînions.

Les battements de mon cœur s'accélérèrent, martelant mes oreilles.

— Tu devrais avoir peur. Je connais tous tes secrets.

— Quels secrets as-tu découverts, en dehors de l'endroit où j'habite ?

— Et si je te disais que tu es la fille perdue de Joseph Lennox, Lillian ? Celle qui a disparu il y a un peu plus de six ans après que son petit ami a tenté d'assassiner sa meilleure amie et a failli détruire trois familles au passage.

Il s'approcha de moi, mais je tins bon.

— Ou que le seul contact que tu aies eu avec papa Joseph, ta mère et tes frères inquiets, c'est quand des cadeaux apparaissent sur le pas de leur porte à l'occasion de leurs anniversaires et de Noël ?

Comment pouvait-il savoir cela ? J'avais fait tant d'efforts pour garder mes distances !

— C'est tout ?

— La grande découverte que j'ai faite à ton sujet, c'est que tu aimes fuir ton passé, faire comme si rien ne s'était produit, comme si tout était oublié, dit-il, s'approchant de moi jusqu'à ce que le canon frôle son t-shirt. Le destin en a décidé autrement, Lilly. Je ne te laisserai plus fuir.

— Tu ne crois pas au destin, tu te souviens ?

Sa mâchoire se contracta.

— Oh, je m'en souviens. J'aurais peut-être dû écouter cette voyante lorsqu'elle m'a fait cette révélation insensée selon laquelle j'étais destiné à aimer deux femmes qui n'en faisaient qu'une, en une seule vie. Cela m'aurait peut-être évité de manger deux balles.

— Qu'est-ce que tu veux ?

— Comme je l'ai dit, beaucoup de choses.

Il plaqua ses mains sur le mur, emprisonnant ma tête, et pressa son corps contre le mien, coinçant le pistolet entre nous.

— Peut-être que je veux t'utiliser, ou te prendre, ou peut-être même te tuer ?

— Recule, sinon je te tire dessus.

J'enfonçai l'arme dans son ventre, mais il ne bougea pas.

— Vas-y, dit-il en se rapprochant davantage de moi. J'ai déjà survécu une fois. Je peux le refaire. Mais nous savons tous les deux que si tu avais voulu me tirer dessus, tu l'aurais déjà fait.

Je soutins son regard.

— Tout comme nous savons que tu n'es pas ici pour me tuer. Les King ne tuent qu'en dernier recours. Vous faites traîner vos châtiments.

— Je vois que tu as fait tes recherches.

Il passa son pouce sur ma clavicule, et ma peau se hérissa de chair de poule.

— Je fais toujours mes recherches.

— Alors, dis-moi. Quel est le châtiment pour deux balles, une carrière compromise et le fait de découvrir que je me tapais un fantôme ? Attends ! Maintenant, il faut ajouter Busch à la liste. C'était notre cible.

Bien sûr que non ! Cela faisait trois ans que c'était ma cible. Si la CIA voulait le retrouver, libre à eux de s'y essayer. Ils n'y parviendraient jamais. Avec un peu de chance, Solon l'avait enfermé quelque part au pied d'un volcan à l'heure qu'il était.

— C'est toi qui as des griefs. À toi de me dire.

— Je suis l'un des frères King. Je travaille en échange de faveurs, que je réclame au moment voulu.

— Je te dois plusieurs faveurs ? demandai-je, incapable de détourner mon regard de ses iris dorés envoûtants.

— Pour de multiples infractions.

— Et que vais-je devoir faire exactement ?

Il approcha sa bouche de la mienne.

— Tout ce que je te dirai de faire.

Il me saisit à la gorge, et, par réflexe, je l'attrapai avec ma main gauche. C'est alors que mon attention se porta sur le tatouage entourant mon annulaire, et mon cœur se serra.

— Pourquoi est-ce que c'est encore là ? demanda-t-il, desserrant les doigts autour de ma gorge. Pourquoi garder le symbole de ce qui n'était qu'un foutu mensonge ?

Je ne pouvais pas lui avouer que c'était la seule chose qui me restait de lui, alors, à la place, je dis :

— Ce que je fais de mon corps ne te regarde pas.

— C'est là que tu te trompes. Je contrôle ton avenir. Je connais tes secrets. Tu veux protéger Cora Hass du monde ? Alors tu feras tout ce que je te dis de faire.

Je fermai les yeux un bref instant.

— Et si je te disais d'aller te faire voir ?

— Savais-tu que ton père était l'un de nos associés ? Cela fait des années que nous lui accordons des faveurs. Tu ne voudrais pas gâcher cette relation, n'est-ce pas ? Ne leur as-tu pas causé assez de problèmes ?

— Espèce de salaud.

Je contractai la mâchoire ; j'avais du mal à cacher les larmes qui me brûlaient les yeux. J'étais tellement épuisée. N'avais-je pas droit à une foutue pause ?

Je repoussai son épaule assez fort pour le faire reculer, mais, tout aussi vite, il me coinça les deux mains au-dessus de la tête et jeta mon arme de côté.

— Tu ne gagneras pas cette fois, Lilly. Rappelle-toi, je me suis entraîné avec toi. Je sais comment tu te déplaces.

— Tu connaissais Cora. Tu ne me connais pas.

Je laissai retomber ma tête contre le mur tandis qu'une vague de complète déception me frappait.

— C'est vrai. Parce que Cora Hass m'avait fait une promesse d'éternité. Cela signifiait quelque chose pour moi.

Cora Hass était une foutue idiote.

Elle aurait dû rester dans son petit monde solitaire, se concentrer sur le long terme et ignorer cet abruti arrogant qui n'arrêtait pas de l'inviter à sortir et qui lui faisait désirer des choses auxquelles elle savait qu'elle n'avait pas droit.

— Alors, c'est du chantage.

— Appelle ça comme tu veux. Mais, dans un avenir proche, tu seras la source de l'équipement technique dont j'ai besoin. Tu me plantes, et je te plante.

— Je sais ça, et tout sera pardonné.

— Jamais. Cela signifie simplement que tu paies ta pénitence.

Je me mordis la lèvre. Je mourais d'envie de lui dire d'aller se faire voir.

Il sourit comme s'il savait à quoi je pensais, puis il se servit de son pouce pour écarter ma lèvre de mes dents.

— Pense à la paix supplémentaire que cela procurera à papa Joseph lorsqu'il apprendra que tu as refait surface sous l'œil vigilant des frères King.

— Comment ça, *refait surface* ?

— Tu déménages à New York, Lilly Lennox. Sinon, comment pourrais-je garder un œil sur toi ? Tu as deux mois pour trouver le moyen d'y parvenir. Assure-toi de rester en vie pendant ce temps.

— Tu veux que je te déteste. Est-ce que c'est tout ?

Les mots que je prononçais étaient un mensonge. Je ne pourrais jamais le détester. Autant l'ajouter aux centaines de choses que je lui avais racontées, et que je m'étais racontées à moi-même.

Il soutint mon regard.

— Je me fiche complètement de ce que tu ressens.

N'était-ce pas la vérité ?

— Si tu me détestes tant, pourquoi me veux-tu dans ta ville ?

— Parce que je dois m'assurer que tu ne t'enfuies pas. En plus, ce n'est pas comme si j'allais te voir tous les jours. New York est une grande ville. Je suis certain que tu pourras trouver des trucs pour passer le temps.

Quelque chose changea dans l'énergie entre nous, et mes nerfs s'enflammèrent.

Bon sang, ce n'était pas le moment !

L'amour qu'il avait ressenti pour moi avait disparu, mais l'attirance entre nous était toujours vive.

— Je suis seulement tenue de rendre des services techniques. Est-ce exact ?

Ses iris dorés se dilatèrent alors que son membre dur se plaquait contre mon ventre.

— C'est exact.

J'en eus l'eau à la bouche, avide de le goûter.

Il fallait que je garde la tête froide, mais je n'avais qu'une envie, sentir sa bouche sur la mienne.

Comme s'il lisait dans mes pensées, sa respiration se fit hésitante, et il se lécha les lèvres. Lentement, il relâcha mes poignets, faisant glisser ses doigts le long de mes bras. Une main agrippa ma taille tandis que l'autre parcourait mon cou, passait entre mes seins et longeait le côté de mon corps jusqu'à ma cuisse, qu'elle saisit fermement avant de m'attirer contre lui.

— On ne peut pas faire ça, murmurai-je, empoignant son t-shirt. C'est mal. Tu me fais chanter.

— Ce n'est pas parce que j'ai l'intention de te tenir en laisse que je n'ai pas envie de m'envoyer en l'air avec toi. Le seul endroit où je sais que tu ne mentais pas, c'était quand j'étais profondément enfoui dans ton corps.

Ses mots déclenchèrent un spasme au creux de mon ventre.

— Dis-moi, est-ce qu'il t'arrive de penser à comment c'était entre nous ? me demanda-t-il, frottant son érection contre la couture de mon jean, me faisant gémir. Tu te souviens à quel point c'était intense, brutal, sauvage ?

Jamais je ne pourrais oublier les heures que nous avions passées à nous perdre l'un dans l'autre. C'était une chose que je n'aurais jamais dû laisser se produire.

— Oui, murmurai-je, avant de remarquer l'arme jetée de côté.

Je m'emportai, et je le repoussai.

— Je ne te laisserai pas m'embrouiller. Il faut qu'il me reste quelque chose quand tout sera fini.

— As-tu jamais pensé aux conséquences pour moi ? répliqua-t-il en empoignant sa nuque. Je t'aurais donné tout ce que j'avais. Bon sang ! Je t'aimais plus que tout au monde ! Et tout ça n'était qu'un foutu mensonge !

Je déglutis, résistant à l'envie de me défendre.

J'étais l'ennemie. J'avais menti. Et je continuerais à mentir. Je ne pouvais pas lui avouer la vérité. J'avais accepté mon rôle de méchante dans son histoire.

— À partir de maintenant, ta vie m'appartient. L'avenir de ta famille m'appartient. Je déciderai quand j'aurai besoin de toi. N'envisage même pas de fuir. Je te retrouverai. Je suis heureux de savoir ce que tu es maintenant.

— Qu'est-ce que je suis ?

— Une menteuse, une meurtrière, une voleuse. Dois-je continuer ?

— Tu es tout ce que je suis.

— Mais ce n'est pas illégal quand je le fais, dit-il avec un sourire, s'éloignant vers mon escalier. Je vous verrai bientôt, mademoiselle Lennox. Et débarrasse-toi de ce tatouage avant d'aller à New York, il appartient à une femme qui n'a jamais existé.

— Tu pourrais réussir à faire en sorte que je te déteste.

— Imagine ce que je ressens déjà pour toi, lança-t-il en disparaissant dans l'escalier.

Je pris une profonde respiration et me rendis à la fenêtre. Rey apparut, traversant la rue en direction du parc au bout de la rangée de maisons.

Des larmes roulèrent sur mes joues alors que j'appuyais mes bras contre la vitre. Quelques minutes plus tard, j'entendis ma porte d'entrée s'ouvrir, suivie de bruits de pas.

Un mouchoir apparut devant moi.

Je le pris et inclinai la tête sur le côté.

— Je te méprise pour avoir fait ça. Je sais que c'était toi. Tu lui as donné mes informations. Comment as-tu pu ? Je te faisais confiance. Tu étais l'une des seules personnes en qui j'avais confiance.

Devani Patel, l'une des directrices de Solon pour l'Amérique du Nord et une amie proche, s'appuya sur la fenêtre à côté de moi.

— Je devais te faire passer sous mon autorité sans donner l'impression que j'avais volé un atout précieux au Conseil d'administration européen.

Oui, voilà ce que j'étais, un foutu atout. Il y avait eu un

temps où le Conseil avait envisagé de m'accueillir dans ses rangs, jusqu'à ce que je refuse de me plier à ses exigences.

Maintenant, j'étais une marchandise, avec des compétences si spécialisées que très peu de gens pouvaient les reproduire. Une pièce d'équipement qu'ils avaient jugée inutile sans l'inspecter, mais dont ils avaient réalisé plus tard la valeur et qu'ils avaient obligée à sortir de sa cachette en menaçant la vie de tous ceux qu'elle aimait.

— Van, c'était vraiment la bonne façon de faire ?

— Si on donne l'impression que les King t'ont trouvée et qu'ils veulent obtenir vengeance, le Conseil ne remettra pas en question ton départ pour les États-Unis.

— Ce n'est jamais aussi simple.

— Ce n'est pas comme s'ils ignoraient que Rey est ta faiblesse et que l'inverse est vrai aussi. Il te déteste.

Je retins une grimace, sachant que ses paroles étaient vraies.

— Une fois à New York, il y a deux choses que tu ne dois pas faire.

— Lesquelles ?

— Premièrement, n'aie pas l'air trop heureuse de ce déménagement, et deuxièmement, ne te tape pas Rey King dans un lieu public.

— Il y a peu de chances que cela se produise. On a fini ? lui demandai-je, me tournant vers ma salle de bains. Je n'ai pas d'énergie pour quoi que ce soit d'autre. Je suis émotionnellement épuisée.

— Je me rattraperai.

— À moins que tu ne fasses en sorte que je passe six mois sur une plage à ne rien faire d'autre que dormir, tu ne peux pas te rattraper.

— Il se trouve que je t'envoie sur une île privée en Grèce pour que tu te rétablisses. Et je sais de source sûre que la plage y est absolument magnifique.

Je plissai les yeux.

— Qu'est-ce que tu mijotes ?

— Qu'est-ce qui te fait penser que je mijote quelque chose ?

— Tu nous déplaces comme des pièces sur ton échiquier. Tu es la pire garce manipulatrice que je connaisse.

Un sourire apparut sur ses lèvres.

— J'ai toujours des projets en cours.

— Ce qui veut dire ?

— Puisque Rey te veut à New York, que dirais-tu de retourner dans le monde de l'art que tu aimais tant, et de redevenir évaluatrice ?

Mes cheveux se dressèrent sur ma nuque.

— Ce serait possible ? Je n'ai pas travaillé sur le terrain depuis plus de six ans.

— Oui. J'ai deux noms que tu dois certainement connaître grâce à tes recherches. Elles sont dans le monde de l'art, et elles comprennent les métiers de la technologie. En fait, elles sont hackeuses, et elles sont besoin d'aide sur certains projets. Tes compétences sont exactement ce dont elles ont besoin. Par conséquent, on peut maintenir ta collaboration avec moi dans une mesure similaire à la leur, c'est-à-dire des missions cyber ponctuelles et un boulot dans le domaine de l'art.

— Donne-moi simplement leurs noms.

Je la regardais avec méfiance, sachant que je n'allais pas aimer ce qu'elle allait dire.

— Danika Dayal et Jayna King.

Bordel.

Je contractai la mâchoire.

— Je te déteste vraiment parfois. Tu pourrais me compliquer encore plus la vie ?

— Bien sûr, mais je peux attendre que tu arrives à New York.

3

New York, aujourd'hui
Reyhan

— Nous devons parler de la situation avec Cora Hass, déclara mon frère aîné, Nik, en s'adossant à son fauteuil en cuir.

Il avait décidé de convoquer une réunion de dernière minute des frères King pour discuter d'une information importante avant que nous ne nous retrouvions tous pour l'inauguration d'une nouvelle exposition à la galerie de ma belle-sœur, Danika.

Si j'avais su que cette rencontre dériverait vers cette merde, j'aurais zappé et je serais allé directement à l'événement. J'avais passé six foutus mois à gérer la situation avec Cora Hass.

— C'est-à-dire ?

Je pris mon verre de whisky et avalai une grande gorgée du liquide ambré.

Six mois plus tôt, j'étais revenu d'une mission et j'avais vu un visage très familier qui contemplait une sorte de machine tout en riant et en bavardant avec Danika et Nik.

C'était quoi, ce bordel ?

Comment Danika avait-elle pu embaucher Lilly Lennox sous mon nez ?

Lorsque je lui avais demandé de trouver un moyen de se rendre à New York, je ne m'attendais pas du tout à ce qu'un truc pareil se produise.

J'aurais dû me souvenir de la phrase que Nik adorait nous répéter à tous, *il n'y a pas pire colère que celle d'une femme méprisée.*

— Nous pouvons continuer à chercher, mais la piste est morte. La dernière trace que nous ayons d'elle est un code crypté que Dani a découvert il y a quelques mois et qui est lié à un certain Rex Busch. C'est un fantôme. Si Dani ne peut pas la trouver, personne ne le pourra.

Mon frère Kir ne sous-estimait pas les compétences de Danika.

Elle était la hackeuse du dark web connue dans l'underground sous le nom de Petit Lapin, une information que notre famille se donnait beaucoup de mal à cacher au monde entier.

Elle était capable de trouver des informations qui dépassaient l'entendement. Parfois, je l'enviais. J'avais passé des années à m'entraîner pour développer les compétences qui lui étaient naturelles.

Le fait que Lilly ait caché son identité à Danika indiquait qu'elle était au même niveau, voire meilleure que Danika, pour ce qui était du côté hacker.

— Elle réapparaîtra tôt ou tard. Je suis d'accord pour laisser tomber pour l'instant. Elle sait que je serai toujours une source d'inquiétude pour elle.

Oh, elle était coincée avec moi. Je m'en étais assuré. Cette femme hantait toutes mes pensées, alors autant lui rendre la pareille. Ce qui me fit penser que j'avais un nouveau projet pour elle.

Oui, j'étais un enfoiré, mais, d'un autre côté, je n'en étais pas un avant elle.

De qui me moquais-je ? J'avais toujours été un enfoiré.

— Tu laisses tomber, juste comme ça ? demanda Nik en m'étudiant. Après toutes les heures que nous avons passées à la chercher. Je n'y crois pas. Elle t'a eu.

— Dans les grandes largeurs, ajouta mon autre frère, Sam. Comment quelqu'un peut-il se planquer à ce point sans aide ?

Elle avait des complices. Cela ne faisait aucun doute. Quelqu'un l'avait aidée à se trouver au bon endroit au bon moment pour rencontrer Jayna, à se lier d'amitié avec elle alors qu'elle pleurait un mari qu'elle croyait mort, et à obtenir d'elle qu'elle lui trouve un emploi à New York.

Au cours des derniers mois, j'avais observé chacun des mouvements de Lilly, mais cette femme était plus que prudente. Selon Jayna, elles s'étaient rencontrées alors que Lilly se remettait d'une mauvaise relation qui l'avait obligée à quitter sa famille.

Foutues conneries.

Cela s'était passé plus de six ans plus tôt.

J'allais la laisser continuer à mentir, tant qu'elle ne faisait rien qui puisse nuire aux gens que j'aimais.

Si elle s'avisait ne serait-ce que de faire pleurer Jayna ou Danika, c'en était fini.

Kir plissa les yeux en frottant la cicatrice qui courait sur le côté de son visage, résultat de l'explosion d'une voiture trois ans auparavant, provoquée par son beau-père. Il la touchait toujours lorsqu'il réfléchissait à quelque chose. Parmi mes frères, c'était lui qui savait si vous cachiez quelque chose.

Ceci dit, c'était son travail, car il était l'exécuteur de notre petit empire. Il trouvait les menteurs et les tricheurs dans notre business, et il s'assurait qu'ils paient.

Peu de temps auparavant, Kir avait payé sa propre pénitence à sa femme pour lui avoir laissé croire qu'il était mort. S'il était disposé à ramper à travers l'enfer pour réparer ses torts, il ne pouvait pas s'attendre à moins de la part de quelqu'un qui m'avait tiré dessus.

— Tu sais quelque chose, affirma Kir, se penchant en avant sur le canapé où il était assis, soutenant mon regard. Crache le morceau.

— Disons que j'ai décidé de m'y prendre autrement.

— Est-ce que tu la gardes enfermée dans l'une des geôles de ton agence ? s'enquit Nik.

Sam secoua la tête, puis dit :

— La dernière chose que cet abrutir ferait, c'est la livrer aux fédéraux. Ils l'auraient placée dans un centre, elle aurait plaidé coupable, et tout serait pardonné.

— Non, elle n'est pas enfermée. Elle est très libre. Elle vit sa vie, et elle sait que je la regarde.

— Tu vas lui mettre la tête à l'envers avant de la tuer, dit Nik, hochant la tête en signe d'approbation.

— Vous comprenez que vous parlez d'une véritable personne, n'est-ce pas ? demanda Danika en débouchant du couloir pour venir s'asseoir sur l'accoudoir du fauteuil de son fauteuil. Et s'il y avait autre chose dans cette histoire ?

— Qu'avons-nous besoin de savoir d'autre ? répliqua Nik, prenant la main de Danika pour l'embrasser avant de joindre ses doigts aux siens. Elle n'était pas celle qu'elle laissait croire au monde. Elle s'est jouée de tout son entourage, et quand il a été temps pour elle de s'en aller, elle a tiré sur Rey et l'a laissé pour mort.

— Écoutez, je l'ai déjà dit, et je vais le répéter, insista Danika, reportant son attention sur moi. Elle t'a tiré dessus à des endroits qui semblent fatals, mais qui ne le sont pas. C'était prémédité. Elle n'aurait pas manqué un tir mortel, Rey. L'histoire ne s'arrête pas là.

Dani soupçonnait-elle que Lilly et Cora étaient la même personne sans nous le dire ? C'étaient des amies très proches. Et elles travaillaient ensemble sur les deux aspects de l'activité de Danika, l'art et le piratage informatique.

Lilly m'avait manipulé pour que je l'aime. Elle pouvait aussi se jouer de Dani.

Je plissai les yeux.

— Qu'est-ce que tu sais et que j'ignore ?

— Rien de plus que ce que j'ai dit. Je me suis servi de tous les moyens détournés auxquels j'ai pu penser pour accéder à l'information. C'est une impasse. J'ai cette impression persistante que nous passons à côté de quelque chose.

L'ascenseur s'ouvrit dans le hall d'entrée de l'appartement de Nik et Dani, et Lilly en sortit. En un instant, l'énergie dans la pièce changea, et je ne pus me retenir de serrer les dents alors que tous mes nerfs réagissaient.

C'était comme si elle avait senti que nous parlions d'elle, et qu'il avait fallu qu'elle se montre.

Pourquoi étais-je à ce point attiré par elle ? Pourquoi fallait-il qu'elle soit aussi belle ?

Au lieu du chignon désordonné qu'elle portait la plupart du temps dans la galerie de Danika lorsqu'elle évaluait des œuvres d'art, ce soir, elle avait relâché ses longs cheveux bruns. Sa robe marine sans manches épousait les moindres courbes de son corps mince, et la fente sur le côté donnait l'impression que ses jambes étaient longues d'un kilomètre.

Des jambes dont je me souvenais qu'elles s'enroulaient autour de moi pendant que je la prenais.

Bon sang ! Malgré tout ce qu'elle m'avait fait subir, mon besoin d'elle était omniprésent.

Lilly se retourna, déposa sa pochette sur un guéridon, révélant son dos complètement exposé jusqu'à la naissance de ses fesses, avec seulement quelques rangs de perles en travers.

C'était quoi, ça ?

Jayna devait être derrière le choix de ce vêtement. Aucune autre personne de ma connaissance ne sélectionnait les tenues les plus scandaleuses des défilés pour se rendre à une soirée événementielle.

Lilly arriva dans le salon, où nous étions tous assis.

Ses yeux gris tempête se posèrent sur les miens pendant une seconde et il me sembla percevoir un désir familier avant qu'elle ne remarque ma mine renfrognée et qu'elle ne me lance un regard noir.

— Quel est ton problème, encore ?

— C'est une robe, ou du fil dentaire ?

— Du fil dentaire : ça a fait fureur pendant la *fashion week*. Dois-je demander à Jayna de te choisir quelque chose la prochaine fois ?

— Tu devrais peut-être lui demander de choisir quelque chose de plus adapté à ton âge

Je la vis plisser le front.

— Tu veux dire plus révélateur ? Je ne vais pas en rajeunissant.

— C'est bon, les enfants. Ça suffit, intervint Danika avant que je puisse répondre. Allons-y, Lilly. Nous devons nous rendre à la galerie. Laisse-moi prendre mon sac à main.

Danika se précipita dans le couloir pour aller dans la chambre qu'elle partageait avec Nik.

Juste au moment où Lilly passait devant moi, je me levai et murmurai :

— Tu prévois de te taper quelqu'un dans cette robe ce soir ?

À la seconde où je posai la question, une rougeur apparut sur sa peau.

— Pourquoi t'en soucier, même si c'était le cas ? Tu ne fais pas partie de l'équation.

— Je fais partie de tout ce que tu fais. Je suis ton gardien, tu te souviens ?

— Quand il est question de projets, oui. Sinon, tu n'as pas ton mot à dire, dit-elle, des étincelles dans ses yeux gris, le menton relevé. Pourquoi tu ne t'occuperais pas de toutes les femmes qui entrent et sortent de ta chambre, et moi je m'occupe des hommes dans la mienne ?

Je lui fis face et me penchai, ignorant les regards curieux de mes frères.

— Qu'est-ce que tu sais de ma chambre quand tu n'y es pas ?

Bon sang. Je n'avais vraiment pas envie de me retrouver avec une érection maintenant.

— Je n'ai pas besoin d'être dedans pour connaître la vérité. Tu as des belles-sœurs qui partagent un tas d'informations à ton sujet.

Parfois, j'aurais aimé pouvoir museler Danika et Jayna.

La plupart du temps, les femmes que je rencontrais étaient des contacts ou d'autres membres de l'agence.

— Tu crois vraiment que j'ai couché avec elles ? Je ne me tape pas toutes les femmes que je connais. Est-ce si difficile de croire que ce sont des amies ?

— Oui, répondit-elle, et quelque chose de semblable à de la douleur passa dans ses yeux. D'ailleurs, pourquoi te soucier de ce que pense une menteuse voleuse et meurtrière ?

— C'est la question que je me pose tous les jours.

Je remarquai que Danika se plaçait derrière Lilly, prête à l'entraîner loin de notre conversation.

— Alors, pendant que tu réfléchis à tes choix de vie, je vais prendre ta suggestion et la mettre en application.

Je me renfrognai.

— Qu'est-ce que tu vas mettre en application, exactement ?

— J'ai l'intention de me taper quelqu'un en portant ça ce soir, dit-elle avec un geste vers elle-même.

Elle tourna ensuite les talons et se dirigea à grands pas vers l'ascenseur.

Il me fallut rassembler toute ma volonté pour ne pas la poursuivre, l'entraîner dans la pièce la plus proche et lui faire comprendre que personne ne pourrait la toucher en dehors de moi.

Merde. J'étais en train de perdre la tête.

Une fois l'ascenseur refermé sur Danika et Lilly, Nik me dit :

— Tu veux nous dire de quoi il s'agissait ?

— Rien de nouveau. Lilly et moi ne partageons pas le même point de vue.

Je me dirigeai vers le bar dans le coin le plus éloigné du salon, je remplis mon verre et le descendis d'une traite.

— Quel que soit le sujet dont vous parliez, il s'agissait de plus qu'une simple divergence de points de vue, dit Sam, posant le bras sur le dossier du canapé. Envoyez-vous en l'air et mettez fin à nos souffrances. C'est comme regarder deux chats sauvages se tourner autour.

— Tu n'es qu'un abruti. Pourquoi tu ne t'occuperais pas de ta princesse diamant au lieu de te mêler de nos affaires ?

Sam avait une relation en dents de scie avec la mondaine, héritière de diamants, et mon contact local à Solon, Devani Patel. Elle était la première femme à faire ressentir à mon frère, dont le sang était glacé, quelque chose d'autre que l'excitation de conclure la prochaine affaire.

Et ce qui le mettait le plus en colère, c'était que Devani fréquentait le cercle social de son père biologique, Ashok Shah, l'homme qui avait abandonné la mère de Sam pour son ex-femme, la mère de Jayna, et l'argent qui allait avec son mariage.

— C'est terminé. Elle a fait son choix.

La voix de Sam était dépourvue d'émotion, ce qui était sa manière habituelle de masquer la douleur.

Il faisait ça depuis que nous étions des crétins de huit ans qui suivaient Nik et Kir dans notre quartier pourri. Il avait appris à cacher la douleur plutôt que de laisser quiconque connaître ses faiblesses.

Dommage, je n'avais jamais acquis cette compétence. Sinon, je serais peut-être en mesure de compartimenter cette rage que je ressentais face à la trahison de Lilly, et en finir. Je pourrais la laisser partir et reprendre ma vie en main.

— Eh bien, *merde* !

Sam but une longue gorgée de sa boisson.

— Oui, mais revenons à nos problèmes avec notre princesse de la mafia. Rappelle-toi ce qu'a dit Arin : tu es obligé de tenir la promesse que ton père n'a pas réussi à tenir avec Lennox. Les King ne manquent jamais à leur parole.

— Je sais ce que je dois à Lennox.

Sans Joseph Lennox et ses relations, mon père biologique, Christopher Klum, serait mort dans une guerre de territoire qui aurait éliminé toute sa famille. Au lieu de cela, il s'était enfui aux États-Unis à bord d'un cargo avec une nouvelle identité et suffisamment d'argent pour commencer une nouvelle vie.

Leur accord prévoyait qu'une fois que Lennox aurait repris son propre territoire, mon père reviendrait travailler pour lui. Une chose qui ne s'était jamais produite parce qu'il avait rencontré une étudiante indienne en informatique du nom d'Hema.

Quand Arin King m'avait adopté, il s'était servi de ses ressources pour découvrir tout ce qu'il était possible d'apprendre sur mon passé, ce qui incluait cet accord avec

Lennox. Dans notre monde, les obligations d'un père se transmettaient à son fils.

Dans mon cas, cela signifiait que Lennox désirait obtenir des faveurs occasionnelles de la part des ressources King afin de promouvoir ses intérêts.

C'était grâce à sa dernière faveur que j'avais découvert la véritable identité de Cora Hass. Lennox m'avait envoyé une photo et demandé de retrouver sa fille, puis d'assurer sa sécurité.

Ce maudit destin auquel je n'avais jamais cru décidait maintenant que la femme qui avait détruit mon cœur et tenté de me tuer était celle que j'étais obligé de protéger.

— Lilly a prouvé qu'elle n'était pas la mondaine choyée que nous attendions.

Le parti pris de Sam pour Lilly m'agaçait au plus haut point.

Non, elle était un caméléon capable de se fondre dans n'importe quel milieu.

— Lennox s'inquiète trop pour elle. Elle n'est pas aussi faible qu'il le croit.

— Il n'a jamais cru qu'elle était faible, et tu le sais, déclara Nik, comme si j'étais un idiot. Quelque chose l'a obligée à disparaître, et ce n'était certainement pas le scandale avec son ex. Si elle était restée, son père aurait eu le pouvoir de la protéger. D'ailleurs, sans elle, Lennox n'aurait pas retrouvé la moitié des enfoirés qui l'avaient trahi.

Oui, elle contribuait à éviscérer la plupart d'entre eux, littéralement.

L'ex de Lilly, Kane, avait travaillé avec un conglomérat russe qui essayait de s'introduire en Allemagne, et en se mettant avec elle, il s'était servi d'elle pour recueillir des informations sur son père et ses alliés. Après la capture de ce traître, elle avait piraté toutes les personnes susceptibles d'être liées à lui et révélé toutes les activités contre son père et ses alliés, laissant sa famille se charger du châtiment. Ensuite, elle s'était éloignée de la vie qu'elle avait toujours connue, sans un regard en arrière.

Rester aurait fait d'elle un membre à part entière de l'organisation de son père, et non la princesse Lennox.

— Je ne suis pas sa baby-sitter, Nik. C'est une femme adulte.

— La raison qui l'a poussée à s'enfuir est peut-être encore à ses trousses. Lennox veut que nous surveillions ses arrières.

— Alors, donne-lui un service de sécurité personnel, dis-je avec un regard noir vers Kir.

— Nous le lui avons proposé, elle a dit non.

— En quoi est-ce mon problème ? Demande à certains de nos hommes de la suivre.

— Cela n'a pas fonctionné non plus. Elle est capable d'échapper au meilleur en quelques minutes, parfois moins.

Je pouvais presque voir les visages de nos hommes quand ils ont compris qu'ils l'avaient perdue.

Kir sourit.

— Tu aimes lui répéter que tu es son gardien. Aujourd'-hui, tu peux réellement l'être.

— Abruti.

— Et, pendant que tu y es, dit Sam en me regardant, essaie de découvrir comment elle a fait pour se cacher pendant des années sans laisser de trace de son existence. Même Dani n'a rien trouvé sur elle qui date d'avant son entretien. Il s'agit là de compétences dont nous devons avoir le monopole. C'est terriblement impressionnant.

J'avais envie de dire, *c'est parce qu'elle vivait sous une autre identité*, mais je le gardai pour moi.

Avant que je puisse trouver une réplique cinglante, Nik reprit la parole.

— Tout comme ma femme, Lilly est un caméléon. Si elle ne veut pas être retrouvée, elle ne le sera pas. Franchement, je me fiche de ce qu'elle faisait. Nous avons une mission à accomplir pour Lennox, et nous allons nous y tenir.

Je ressentis cet ordre comme s'il m'avait été donné par le chef de notre ancienne bande lorsque j'avais quatorze ans et Nik seize dans notre quartier pourri.

— Cela ferait-il une différence si je vous disais que je suis sur le point de commencer une autre affaire ?

— Attends une seconde. Tu as dit que tu serais à New York un certain temps, remarqua Kir, plissant les yeux. Qu'est-il advenu de l'accord que tu as négocié ?

— C'est l'affaire.

Nik porta son verre à ses lèvres et demanda :

— Depuis quand travailles-tu aux États-Unis ? N'est-ce pas hors juridiction ?

La CIA ne s'occupait que des affaires internationales,

laissant les situations nationales au FBI. Dans le cas présent, ils étaient plus qu'heureux de nous laisser nous en occuper. Techniquement, la CIA n'était pas impliquée non plus, mais fournissait simplement la logistique et la main-d'œuvre grâce aux relations de King Holdings.

— Disons qu'il s'agit d'une opération conjointe, et qu'en échange, nous acquitterons d'une dette et obtiendrons une faveur.

— Impressionnant, constata Nik, haussant un sourcil.

— Maintenant, est-ce que cela peut me dispenser de surveiller la princesse ?

— Non.

4

L illy

— Enfoiré ! marmonnai-je pour moi-même pour la quatrième fois en une heure.

La livraison était prévue dans moins de quarante minutes, et la dernière chose à laquelle je devais penser était Reyhan King. Cet abruti, avec ces foutus commentaires sur ma maudite robe, comme s'il avait son mot à dire sur ce que je portais !

Approprié à mon âge... mon œil !

Ce dicton sur la frontière ténue entre l'amour et la haine avait dû voir le jour à cause de lui. À cet instant, il penchait plutôt du côté de la haine.

Et la seule raison pour laquelle il n'avait pas encore basculé, c'était parce que je n'étais qu'une idiote qui n'arrivait pas à se défaire du passé.

Je regardai à nouveau à travers mes lunettes grossissantes et grognai.

Merde.

Je n'étais pas très concentrée, et j'avais moins de vingt minutes pour terminer la puce pour la livraison de ce soir.

L'acheteur, Noah Carter, faisait partie de mon cercle restreint de personnes de confiance et il avait besoin d'un travail sur mesure pour sa dernière mission. Je l'avais présenté à Danika comme un ami qui requérait son aide pour retrouver des fonds disparus entre ses nombreuses filiales internationales. Parallèlement, j'avais laissé planer le flou sur ma relation personnelle avec Noah, un exercice que j'avais appris à maîtriser.

Il y avait des aspects de ma vie que je ne pourrais jamais partager, notamment mon rôle au sein de Solon.

C'étaient Noah, Devani et deux autres agents de Solon qui m'avaient aidée à me cacher après que j'avais été « corrigée » pour avoir échoué à capturer Rex Busch.

Solon ne dépendait d'aucune entité gouvernementale, ce qui lui permettait d'opérer en dehors des paramètres de ce que beaucoup considèrent comme légal ou illégal. Cette liberté d'action leur permettait également de se débarrasser de leurs agents lorsque ceux-ci enfreignaient leur règle d'or, *ne jamais compromettre l'objectif final*, ce que j'avais fait en tombant amoureuse de Rey, en perdant leur cible, Rex Busch, ainsi que tout espoir d'arrêter le réseau de trafic d'êtres humains pour lequel il travaillait.

Le siège de Solon se trouvait à Genève, en Suisse, mais en réalité, la direction était scindée en organes directeurs distincts sur les différents continents.

Je faisais partie du groupe qui régnait sur l'Europe, le Conseil d'administration européen, un collectif de neuf hommes et femmes connus pour leurs tactiques impitoyables en matière de discipline.

J'avais tout juste réussi à échapper aux plans que Rex Busch avait prévus pour moi après l'assassinat de Rey lorsque le verdict était tombé. Le Conseil d'administration européen ne m'avait même pas donné l'occasion de plaider ma cause. Ils avaient employé des mots comme « rétrogradation » et « période de requalification », mais tout cela ne signifiait qu'une chose : j'étais en sursis.

J'avais perdu mon statut protégé.

Cela n'avait pas compté que je sois restée sous couverture pendant trois maudites années, deux de plus que l'accord initial, et que je leur aie procuré plus d'informations qu'ils n'en auraient jamais eues autrement. Ni que je sois désormais considérée comme une initiée sur le marché clandestin des hackers.

J'avais échoué dans ma mission, et la direction m'avait jugée inutile.

Heureusement que j'avais survécu, sans quoi le Conseil d'administration européen n'aurait eu personne à faire chanter pour appréhender Rex Busch pour eux, et récupérer toutes les précieuses informations qu'il détenait

Je fermai les yeux et soupirai en pensant à Rey.

J'avais fait tout cela pour le sauver, et il l'ignorait.

Mais, d'un autre côté, sans moi, il n'aurait jamais constitué une cible.

Faire face à Rey et à ses manigances au cours des six derniers mois n'était sans doute qu'une petite pénitence à payer pour passer sous le commandement de Devani au sein de l'organisation nord-américaine.

Je pouvais comprendre le choc qu'il avait éprouvé en me voyant pour la première fois travailler dans la galerie d'art de Jayna. De plus, je n'allais pas mentir en prétendant n'avoir pas ressenti de frisson de plaisir en voyant à quel point cela l'énervait. Même si je me sentais coupable de l'avoir fait entrer dans mon monde, je n'allais pas lui faciliter la tâche.

Il y avait cette énergie qui passait entre nous chaque fois que nous étions proches l'un de l'autre, un mélange de douleur, de souvenirs, d'émotions et, comme toujours, de désir inassouvi.

C'était peut-être ce qui nous incitait à pousser constamment l'autre à bout.

Dans l'ensemble, l'évitement était notre mode d'interaction privilégié. Nous apparaissions rarement au même endroit au même moment. C'était mieux pour tout le monde.

Abaissant ma pince, j'insérai la micropuce dans une fente à l'intérieur d'une grosse bague pour homme.

Le projet achevé, je retirai mes lunettes et ma blouse de laboratoire, puis glissai la pièce dans une poche cachée sur le côté de ma robe de soirée.

Il ne me restait plus qu'à me rafraîchir.

Me rendant dans la salle de bains, je me remaquillai et lissai mes cheveux. Je jetai un coup d'œil à mon reflet, tournant mon visage de gauche à droite.

J'avais enfin l'air en bonne santé, et les cernes sous mes yeux, que je croyais permanents, avaient disparu. J'avais même repris le poids que j'avais perdu quand tout était parti en vrille. Ne pas avoir à craindre que quelqu'un veuille me tuer à chaque coin de rue m'aidait à prendre mes repas en toute tranquillité.

Repoussant ces souvenirs, je sortis de la salle de bains et trouvai Jayna et Danika appuyées contre l'un des comptoirs d'évaluation.

— Oh ! Salut. Je suis presque prête, dis-je en m'avançant vers elles.

La seule façon de décrire les cousines était de dire qu'elles étaient saisissantes. Toutes deux avaient une peau dorée impeccable, témoin de leur héritage indien, des yeux noisette frappants qui voyaient beaucoup trop de choses et avaient tendance à me faire peur par moments, et l'intelligence d'un barracuda.

La similitude de leurs traits ne laissait aucun doute sur leur lien de parenté. La seule différence majeure entre elles, c'était leur taille. Jayna mesurait un mètre soixante-douze, alors que Danika dépassait à peine un mètre cinquante-cinq.

Le fait que ces femmes soient mariées à deux des frères King et qu'elles restent indépendantes en disait long sur leur force et leur volonté. De plus, elles menaient leurs hommes à la baguette, ce que jamais personne n'aurait pu croire de la part d'un King.

C'était plus fort que moi, je les enviais parfois.

— Eh bien, bonjour, miss Sexy. Le travail de laboratoire te réussit, dit Jayna en regardant ma robe de haut en bas.

— Je n'emprunterai plus jamais aucune de tes robes. Je me fiche qu'elle soit tout droit sortie d'un défilé, ou si tu ne l'as jamais portée auparavant. Ce truc montre presque mes fesses !

Je jetai un coup d'œil derrière moi sur le dos ouvert de ma robe qui arrivait juste au-dessus de la courbe supérieure de mon derrière.

Jayna donnait une nouvelle dimension à la mode. Elle repoussait les limites en portant des vêtements un peu provocants sans vraiment trop en dévoiler. Enfin, peut-être qu'avec la robe qu'elle avait choisie pour moi ce soir, elle avait franchi lesdites limites.

— Moi je dis qu'elle en montre juste assez. Tu as des courbes, montre-les. Kir m'a déjà dit qu'il était ravi que ce soit toi qui la portes et pas moi. Tu as dû faire une sacrée impression. Je suis navrée d'avoir manqué la grande révélation !

J'avais effectivement fait une sacrée impression.

Tu prévois de te taper quelqu'un dans cette robe ce soir ?

Je ne comprenais pas pourquoi il s'en souciait.

Lâchant un soupir, je dis :

— Tu as de la chance que je t'aime, et que cette robe ait des poches cachées ; je n'ai jamais vu de robe de créateur avec des poches.

Danika vint derrière moi pour m'aider à positionner des perles folles entre mes omoplates, puis demanda :

— Peut-on se mettre d'accord sur le fait que les poches ne sont qu'une partie des choses commençant par la lettre P et se terminant par S que toutes les femmes désirent ?

Nous gardâmes le silence quelques secondes avant d'éclater de rire.

Oh ! Que j'aimais ces femmes !

La dernière fois que j'avais noué une amitié en dehors de Solon, c'était il y a plus de six ans, avec mon amie Isa. Mon père avait travaillé comme second du sien durant toute mon enfance. Isa et moi avions tout partagé, de notre amour de l'art à la technologie. Nous avions même créé ensemble une entreprise d'évaluation d'œuvres d'art.

À peu près au même moment, le merdier avec mon ex, Kane, était arrivé, et l'actuel Conseil d'administration européen avait organisé un coup de force et massacré ses prédécesseurs. Il avait transformé ce qui était autrefois une branche respectée de Solon en l'imposture qu'elle était devenue aujourd'hui.

J'avais des regrets d'avoir dû m'éloigner de tout ce qui était lié à ma vie en Allemagne. Enfin, je ne m'étais pas éloignée. J'avais complètement disparu, cessant tout contact avec tout le monde.

Mais, d'un autre côté, cela m'avait permis de protéger ceux que j'aimais le plus. Ne pas avoir de liens impliquait qu'on n'avait pas de faiblesses.

— Hé, qu'est-ce qui ne va pas ? me demanda Jayna en posant une main sur mon bras. Tu as arrêté de rire tout à coup, et tu as eu l'air triste.

Je secouai la tête, tâchant de repousser mes pensées dans un lointain recoin de mon esprit.

— Je vais bien.

— Je crois que tu travailles trop dur, constata Danika qui m'étudiait. Tu n'as pas pris un seul vrai jour de *off* depuis des semaines.

— Je vais bien. Je te le promets. J'aime rester occupée.

— Je sais exactement ce qu'il te faut, dit Jayna avec un sourire calculateur.

— J'ai peur de demander à quoi tu penses.

— Ce n'est pas si terrible. Pourquoi n'irions-nous pas dans la cage pour quelques rounds ? Tu pourrais t'entraîner et dépenser un peu d'énergie. C'est bon pour le moral.

Elle n'avait pas idée à quel point. Je m'entraînais presque tous les jours, non pas dans l'un des nombreux clubs de Jayna, mais dans un établissement clandestin dont très peu de gens connaissaient l'existence.

— Je crois que tu as simplement envie que quelqu'un te botte les fesses.

— Est-ce un défi, Lennox ? demanda Jayna, haussant un sourcil parfaitement dessiné.

Peut-être cela m'aiderait-il à me changer les idées, au

moins jusqu'à ce que je cesse d'attendre que quelque chose se produise.

— Je crois bien que c'en est un, King, répondis-je, avant de me tourner vers Danika. Quel est le prix attendu pour la pièce ?

— Sept.

Enfin, sept millions.

— Ça fait un beau bénéfice.

— Et tout ça grâce à tes relations, remarqua Danika avec un sourire.

C'est vrai, Noah ne commandait jamais rien qui soit bas de gamme.

La plupart de ses missions pour Solon requéraient des micropuces sur mesure et une programmation très spécifique. La dernière demande de logiciel était du ressort de Danika, spécialiste du cryptotracking. Aussi, au lieu de passer plus de temps que nécessaire à travailler sur le projet moi-même, j'avais confié la tâche à Danika, qui l'avait achevée en quelques heures.

Je récupérai mon téléphone et le plaçai dans ma pochette sur un plan de travail voisin.

— Je n'activerai pas la puce tant que le compte ne sera pas apuré.

— Tu ne le fais jamais, dit Danika en passant son bras sous le mien. Allons vider quelques poches.

Quelques minutes plus tard, Danika, Jayna et moi descendions l'escalier en colimaçon menant à la salle centrale de la galerie Dayal-King.

L'exposition de ce soir-là était centrée sur la nature. L'artiste en vedette aimait mettre en valeur tous les aspects du monde naturel et de sa beauté par le biais de techniques allant du travail du bois et du soufflage de verre à la bijouterie et à la peinture sur toile.

La salle était remplie de gens, de gens élégants. Certains étaient là pour l'art, d'autres voulaient se rapprocher des King. Ils allaient dépenser leur argent en espérant que l'un d'entre eux ouvrirait son agenda pour envisager une faveur.

Je ne reprochais rien à ceux qui jouaient le jeu. C'était le monde dans lequel j'avais grandi. Cependant, mon père et mes frères demandaient des faveurs pour avoir accès au fret et aux itinéraires de transport familiaux qui traversaient la plus grande partie de l'Allemagne, de l'Autriche et de la Suisse.

— Dis donc ! Il est canon ! murmura Danika en remarquant un grand blond qui s'approchait de nous.

— Oui, c'est vrai. Laisse-moi faire les présentations. Je tendis la main, et, l'instant d'après, une paume ferme glissa sur elle, m'attira vers lui et il m'embrassa la joue.

— Je t'ai manqué, Lil ? s'enquit Noah avec un accent britannique impeccable, qui me donna envie de secouer la tête.

Ce type était américain jusqu'au bout des ongles. Il avait grandi dans un ranch à l'extérieur de Boulder, dans le Colorado, avant d'être recruté par Solon à l'université. Mais sa couverture était celle d'un homme d'affaires britannique, héritier d'un conglomérat sidérurgique, son accent devait donc correspondre.

Je devais bien l'admettre, il était plutôt bon.

C'était pareil pour moi : à moins que quelqu'un ne connaisse mes origines, il penserait que j'étais britannique et non allemande. Mais mon accent était dû à des années en pensionnat, pas à des heures de formations au sein de Solon.

— Pas une minute, répondis-je en souriant à Noah. Mesdames, voici Christopher Jameson. Ne croyez rien de ce qu'il dit sur moi.

— Ce qui signifie que tout est vrai. Comment connaissez-vous notre Lilly ? Elle est très discrète sur tout, dit Danika en serrant la main de Noah.

— Disons que Lilly et moi avons eu tendance à nous attirer des ennuis ensemble dans le passé.

Il me fit un clin d'œil et je me retins de lever les yeux au ciel.

Jayna me donna un coup de coude.

— Alors j'espère que vous allez lui causer des ennuis ici. Elle vit comme une ermite.

— Comme une ermite ? Je vais faire de mon mieux pour remédier à ça, répondit Noah, m'offrant son bras. Fais-moi visiter, Lil. Et peut-être pourrai-je te convaincre de faire des folies.

Alors que nous avancions au milieu de la foule, je murmurai :

— Tu en fais un peu trop, non ?

— Sont-elles ou non censées avoir l'impression qu'autrefois, il est possible que nous ayons eu une liaison torride ?

Je soupirai.

— Très bien, peu importe. Pour ça, tu vas devoir acheter une pièce très chère de l'exposition de ce soir.

— Je vais justement acquérir une pièce chère d'ici quelques instants. Elle va me coûter sept millions.

— Ce n'est pas mon affaire. C'est entre toi et Dani. Ma part ne concerne que l'équipement.

Il souleva ma main avec un sourire malicieux.

— Une part qui te vaut un bon pourcentage ?

— Plutôt bon, confirmai-je.

Pour la plupart des missions, Danika et moi avions un accord. Un quart des bénéfices me revenait et elle prenait le reste. La plupart des micropuces que j'ai développées pour elle étaient standard, et les commandes personnalisées n'arrivaient qu'en de rares occasions. La programmation était la partie la plus compliquée, que j'étais heureuse de lui laisser.

— Lil, je pensais que tu allais te débarrasser de ça, me dit Noah, frottant le tatouage sur ma main gauche, qui apparaissait sous ma bague décorative. Tu aimes te punir.

N'était-ce pas la foutue vérité ?

Je résistai à l'envie de jeter un coup d'œil par-dessus mon épaule vers Rey, qui se tenait de l'autre côté de la pièce.

— C'est pour me souvenir de garder la tête froide. Et qu'il n'y a pas de fin heureuse pour les gens comme nous.

Peu importait à quel point j'en avais envie.

— Si seulement tu t'en étais souvenue plus tôt.

— Oui, oui. Tu commences à ressembler à notre prof déçue.

Mon cœur se serrait chaque fois que je pensais à mon mentor, Camilla Ress. Elle avait aidé à mon recrutement, m'avait appris tout ce que je savais, m'avait préparée à prendre sa place, et je l'avais laissée tomber.

Tout d'abord, je n'avais pas pu jouer le jeu avec le Conseil d'administration européen et être leur petit chien. Si je l'avais fait, peut-être serais-je en lice pour le prochain poste à pourvoir.

Ensuite, j'avais montré une faiblesse au Conseil en tombant amoureuse.

J'avais enfreint les deux règles que Camilla m'avait inculquées : jouer le jeu, et ne jamais leur montrer de faiblesse qu'ils pourraient utiliser contre soi.

— C'est moi qui ai subi le gros de sa colère quand Van et toi êtes parties pour New York. Cela fait des mois, et elle ne m'a toujours pas pardonné.

Je grimaçai en pensant à la réaction qu'elle avait dû avoir en découvrant mon incroyable évasion de la clandestinité ou la méthode que j'avais employée pour y parvenir.

— La prochaine fois que tu la verras, rappelle à notre grand professeur que je suis un foutu américain d'Amérique du Nord, dit Noah. Et que je ne fais que prétendre être britannique. Je ne crois pas pouvoir supporter de me faire fracasser contre un mur encore une fois.

Grimaçant, je dis :

— Je t'en dois une.

— Tu me dois plus que ça.

— Tu n'as qu'à l'ajouter à ma note.

— En parlant de ta note, notre directeur du Conseil nord-américain requiert ta présence pour un briefing.

Je déglutis avant de souffler.

— Je suppose que Van ne pouvait pas me garder inactive plus longtemps. Allons par là-bas, terminons le deal de Dani, et ensuite, tu me raconteras les détails.

Je le conduisis vers une sculpture dans le coin de la pièce, près des fenêtres donnant sur la rue.

— Oh, chérie, tu t'es amusée à jouer avec toute cette peinture ?

Je lui jetai un regard noir.

— Écoute-moi bien, le garçon de ferme. Ne critique pas la peinture, et je ne dirai rien de tes cochons, poulets et vaches.

— J'ai des chevaux, Lil. Il y a une grande différence.

— Oh, tu es susceptible, n'est-ce pas ?

Je ne pus m'empêcher de lui jeter un sourire en coin.

Un couple passa à côté de nous pour étudier la sculpture, alors j'attendis qu'ils passent à une autre œuvre en disant :

— Qui est la cible ?

— Ce n'est pas clair. Van garde tout très secret, dit-il, posant une main sur ma taille, m'attirant vers lui. Ce qui signifie seulement qu'il s'agit d'une mission de haut vol et classifiée.

— Je suis surprise d'avoir droit à un tel niveau d'habilitation.

Je glissai mes doigts dans ma poche cachée, j'y attrapai l'anneau, puis je posai ma paume contre le torse de Noah.

Un pli se creusa entre ses sourcils.

— Tu veux bien m'expliquer pourquoi tu dis ça ? Ton niveau d'habilitation est supérieur au mien.

— Il *était* supérieur. J'ai été rétrogradée, tu te souviens ?

— Continent différent, directeur différent. Van fonctionne selon ses propres règles.

— Après tout ce qui s'est passé, je suis réaliste. Mes jours en tant que membre essentiel sont révolus. Tu me dois vraiment prendre à nouveau la tête d'une mission ?

— Oui. Tu ne te rends pas compte de ta valeur.

Noah couvrit mon poing de sa main, me prenant la bague avant de glisser sa main dans sa poche.

— Pourquoi crois-tu que tes anciens directeurs soient aussi furieux après Van pour t'avoir volée ?

— Parce qu'ils voulaient me faire de grands adieux à leur manière, répondis-je.

Je levai les yeux vers lui, souris, puis laissai transparaître une pointe d'amertume.

— Peut-être qu'un jour quelqu'un leur rendra la monnaie de leur pièce. Envoie l'argent.

Il repoussa un cheveu sur mon front.

— Déjà fait.

Je vis Danika passer devant moi avec Nik quelques secondes plus tard, et je hochai la tête pour confirmer que l'échange avait eu lieu.

— Lil, le karma est déjà prêt à opérer sa magie. Pour l'instant, concentre-toi sur le moment présent.

— Je ferai de mon mieux. Quand a lieu la réunion ?

Il se pencha.

— Demain matin, onze heures. L'adresse est sur la carte dans ta poche.

— Tu connais l'équipe ?

— Certains d'entre eux. Nous nous sommes rencontrés plus tôt dans la journée.

Son ton neutre me fit penser qu'il ne les appréciait pas tellement.

— Dois-je m'inquiéter ? Je suis une étrangère ici.

— Lil, ils te soutiendront. Je te le promets. Certains d'entre eux sont un peu rudes et ils aiment mordre, mais ils connaissent leur métier.

— Merveilleux.

5

R eyhan

Mon irritation était palpable alors que je regardais ce salaud avec ses mains sur Lilly. Ils avaient l'air à l'aise ensemble. Comme s'ils avaient un passif, un passif intime. Ou peut-être qu'ils étaient ensemble maintenant, et que cette fichue robe était pour lui.

Bon sang.

Qu'est-ce qui n'allait pas chez moi ?

Ce n'était pas la femme que j'aimais. Cette femme était une illusion. Quelqu'un qu'une actrice incroyable avait rendu réel.

Je bus mon verre d'une traite, car il me fallait une autre

dose de scotch avant que l'alcool n'ait le temps d'apaiser ma tension.

La façon dont Lilly se rapprochait de cet enfoiré, lui souriait, me faisait serrer les dents. Ils étaient tellement perdus dans leur conversation que le monde aurait pu disparaître, ce qui me faisait bien trop penser au passé.

Cela cesserait-il un jour de faire mal ?

— Tu vas encore me mentir et prétendre que ce n'est rien d'autre qu'une divergence de point de vue ? demanda Sam en s'approchant de moi. Cette excuse peut fonctionner avec Kir et Nik, mais pas avec moi.

Je continuai à fixer Lilly.

— C'est entre nous.

— Si c'est comme ça que tu veux la jouer, vas-y. Mais n'oublie pas que c'est l'une des nôtres. La façon dont elle a aidé Jayna avec Shah le prouve. C'est elle qui a été le maître d'œuvre de la plupart des opérations.

Évidemment, Lilly avait gagné la loyauté de Sam. Elle s'était servie de ses compétences informatiques pour aider Jayna à faire main basse sur toutes les finances de son père afin de le rendre dépendant de la fille qu'il avait maltraitée pendant toute son enfance.

— Je sais ce qu'elle a fait.

— Eh bien, merde alors ! Tu es amoureux d'elle. Je n'aurais jamais cru cela possible après toute cette histoire avec Cora Hass.

Je contractai la mâchoire.

— Ce n'est pas de l'amour que je ressens pour Lilly Lennox.

— Permets-moi de te donner un conseil. Ne fais pas la même erreur que moi, et n'attends pas après une femme qui ne veut pas de toi. Ça te fout en l'air.

Je jetai un coup d'œil à Sam. Il observait la foule devant nous, le visage exempt de toute émotion, à l'exception de ses yeux noisette qui portaient les cicatrices de la douleur et de la perte.

Quoi qu'il se soit passé entre lui et Devani, il était bien plus perturbé que je ne l'avais imaginé.

— Attendre Cora serait bien la dernière chose que je ferais.

— Alors je suggère de passer à autre chose. Lilly est une femme en chair et en os, juste sous tes yeux. Si tu attends trop longtemps, elle trouvera quelqu'un d'autre à agacer.

Ignorant sa pique, je lui demandai :

— Que dirais-tu d'aller faire un poker avec les gars dès qu'on en aura terminé ici ?

— Et si tu prenais quelques affaires et que tu me retrouvais à l'entrepôt ? Ça fait un moment que je ne t'ai pas botté le derrière.

C'était une bonne idée. J'avais besoin d'évacuer mon agressivité, et Sam était le partenaire d'entraînement idéal pour ça.

— Ça marche.

Un peu avant une heure du matin, je traversais les rues de mon ancien quartier en direction du secteur des entrepôts. Chaque fois que j'y venais, j'y trouvais un peu de réconfort. Plein de souvenirs. Je n'avais aucune envie de revivre ici, mais c'était un endroit familier.

Je n'étais pas né ici comme Nik, Kir et Sam. J'avais passé les huit premières années de ma vie dans un quartier agréable de la classe moyenne inférieure. Si les personnes qui devaient m'accueillir après la mort de mes parents avaient fait leur devoir, je n'aurais peut-être jamais vu ce quartier. Au lieu de cela, j'avais appris à me battre dans ces rues et je m'étais fait casser la figure un bon nombre de fois. C'était ici que j'avais tenu mon premier pistolet et que je m'en étais servi pour voler des touristes stupides.

Bon sang. C'était un miracle que j'aie réussi à atteindre l'âge de onze ans au vu des ennuis que je m'attirais au quotidien.

Par ailleurs, si Nik n'avait pas été là, aucun de nos frères n'aurait survécu quand l'assistance nous avait abandonnés suite à la mort de nos parents. Nik avait dirigé notre gang local. Même s'il n'était lui-même qu'un gamin à l'époque, il avait créé une petite famille pour nous, vu que nos parents n'étaient pas là pour le faire.

Mes parents.

Je me souvenais à peine d'eux, je n'avais que des fragments de souvenirs du point de vue d'un enfant de sept ans. Une chose dont j'étais sûr, c'était qu'ils s'aimaient. Mon père avait même trahi sa parole envers Lennox pour ma mère.

Le souvenir qui me revenait toujours, c'était la façon dont mon père observait ma mère lorsqu'elle travaillait. Il semblait fasciné par elle, comme s'il était choqué que quelqu'un comme elle soit avec lui.

Parfois, je me demandais ce qu'aurait été ma vie s'ils n'étaient pas morts dans l'accident de bus qui les avait emportés avec les parents de Nik et de Kir, ainsi que la mère de Sam.

Serais-je devenu l'homme que je suis aujourd'hui ?

Je jetai un coup d'œil à la chevalière que je portais par-dessus le tatouage de ma main gauche.

Je connaissais la réponse. Tout ce que j'étais aujourd'hui, je le devais à Arin King.

Sans lui, il était plus que probable que Nik, Kir, Sam et moi serions morts ou en prison. Au lieu de nous tuer après notre tentative ratée de vol, comme l'aurait fait n'importe quel homme dans la position d'Arin, il nous avait recueillis et nous avait offert des existences qu'aucun d'entre nous n'aurait jamais pu imaginer quand nous étions de pauvres gamins des rues.

Je me passai une main sur le visage.

Bon sang, comme il me manquait !

Arin était tout sauf un père traditionnel. Il était strict, n'acceptait pas la moindre de nos conneries, et nous menaçait souvent de mort pour nous faire rentrer dans le rang. Ses leçons étaient dures, notamment la façon dont il nous avait enseigné les tenants et les aboutissants de son activité, mais au final, nous avions multiplié la taille de son empire par dix.

Il avait vu le potentiel de chacun d'entre nous et nous avait poussés dans cette direction. Nik et Kir avaient toujours été destinés à mener les affaires, Nik étant la tête et Kir la force motrice. Sam possédait une ruse mortelle qui faisait de lui le meilleur choix pour représenter King Holdings, aussi Arin l'avait-il poussé à s'orienter vers une école de commerce.

Il ne restait plus que moi.

Dès le début, j'avais joué le rôle du sournois, celui qui recueillait les informations pour les utiliser contre les gens afin qu'ils restent dans le droit chemin. Je l'avais fait quand je fréquentais le gang de Nik, et Arin m'avait appris à le faire pour lui. Il m'avait même envoyé à l'université pour devenir un hacker et avait engagé des tuteurs privés pour m'enseigner les ficelles du métier. Mon recrutement à la CIA n'était pas une coïncidence, c'était un échange de faveurs. Il s'agissait de faire en sorte que les King ne soient pas repérés afin que nous puissions les aider lorsque le gouvernement avait besoin d'une approche discrète.

Je jetai un nouveau coup d'œil à la bague que j'avais à la main et je fléchis les doigts, sentant la brûlure de ce qui se cachait en dessous.

Que n'aurais-je pas donné pour recevoir à nouveau ses conseils, surtout en ce qui concernait cette histoire avec Lilly.

Je savais ce qu'il dirait. Cet homme ne mâchait jamais ses mots.

Rey, arrête d'être lâche, et fais ton boulot. Les affaires passent avant tout.

Si seulement choses étaient aussi simples...

Jusqu'à ce que je rencontre Cora Hass, mes émotions étaient verrouillées. C'était ce qui m'avait permis d'exceller dans mon travail, à la fois pour King Holdings et la CIA.

Bon sang, Arin m'avait surnommé le chevalier déloyal parce que j'obtenais par un calcul froid tout ce dont j'avais besoin sur une personne, que je l'utilisais contre elle et que je parvenais au résultat souhaité.

Et voilà que j'étais en train de perdre la tête pour une femme qui n'avait fait que me mentir.

J'espérais que ces quelques rounds dans la cage avec Sam m'aideraient à me remettre les idées en place.

Je conduisis ma voiture jusqu'à l'arrière de l'entrepôt où se trouvait notre club de combat et je ralentis, car je voyais plus de voitures que d'habitude pour le milieu de la semaine, surtout à cette heure de la nuit.

Bon sang, mais que se passait-il ?

À ma connaissance, il n'y avait rien de prévu ce soir.

Je garai ma voiture, pris mon téléphone, et envoyai un message à Sam.

MOI : Je croyais que la cage était à nous ?

Quelques secondes plus tard, une réponse arriva.

SAM : Les choses ont changé.

MOI : Abruti.

SAM : On laisse ce round se terminer, et je te montrerai qui est l'abruti.

MOI : Ça marche.

Ouvrant ma portière, je pris mon sac et m'avançai vers l'entrée latérale. Dès que j'ouvris la porte métallique coulissante, je fus bombardé d'encouragements. La salle n'était pas pleine, mais la foule était assez dense pour que je comprenne qu'il y avait un match privé.

Pénétrant dans l'espace ouvert du bâtiment, je distinguai les silhouettes de deux femmes en short et brassière de sport qui sautillaient et se balançaient dans la cage.

Kir était sur le côté, à crier des encouragements, accompagné de Danika, Nik et Sam.

Tous portaient encore leur tenue de l'exposition, sauf que les hommes avaient retiré leur veste et remonté leurs manches de chemise. Danika sautillait, criant quelque chose aux femmes sur le ring.

À présent, cela me paraissait logique : Jayna s'y trouvait.

Elle était la seule à pouvoir attirer une telle foule à cette heure de la nuit.

Il aurait été bon que l'un de mes frères me prévienne entre le moment où j'avais quitté la galerie, et celui où elle était entrée dans la cage. Dans ce cas, je serais venu directement ici au lieu de travailler un peu.

La dernière fois que j'avais vu Jayna se battre, c'était plusieurs années plus tôt. Elle était redoutable et s'était entraînée avec Kir pendant plus de dix ans. Son adversaire devait être meilleure que la moyenne, car très peu de gens pouvaient rivaliser avec Jayna en termes de compétences ou d'aptitudes, à moins de faire partie du circuit professionnel.

Je me rapprochai de la foule, et, juste au moment où j'arrivais près de Kir, l'adversaire de Jayna entra dans mon champ de vision. Aussitôt, je fus transporté un an et demi en arrière, de l'autre côté de l'océan.

Bordel.

Aussitôt, un picotement parcourut mon échine, mon sexe réagit, et je serrai les dents.

Lilly avait le visage et la peau rougis par la sueur, ses bras sculptés et ses abdominaux étaient fléchis, anticipant une attaque, et les muscles de ses longues jambes se préparaient à prendre l'offensive.

Je l'avais suffisamment regardée s'entraîner pour savoir qu'elle prévoyait d'envoyer un coup de pied circulaire à Jayna au moment où elle s'y attendrait le moins.

Kir jeta un coup d'œil dans ma direction et secoua la tête.

— Ces femmes sont vicieuses. Personne ne croirait qu'elles sont amies en dehors de la cage. Elles ne retiennent pas leurs coups !

— Jay organise ces matches principalement pour Lilly, répondit Danika. Elle est tellement gentille et posée tout le temps, c'est amusant de la voir laisser éclater sa rage.

Et, comme je l'avais prédit, Lilly se déplaça, se pencha, et envoya un coup de pied circulaire dans l'estomac de Jayna, l'envoyant au sol. Kir grimaça.

— Jay va souffrir demain.

Quelques secondes plus tard, celle-ci bondit pour se relever, et elle se positionna pour contrer Lilly.

Les deux femmes s'échangèrent des piques qui n'étaient destinées qu'à leurs propres oreilles, puis poursuivirent le round, parcourant tout le ring jusqu'à ce que la sonnerie retentisse quelques minutes plus tard, signalant la fin du match. Elles s'étreignirent et s'appuyèrent l'une sur l'autre, la respiration haletante, alors qu'elles sortaient de la cage près de nous.

Au moment où Jayna sortait du ring, ses yeux gris tempête se fixèrent sur les miens, m'indiquant qu'elle avait su que j'étais là. Ses iris étaient chargés de désir et de besoin et me renvoyaient à notre marathon sexuel après l'avoir regardée s'entraîner avec ses formateurs.

Elle soutint mon regard pendant quelques secondes encore avant d'expirer profondément et de se détourner, traversant la foule en direction des vestiaires.

Sans réfléchir, je fis un pas pour la suivre, mais une main se posa sur mon épaule.

— Quand cet endroit sera vide, tu es prêt à ce que je te botte les fesses ?

Je jetai un regard à Sam, retenant l'envie de le frapper.

— Continue à rêver. Ce n'est pas moi qui reste assis derrière un bureau toute la journée.

— Je vais te montrer comment ce rond-de-cuir te frappe au visage.

— J'espère que tu es prêt à joindre le geste à la parole.

6

L illy

Je sortis de la douche, tâchant de me faire à l'idée que je m'apprêtais à marcher sur le fil du rasoir.

Je n'avais jamais joué à la fois mon propre rôle et celui d'un alias. C'était soit l'infiltration, soit Lilly.

Le briefing étant fixé à onze heures du matin, cela me laissait suffisamment de temps pour rentrer chez moi, dormir un peu et me rendre à Chelsea.

Je priai pour que Cora Hass ne fasse pas partie de ce scénario. Je l'avais mise à la retraite.

Mais mon instinct me disait qu'elle devrait faire une

apparition tôt ou tard. Elle avait contrarié trop de gens, et possédait beaucoup d'informations.

Heureusement, elle était un boulet à un niveau que l'agence ne voulait toucher qu'en dernier recours.

À la seconde où Cora et sa signature laisseraient une petite trace sur le dark web, toutes les foutues agences gouvernementales mobiliseraient leurs meilleurs éléments pour parcourir le net à la recherche de ma localisation. Dani s'embarquerait même avant eux, et elle serait la première à me trouver.

Aux yeux des gens, Cora Hass avait disparu de la surface de la planète après s'être vengée de Rex Busch.

Repoussant ces pensées, je grimaçai en m'essuyant.

Maudits soient Jayna et ses crochets du gauche. J'allais passer la journée du lendemain avec des courbatures et peut-être des douleurs, mais cela en vaudrait la peine.

Car j'avais terriblement besoin de décharger mon agressivité sans retenue.

Mais j'avais davantage besoin d'un autre type de libération. Une que je n'avais pas connue depuis presque...

Non. Ne va pas par là, Lilly. Ça ne te mènera qu'à des ennuis.

Si ce genre de réprimande avait fonctionné, je ne me serais jamais rapprochée de Rey.

Je voyais encore la lueur dans ses yeux dorés pendant qu'il me regardait : la faim, la convoitise animale, et l'anticipation de mes mouvements.

C'était à la fois excitant et douloureux, et cela me rappelait un peu trop ces moments que je n'aurais jamais dû m'autoriser à voler.

Je refoulai ces pensées et attrapai ma robe. Ce que je devais faire, c'était retourner à mon appartement, prendre une ou deux bonnes rasades de whisky et dormir.

Cela m'offrirait un court moment d'oubli.

Dix minutes plus tard, après m'être séché les cheveux avec une serviette, je me dirigeai vers les portes du vestiaire des femmes. Au moment où j'attrapais la poignée, le panneau métallique s'ouvrit, m'obligeant à reculer, et Rey entra.

Aussitôt, l'énergie que j'avais ressentie pendant le match s'intensifia à un niveau presque incandescent. Ma peau me brûlait, les palpitations au creux de mon ventre s'intensifièrent, et mon désir pour lui devint douloureux.

Si seulement j'avais gardé les cheveux humides, j'aurais pu atteindre ma voiture avant qu'il n'arrive.

Je ne voulais pas me souvenir, avoir mal, regretter. Mes émotions étaient à fleur de peau et je devais garder la tête froide avant ma réunion.

— Tu es dans le mauvais vestiaire.

— Est-ce que Jayna est là ? demanda Rey, en me fixant d'une manière qui me fit frissonner et me donna la chair de poule.

— Euh... dis-je, la respiration superficielle. Elle est partie avec Kir.

Rey passa la main derrière lui et verrouilla la porte.

— C'est une mauvaise idée, murmurai-je, reculant d'un pas. Tu me détestes, tu te souviens ?

Ignorant ma question, il s'avança vers moi et me demanda :

— Tu n'as pas dit que tu avais l'intention de t'envoyer en l'air dans cette robe ?

— Je l'ai dit. Mais...

Bon sang, pourquoi fallait-il toujours qu'il me fixe de cette manière ?

— Eh bien, je vais te sauter dedans.

— Cela ne fera que compliquer les choses.

— Alors, dis non.

Je déglutis et continuai à reculer.

— Vous me faites chanter pour que je sois ici.

— Ce n'est pas un non, constata-t-il.

Il s'approcha et me saisit les hanches, me faisant reculer jusqu'à me coincer contre le comptoir situé sur le mur le plus éloigné de la pièce.

— Dis-moi que tu n'en as pas autant besoin que moi en ce moment.

J'en avais plus besoin que lui. Il savait très bien à quel point il m'affectait.

Il l'avait toujours fait.

Je mourais d'envie qu'il me touche, mais les conséquences étaient trop importantes. Et moi, je n'étais qu'une pauvre idiote dont le corps était incapable de lui résister.

— Je... je ne veux pas de toi.

— Menteuse.

Les commissures de ses lèvres s'incurvèrent et une lumière féroce s'insinua dans son regard d'ambre sombre.

— Tu ne veux pas avoir envie de moi. Je te connais, Lilly. Tu as tellement envie de t'envoyer en l'air à cet instant que ta peau te brûle.

— Tu connaissais Cora. Tu ne sais absolument rien de moi.

J'essayai de le repousser. Mais il glissa une main dans la fente de ma robe, repoussa le tissu sur le côté, et agrippa mes cuisses une seconde avant de me soulever sur le bord du comptoir.

— Je sais que, si je glissais mes doigts en toi maintenant, tu jouirais en moins de quelques minutes.

Il se plaça entre mes jambes et appuya son membre épais et dur sur mes replis intimes et moites.

La friction du tissu de son pantalon m'obligea à me mordre la lèvre pour retenir un gémissement.

— Je sais à quel point tu étais excitée quand je te regardais t'entraîner. Je sais qu'on s'envoyait en l'air pendant des heures jusqu'à ce que le sommeil nous terrasse, et qu'on recommence ensuite, encore et encore.

Je ne pouvais m'empêcher de me frotter contre lui, j'avais besoin de cette friction qui m'avait manqué si longtemps.

— Pourquoi ne me laisses-tu pas tranquille ?

Finalement, je retrouvai un semblant de raison et je glissai un pied au sol, me préparant à m'en aller.

Je devais arrêter ça.

Mais il resserra sa prise sur mes cuisses, et il bascula son bassin contre mon clitoris, à un rythme destiné à me rendre folle.

— Parce que j'ai assez souffert.

— Ne me raconte pas de conneries ! En quoi as-tu souffert ? Je sais que tu es passé à autre chose après moi.

Je ne pouvais pas cacher la douleur qui irradiait mon cœur.

Un pli se creusa entre ses sourcils.

— Ah oui ?

— Je ne suis pas aveugle, j'ai remarqué ces femmes autour de toi.

— Quelle preuve as-tu ? Tu étais là ?

L'une de ses mains remonta le long de mon flanc, attrapa mon sein, puis en pinça la pointe tendue à travers l'étoffe de ma robe, tandis que l'autre serpentait autour de ma taille pour grimper le long de mon dos dénudé.

— Ne fais pas ça, gémis-je, sachant que j'étais en train de perdre cette bataille.

— Faire quoi ?

— Me donner envie de choses que je ne peux pas avoir, que je n'ai jamais pu avoir.

Il posa une main sur ma nuque, basculant ma tête en arrière en empoignant mes cheveux humides.

— Pourquoi tu ne pourrais pas les avoir ?

— Ne joue pas avec moi, dis-je, plissant les yeux. Je sais que tu ne m'aimes plus. Mieux vaut pour nous deux que l'on arrête maintenant, plutôt que de souffrir davantage plus tard.

— Non.

Sa bouche se referma sur la mienne.

Au lieu de le repousser, je saisis son t-shirt, l'attirant plus près et répondant à ses attentes par les miennes, me noyant dans son goût enivrant alors que tout mon bon sens s'évanouissait.

Oh, comme j'aimais la bouche de cet homme !

— Rey, gémis-je alors qu'il approfondissait le baiser, me laissant me perdre dans le jeu de sa langue, me rappelant un temps où il n'y avait pas tant de douleur entre nous.

— Bon sang, tu as toujours le même goût, murmura-t-il alors que ses doigts se resserraient dans mes cheveux.

Nous nous dévorions mutuellement la bouche, amplifiant toujours plus la douleur qui palpitait au plus profond de mon ventre. Je me délectai de la douleur contre mon cuir chevelu lorsque son emprise se resserra, et mes mamelons se tendirent contre le tissu de ma robe.

— Tu me hantes jour et nuit. À chaque foutue seconde, murmura-t-il, faisant basculer davantage ma tête en arrière pour déposer des baisers tout le long de mon cou. Pourquoi est-ce que je n'arrive pas à passer à autre chose ?

Au lieu de trop réfléchir à ses mots, je rompis notre baiser assez longtemps pour tirer son t-shirt par-dessus sa tête.

Mieux valait que je me concentre sur le sexe, le désir, l'attirance qui imprégnait chaque interaction entre nous.

Ses doigts glissèrent sous l'ourlet de ma robe, pétrissant

les muscles de mes cuisses comme lui seul savait que j'aimais.

Je haletai, me frottant contre lui, et j'entendis son ricanement profond et satisfait.

— Tu aimes toujours cette pointe de douleur, n'est-ce pas ?

Lorsqu'il atteignit ma hanche, il marmonna :

— Tu es nue là-dessous.

— Je croyais que c'était évident, dis-je, posant la main sur le tissu humide qui recouvrait son sexe. Tu ne me sentais pas plaquée contre toi ?

— Oh, comme je déteste cette robe !

Il écarta davantage mes genoux et m'attira contre lui.

— Même quand j'étais à toi, tu n'as jamais eu ton mot à dire sur ce que je portais, alors ne crois pas que ce soit le cas aujourd'hui.

Il leva la tête et me regarda droit dans les yeux.

— Tu ne portais pas de tels vêtements à l'époque.

Ses doigts glissèrent entre mes replis humides jusqu'à ce qu'il atteigne mon intimité trempée, glissant de haut en bas dans des mouvements aguicheurs pendant quelques secondes avant d'en enfoncer un, puis un autre.

— Oh, mon Dieu ! haletai-je, le dos cambré, plantant mes ongles dans la peau de ses épaules.

Je fermai les yeux et mon sexe se contracta autour de lui.

Il entama un mouvement de va-et-vient, se servant de son pouce pour caresser mon clitoris à chaque passage.

— Tu es à moi jusqu'à ce que je te libère. Tu comprends ?

Les sentiments qui m'envahissaient étaient trop puissants pour que je puisse lui répondre. Je n'arrivais pas à réfléchir. Je n'aurais pas dû avoir besoin de cela aussi désespérément.

Je m'agitai sous ses mains, perdue dans les sensations qu'il faisait naître dans mon corps. Mes muscles intimes frémirent et se contractèrent, et mon excitation inonda sa main. Tout mon corps se tendit et je tremblai, perdue aux confins de la libération.

J'étais si proche !

— R-R-Rey, geignis-je, me mordant la lèvre.

Juste au moment où j'allais basculer, il se retira et saisit mon visage entre ses mains humides.

— Je t'ai posé une question.

Je soulevai les paupières pour contempler des iris dorés, qui ne me rappelaient que trop l'homme que j'avais connu si longtemps auparavant. Celui qui me faisait rêver, qui me faisait croire que j'étais plus qu'un atout.

Non, je n'allais pas m'infliger ça. Mon cœur était déjà brisé. Peu importe ce que je ressentais, il ne m'aimerait plus jamais.

À la fin, il resterait ici et je passerais à autre chose. C'était ainsi que cela fonctionnait dans mon monde.

— Je ne suis pas à toi. Ce n'est que du sexe.

Pour lui, en tout cas, ce n'était que ça.

Il continua à tenir mon visage et à me regarder dans les yeux pendant quelques secondes encore, puis, comme s'il acceptait mon affirmation, il me relâcha et posa mes paumes sur ses hanches.

Je repoussai son pantalon de survêtement en même temps que son boxer, libérant son membre épais et dur. Je l'empoignai à la base et le caressai de haut en bas, son excitation perlant à la pointe, enduisant mes doigts.

Il se rapprocha de moi, agrippant ma cuisse et ma taille.

— Fais-moi entrer.

Je me déplaçai vers l'avant et le plaçai devant l'entrée de mon intimité trempée. Dans la seconde suivante, il s'enfonça jusqu'à la garde.

— Merde ! haletai-je en même temps que lui.

Cela faisait si longtemps. Le plaisir et la douleur.

Je fermai les yeux, me délectant de la sensation de l'avoir enfoui profondément en moi. Tous les fantasmes que j'avais nourris au cours des derniers mois ne lui avaient jamais rendu justice. J'avais besoin de plus. Oh ! Comme j'avais besoin de plus !

Au lieu de se retirer et de s'enfoncer à nouveau, Rey me serra les cheveux dans une poigne cuisante et me força à le regarder.

— Combien d'autres ?

— Quoi ?

Je me concentrai sur son visage et non sur la palpitation de son membre épais logé en moi.

— Je t'ai demandé combien d'autres après moi ? Tu t'es tapé le blondinet d'aujourd'hui ? Est-ce que c'est ton amant ?

Pourquoi demandait-il ça maintenant ?

— Tu n'as pas le droit de me faire ce numéro. Ce ne sont pas tes affaires.

— Bien sûr que si, surtout quand je suis en toi sans protection.

Je me raidis. Oh, mon Dieu... Qu'étais-je en train de faire ?

J'étais sous contraception. Cela faisait partie des obligations à l'agence, mais c'était à moi de me protéger.

Merde ! Je le savais, pourtant !

— Ce n'est pas moi qui affiche une personne différente à mon bras chaque semaine. C'est toi qui devrais répondre à la question.

Nous nous regardions fixement comme si nous étions face à face dans une bataille, en proie à une guerre d'émotions déchaînées.

Après quelques instants, il respira profondément et répondit :

— Personne d'autre que toi.

— Mais... dis-je alors que mes lèvres tremblaient pendant une seconde. Je ne comprends pas.

— Qu'est-ce qu'il y a à comprendre ? Je ne suis pas le dépravé que tu penses. Maintenant, à toi de répondre.

Je ravalai la boule qui m'obstruait la gorge et murmurai :

— Pareil.

Ses doigts fléchirent dans mes cheveux et ses lèvres couvrirent les miennes pendant qu'il se retirait et s'enfonçait à nouveau. Il n'y eut plus de mots et nous laissâmes le désir de nos corps prendre le dessus.

C'étaient des baisers et du sexe, en quête de cette connexion que nous avions perdue et qui, je le savais, ne reviendrait jamais.

J'ignorais si quelqu'un à l'extérieur de cette pièce pouvait entendre ce qui s'y passait, mais à ce moment-là, aucun de nous ne semblait s'en soucier.

Le feu qui coulait dans mes veines, dans mon sang, se ravivait tandis que mon ventre palpitait à chaque glissement de son sexe, me rapprochant de plus en plus de la libération.

— Jouis, Lilly. Je veux te sentir jouir.

Il fit pivoter ses hanches de cette manière parfaite pour me faire basculer.

— Oh, mon Dieu ! Rey ! haletai-je, rejetant la tête en arrière, submergée par mon orgasme.

Mon sexe frémit et se contracta autour de lui, et l'extase se propagea dans chacun de mes nerfs.

Il continua à me pénétrer, m'offrant un autre orgasme tandis qu'il se précipitait vers le sien.

Lorsqu'il jouit, il me serra contre lui et murmura mon nom comme il l'avait fait il y a si longtemps lorsqu'il m'aimait.

7

R eyhan

JE SERRAI LILLY CONTRE MOI, sa tête calée dans le creux de mon cou, tout en essayant de reprendre mon souffle. Mon membre était loin d'être apaisé, et l'envie de la prendre encore et encore jusqu'à ce que j'assouvisse mon envie d'elle me tenaillait l'esprit.

Cette femme me donnait envie de faire des choses que je n'aurais pas dû faire, surtout pas avec elle. Elle avait été mon monde, mon tout, et je n'arrivais pas à comprendre comment j'avais pu me tromper à ce point.

— Nous n'aurions pas dû faire ça, murmura Lilly, la voix teintée de regrets. Cela ne fera qu'empirer les choses.

Je tirai sa tête en arrière, l'obligeant à me regarder.

— Comment cela pourrait-il être pire ? As-tu l'intention de me tirer dessus une deuxième fois ?

Je regrettai la dureté de mes paroles dès que les mots sortirent de ma bouche.

— Je ne voulais pas… commença-t-elle.

Elle serra les dents et me repoussa, sautant du comptoir.

— Cela ne doit pas se reproduire.

Je lui attrapai le bras pour l'empêcher de s'enfuir.

— Tu crois vraiment que c'est possible ? Le sexe, c'est ce qu'il y a de plus honnête entre nous.

— Tu me regardes et tu vois Cora. Je ne suis pas elle.

Je ne m'attendais pas à voir une telle tristesse au fond de ses yeux gris.

— Est-ce qu'il y avait quelque chose de réel ?

Elle déglutit, puis demanda :

— Tu veux dire, en dehors du sexe ?

— Oui.

— Ça ne changera pas l'issue. Je suis toujours la méchante. Je t'ai tiré dessus. J'ai disparu. Je suis toujours celle que tu as obligée à être ici. Je suis toujours celle qui a débarqué dans ton monde pour foutre ta vie en l'air.

Elle dégagea son bras et s'avança vers un placard rempli de serviettes propres, en prit une et s'essuya entre les jambes.

Je me rhabillai rapidement, sachant qu'elle essaierait de s'échapper à la première occasion.

— Tu n'as pas répondu à ma question.

— En quoi est-ce important ?

Elle se dirigea vers la porte, mais je lui barrai la route.

— Parce que j'ai besoin de savoir que je comptais. Que ce n'était pas que moi.

Elle ferma les yeux, et lorsqu'elle les rouvrit, une larme roula sur sa joue.

— Ce n'était pas que toi.

Ses mots me donnèrent l'impression qu'elle m'avait tiré dessus une nouvelle fois. Tout ce temps passé ensemble, tous ces jours à rire, à s'aimer, à être simplement tous les deux. Elle avait tout balancé.

— Alors pourquoi m'as-tu trahi ?

— Parce que c'est ce que je fais, Rey. C'est mon travail. Je suis une menteuse, une voleuse, une meurtrière.

— Je vois.

Elle secoua la tête.

— Non, tu ne verras jamais. C'est ainsi. Je suis désolée.

— Je me fous que tu sois désolée ! m'exclamai-je, serrant les poings dans une tentative de regagner un semblant de contrôle dans cette situation.

— Cela ne doit pas se reproduire. C'est mieux pour toi que tu passes à autre chose.

— Cela te faciliterait la tâche. Ça apaiserait ta culpabilité. Comme tu l'as dit, quoi qu'il arrive, tu es la méchante.

— Tu ne sais rien de ma culpabilité, affirma-t-elle en me repoussant. Tu ne sais pas à quel point ce que je porte en moi est profond.

Elle me repoussa encore.

— Dégage de mon chemin. Je veux m'en aller.

— Dis-moi. À quel point est-ce profond ?

— Je t'en prie, laisse tomber. Je ne veux pas faire ça. Rien de ce que je dirai ne fera la différence.

— Essaie toujours.

Elle baissa la tête.

— Tu ne faisais pas partie du plan. Je le savais, pourtant, mais je suis quand même tombée... Ça n'a pas d'importance. Sache simplement que je t'ai tiré dessus pour te sauver. Soit je m'en chargeais, soit c'étaient Rex et ses hommes.

Elle me poussa hors du chemin et déverrouilla la porte.

Alors qu'elle saisissait la poignée, je lui demandai :

— M'as-tu jamais aimé ?

— Qu'est-ce que ça peut faire ? Je suis la méchante. Et ça n'existe pas, les histoires où le méchant vit heureux pour toujours, n'est-ce pas ?

Elle ouvrit la porte et vit Sam qui se tenait là. L'inquiétude se lut sur son visage tandis qu'il examinait son apparence, puis il leva les yeux vers moi. Se penchant, il murmura quelque chose à Lilly, et elle secoua la tête avant de s'éclipser.

Une seconde plus tard, Sam entra dans le vestiaire et ferma la porte à clé. Son visage exprimait son irritation, et je me préparai à recevoir un coup de poing.

Il balaya la pièce du regard, et son regard se posa sur les perles de la robe de Lilly qui gisaient sur le sol. Si l'apparence de Lilly n'avait pas trahi le fait que nous nous étions envoyés en l'air, les pièces de la robe de Lilly et l'odeur de nous dans l'air l'auraient fait.

— Tu t'es trompé dans les panneaux des vestiaires ?

— Va te faire voir.

Je m'assis sur un banc et laissai retomber ma tête dans mes mains.

— Il est temps d'arrêter les conneries et d'avouer quelque chose que j'ai compris il y a un moment.

Relevant la tête, je lui demandai :

— Et qu'est-ce que c'est ?

Il s'appuya contre la porte fermée et croisa les bras.

— Lilly est Cora.

Parmi mes frères, il fallait que ce soit Sam qui le découvre le premier. Mais peut-être qu'ils le savaient tous, et qu'ils le gardaient pour eux. J'avais bien mal caché mes sentiments.

— Cela changerait-il ta perception d'elle ?

— Non. Je sais ce que je dois savoir sur elle.

— Alors je n'ai pas à avouer quoi que ce soit.

— Lui as-tu demandé toute l'histoire, ou as-tu exigé des réponses comme si elle subissait un foutu interrogatoire ?

— Qu'est-ce que ça peut faire ? C'est arrivé.

— Je dis encore une fois que c'est de la foutaise. Dans n'importe quelle autre situation, tu es l'enfoiré le plus logique qui soit. Tu voudrais connaître tous les détails, tous les faits, avant de tirer une conclusion. Tu ne prends jamais rien pour argent comptant.

— Où veux-tu en venir ?

— Je vais te dire ce qu'Arin vous dirait.

— Et c'est ?

— Arrête de jouer le pauvre type au cœur brisé et ressaisis-toi.

— Tu t'es donné ce conseil ?

— Il se trouve que oui. Mais, la différence entre nous, c'est que ta femme est juste sous tes yeux, et que celle que je veux a choisi quelqu'un d'autre.

— Elle n'est pas à moi.

— Est-ce que tu viens oui ou non de coucher avec elle sans te soucier de qui l'entendait ? D'après moi, tu viens de la revendiquer.

— Je suis sûr que ce point de vue d'homme des cavernes a bien plu à Devani. Pas étonnant qu'elle t'ait laissé tomber.

Sam serra le poing.

— Tu crois qu'en disant des conneries comme ça, tu vas détourner la discussion de toi ? N'oublie pas que nous sommes tous les deux de grands manipulateurs.

— Va te faire voir, Sam. Je n'ai pas le temps pour ces conneries.

— Tu préfères que Nik ou Dani te coince ? Ils l'apprendront tôt ou tard.

— Qu'est-ce que tu attends de moi ? Il n'y aura pas de fin de conte de fées ici.

— Tu pourrais arrêter de jouer à l'abruti moralisateur. Aucun d'entre nous n'est innocent quant aux choses qu'il a faites pour obtenir les résultats qu'il souhaitait. Comme nous vivions dans le même quartier, tu savais comment séduire la bonne fille pour obtenir les informations dont nous avions besoin pour nos affaires. Ce qui te rend dingue, c'est que c'est exactement ce qui t'est arrivé.

Je ne veux pas parler de travail quand nous sommes ensemble. C'est le seul endroit où je peux faire une pause.

Je soupirai, détestant admettre la vérité.

— Elle ne m'a pas soutiré d'informations. Nous avions convenu de ne jamais parler de travail.

— Alors, remets-toi et laisse-la tranquille.

— Toute notre relation était construite sur des mensonges, et tu veux que je croie tout ce qu'elle me dit ?

— Ton existence tout entière est un mensonge, agent Shay Decker. Non, attends, tu es sur le point de commencer une mission, tu vas donc avoir un autre nom d'abruti. Ou peut-être qu'aujourd'hui, tu te serviras de l'un de tes noms de hacker, comme Tobias Hicks, parce que tu n'es Reyhan Akshay King que lorsque cela t'arrange. Es-tu encore un King ?

Ma colère s'enflamma et je me levai, prêt à le frapper.

— Qu'est-ce que tu veux dire par là ? Je fais mon boulot.

— Dis-moi, à quand remonte la dernière fois où tu es sorti en public avec l'un d'entre nous sans être sur tes gardes ? Même ce soir, tu es resté à l'écart, et je suis certain que tu as éliminé toute trace de ta présence à l'exposition.

— Ce n'est pas la même chose.

— Vraiment ? Tu gagnes ta vie en mentant. Pour nous, pour ton agence et pour toute autre raison que tu estimes opportune. Tu es la dernière personne à pouvoir juger quelqu'un. Sam se retourna, ouvrit la porte, puis marqua un temps d'arrêt.

— Je pense qu'il est temps que le chevalier déloyal rencontre enfin sa moitié. Ou devrais-je dire, quelqu'un de meilleur que lui ?

UNE HEURE après avoir laissé Sam à l'entrepôt, j'arrivais devant la maison de Lilly.

Sam avait raison. J'étais aussi menteur qu'elle. J'avais commencé notre relation sous un autre nom et je lui en voulais de ne pas être la femme qu'elle présentait au monde.

Mais elle avait su dès le début que j'utilisais un pseudonyme.

C'était complètement tordu.

Il me fallait des réponses. Je ne pouvais qu'espérer qu'elle m'en donnerait. Elle cachait des secrets bien plus profonds que quiconque que j'avais jamais rencontré. Ceux que j'avais découverts ne faisaient qu'effleurer la surface.

Je garai ma voiture dans un parking près de son immeuble et me dirigeai vers son appartement.

Avant que je puisse sonner, la porte s'ouvrit, et Lilly apparut.

— Qu'est-ce que tu veux ?

Elle avait enfilé un pantalon large et un débardeur, et avait noué ses cheveux bruns en un chignon désordonné. Ses yeux gris ne reflétaient pas la moindre émotion, mais leur bord rougi et ses cernes sombres me disaient que quelque chose la contrariait.

C'était sans doute ce qui s'était passé entre nous.

— Tu m'attendais ?

— Depuis qu'un abruti m'a traquée à Londres, j'ai augmenté mes défenses partout. Aujourd'hui, je prends mes précautions, pour savoir qui respire dans un rayon de quinze mètres autour de chez moi. Alors, laisse-moi répéter. Qu'est-ce que tu veux ?

— Il faut qu'on parle.

Sa mâchoire se contracta.

— Je n'ai pas l'énergie nécessaire pour ça. Dégage. J'ai du travail dans la matinée.

Elle essaya de fermer la porte, mais je la saisis.

— Quelle est la véritable raison pour laquelle tu as quitté ta famille, Lilly ? Et comment as-tu fait pour disparaître totalement ? Cora Hass est apparue il y a moins de quatre ans. Qui t'a protégée ? Qui te protège encore ? Qui était ce type ce soir ?

Un sourire se dessina sur ses lèvres, loin d'être sincère.

— Tu n'as pas lu assez d'histoires à suspense pour savoir qu'une méchante digne de ce nom ne révèle jamais ses secrets ?

— Arrête ces conneries, lui dis-je.

Je poussai la porte pour l'ouvrir, la faisant trébucher en arrière, puis je la refermai.

— Arrête avec ces conneries de méchante, et donne-moi une réponse directe.

— Cela n'arrivera jamais.

Je m'approchai d'elle, saisis sa taille et la plaquai contre le mur.

— Pourquoi ça ?

— Parce que je n'ai jamais été honnête avec toi. Je suis une menteuse. À moins que tu aies oublié ?

— Faux. La seule fois où tu étais complètement honnête, c'était quand j'étais profondément enfoui en toi.

Elle releva le menton en plaquant ses paumes contre mon torse, prête à me repousser.

— Tu crois que tu peux m'arracher la vérité en couchant ensemble ?

Des flammes brûlaient dans son regard, mais le changement dans sa respiration et la façon dont ses mamelons perlaient sous son débardeur trahissait le fait qu'elle aimait l'idée plus qu'elle ne voulait l'admettre.

Ce n'était pas ce que j'avais prévu en venant ici, mais maintenant qu'elle m'avait mis cette idée en tête, elle me semblait parfaite.

— J'ai obtenu plus de réponses de ta part ce soir que je n'en ai eu au cours des six derniers mois.

Je me rapprochai d'elle, laissant mon corps excité se frotter au sien.

— Rey, tu peux me sauter autant que tu veux, dit-elle, la voix rauque de désir, et elle enroula ses doigts dans mon t-shirt. Mais tu ne gagneras pas ça.

— Es-tu en train de me lancer un défi ?

Je me penchai, posai une main près de son oreille, puis frottai ma barbe contre sa joue et sa gorge.

Elle sentait toujours aussi merveilleusement bon, un mélange de son savon fleuri et de sa douce essence naturelle.

Je vis sa peau rougie se hérisser de chair de poule, et mon envie de la prendre, à peine maîtrisée, se déchaîna, prête à prendre le dessus.

Elle tendit le cou, sa respiration devenant de plus en plus irrégulière.

— Même si c'était le cas, comme je l'ai dit, tu perdras.

— Au moins je pourrai te prendre jusqu'à t'évacuer de mon organisme.

Elle releva le visage, les yeux suppliants.

— C'est ce dont tu as besoin, une purge ? Ensuite, tu me laisseras tranquille ? Me laisseras-tu m'en aller ?

— Il y a beaucoup de choses dont j'ai besoin, dis-je en empoignant ses cheveux que je tirai en arrière. Mais, pour l'instant, je vais prendre ça.

Je couvris sa bouche de la mienne, la faisant haleter avant qu'elle ne réponde aux exigences de mes lèvres.

Bon sang. Elle était comme une drogue, enivrante, addictive, dévorante.

Autant je voulais la détester et ne plus jamais la voir, autant je voulais la garder, la lier à moi.

Elle passa ses bras autour de mon cou tandis que je glissais une paume sous l'ourlet de son t-shirt, sur la peau nue de son abdomen, et que j'attrapais son sein généreux, en faisant rouler et en pinçant la pointe froncée.

Lilly rompit notre baiser et rejeta la tête en arrière.

— Oh, mon Dieu ! Rey. Il m'en faut plus.

— Alors, je vais t'en donner plus, et quand j'en aurai terminé, tu n'auras plus aucun secret.

— Tu es doué, mais tu ne me briseras jamais.

— La dernière chose que je veux faire, c'est te briser. Mais je vais te faire supplier.

Je soutins son regard tout en accentuant la pression sur son mamelon, ce qui la fit grincer des dents, puis je relâchai mon emprise pour déplacer ma main le long de son ventre et sous la ceinture de son pantalon, jusqu'à son sexe trempé.

— Et nous savons tous les deux que je suis très doué pour te faire supplier.

— Ça fait longtemps. Les choses ont probablement changé.

Elle avait à peine terminé sa phrase qu'elle haleta.

— C'est vrai ? demandai-je, caressant son clitoris gonflé et tendu, le taquinant, faisant monter son désir. Découvrons-le.

Ses cuisses tremblèrent et elle se cramponna à mes épaules en bougeant les hanches, cherchant davantage de contact avec moi.

— Rey...

— C'est ce que tu cherches ?

Je glissai deux doigts profondément dans la chaleur humide de son sexe, lui faisant cambrer le dos tandis qu'elle se contractait autour de moi.

Un gémissement lui échappa avant qu'elle ne morde sa lèvre inférieure et ferme les yeux.

Elle était tellement belle ! Il n'y avait rien de tel que de la voir perdue dans l'excitation et le désir.

Elle chevaucha ma main alors que je la pénétrais avec mes doigts, tout en massant son clitoris avec mon pouce.

— Je t'en prie, Rey. J'ai besoin de jouir. Arrête de me torturer. Laisse-moi jouir.

Modifiant mon rythme, je lui prodiguai les poussées dures et régulières qu'elle désirait. Quelques secondes plus tard, elle s'effondra, poussant un cri en même temps que ses muscles intimes se contractaient.

Elle s'affaissa contre le mur dans un brouillard post-orgasmique, et je ne pus m'empêcher de lui adresser un sourire suffisant.

— Que disais-tu à propos des choses qui changent ?

— La ferme.

Je remontai mon doigt le long de son corps, suivis le contour de sa bouche et l'enduisis de l'essence de nos ébats récents et de son excitation.

— Ouvre.

Sans hésiter, elle ouvrit les lèvres et suça. Quand je me retirai, elle griffa ma peau de ses dents, mordant le bout. Le côté cru de ce geste me rappelait des choses qu'elle avait faites dans le passé, une époque où je pensais avoir rencontré l'âme sœur, la personne faite pour moi. Une douleur intense s'éveilla au creux de ma poitrine.

Elle souleva les paupières et nous nous fixâmes alors qu'une énergie familière passait entre nous.

Elle rompit le silence et murmura :

— Ce n'est que du désir. Tu me purges de ton organisme.

— Du désir, vraiment ?

Je relâchai ma prise sur ses cheveux et la soulevai par les cuisses, lui permettant d'enrouler ses jambes autour de ma taille tandis que je me retournais et l'emmenais dans les escaliers jusqu'à sa chambre.

— Tu ne m'as pas déjà dit ça ?

Les trois premières fois que j'avais couché avec elle, elle avait prétendu que ce n'était rien de plus qu'une alchimie physique. À la quatrième, il n'était plus possible de nier que quelque chose de profond bouillonnait entre nous. Après cela, nous avions pratiquement vécu ensemble.

— Cette fois, je le pense. Et je sais déjà comment ça va se terminer.

Je m'arrêtai et la posai par terre quand nous arrivâmes au pied de son lit.

— Comment ça va se terminer, Lilly ?

— Par des souvenirs de relations sexuelles intenses et torrides.

— C'est tout ?

— Oui.

Si elle était sincère, pourquoi n'était-elle pas capable de me regarder dans les yeux ?

Au lieu d'exprimer mes pensées, je lui dis :

— Ainsi soit-il.

Nous nous jetâmes l'un sur l'autre, tirant sur nos vêtements jusqu'à ce que nous soyons nus et haletants. Je la poussai sur le lit et je rampai au-dessus d'elle.

Elle était une véritable déesse, les yeux dilatés par un désir charnel, la peau rougie, et un corps que je ne pouvais m'empêcher de désirer en dépit de mes efforts.

Elle prit mon visage entre ses mains, m'attirant vers elle pour m'embrasser avant de faire courir ses ongles sur mon cou, mon torse et mon ventre. Elle suivit les contours des tatouages sur ma peau comme si elle essayait de les mémoriser, puis descendit pour empoigner mon érection violente et humide, qu'elle caressa de haut en bas.

Bon sang. Je rejetai la tête en arrière et serrai les dents.

Saisissant son poignet, je me libérai de sa prise et plaquai son bras sur le lit.

— Si tu continues à faire ça, ça ne durera pas.

— Serais-tu en train de dire que tu n'es plus capable de durer toute la nuit ?

Je m'abaissai vers elle, approchant mon visage à quelques centimètres du sien.

— Si je reste ici, et que je te fais tout ce que je veux, tu ne pourras plus cacher que je te saute. Quelqu'un va forcément le remarquer, surtout Danika. Es-tu prête à répondre à ses questions ? Es-tu prête à ce que tout le monde sache que tu es à moi ?

Qu'étais-je en train de raconter ? D'un autre côté, je n'étais pas certain de pouvoir la laisser partir.

Bon sang, cette femme me chamboulait complètement.

— Je pourrais te demander la même chose. C'est toi qui as une réputation à protéger.

Sa jambe glissa contre la mienne, se plaçant pour s'accrocher à mon mollet.

Je l'avais énervée, et elle avait l'intention de me retourner. Peut-être était-ce à cause de mes paroles, ou peut-être était-ce le changement dans mon expression à cause de mes pensées.

Quoi qu'il en soit, elle n'aurait pas le dessus.

Avant qu'elle puisse faire un geste, je la fis rouler et plaquai mon poids sur son dos, la coinçant sur moi, logeant parfaitement mon sexe contre le sien.

— Eh bien, si ce n'est pas la position idéale... Lilly Lennox, nue et mouillée, à plat ventre, prête pour le sexe.

— Enfoiré ! siffla-t-elle.

Je me penchai en avant pour effleurer son lobe d'oreille avec mes dents.

— Tu es en colère parce que j'ai compris ton plan ou parce que je l'ai contré ?

— Lâche-moi et rentre chez toi. Je n'ai plus envie de sexe.

Elle plaqua ses fesses contre mon érection, en totale contradiction avec ses paroles.

— *Tss-tss.* Serais-tu en train de mentir, encore ? lui demandai-je, déplaçant mes genoux pour écarter les siens ; elle se mit à haleter rapidement. Dis-moi que tu ne veux pas que je te pénètre maintenant. Dis-moi que ton sexe ne dégouline pas d'envie de me sentir en toi.

— Ton sexe est remplaçable.

— Vraiment ? dis-je, tournant autour de son intimité, m'enfonçant légèrement avant de glisser de haut en bas de son sexe moite. Alors pourquoi ne l'as-tu pas remplacé ?

Je mordis la jonction de son cou et de son épaule, lui offrant la pression dont elle avait besoin. La chair de poule hérissa sa peau, et un gémissement lui échappa.

— Je t'en prie, Rey. J'en ai besoin.

— De quoi as-tu besoin, Lilly ?

Saisissant ses hanches, je la tirai en arrière sans la pénétrer comme elle en mourait d'envie.

Elle me jeta un regard noir par-dessus son épaule.

— J'ai besoin que tu arrêtes de parler, et que tu me prennes ! Vous, les Américains, vous ne faites que parler.

Glissant une main sur son ventre ferme, je la ramenai contre mon torse, puis je lui saisis la gorge, lui faisant relever le visage jusqu'à ce qu'elle me regarde. De l'autre main, je positionnai mon sexe douloureux pour qu'il puisse s'enfoncer profondément en elle.

Peu importe à quel point j'avais envie de plonger en elle, je devais obtenir sa réponse.

— Réponds-moi.

— N'essaie pas d'en faire quelque chose de plus.

Et voilà, c'était la non-réponse qui en disait long.

— Ç'a toujours été plus, Lilly. Voilà pourquoi il n'y en a pas eu d'autre pour nous deux.

Je plaquai ma bouche sur la sienne et la pénétrai jusqu'à la garde.

Elle tendit la main en arrière, empoigna mes cheveux, et

répondit aux exigences de ma bouche tandis que les doigts de son autre main se mêlaient aux miens sur sa cuisse.

Le glissement de son sexe frémissant était un paradis que je ne voulais plus jamais quitter.

Elle suivit le rythme de mes hanches qui la pilonnaient, me rappelant à quel point nous avions toujours été en phase lorsqu'il était question de sexe.

— Oh, mon Dieu ! Rey...

Lilly haleta et se cambra, rompant notre baiser, son visage reflétant le plaisir et la douleur tandis que les muscles de son ventre se contractaient et se crispaient autour de moi.

Pour prolonger sa jouissance, je portai nos mains jointes à son clitoris sensible et caressai le nœud de nerfs gonflé.

— C'est trop ! s'écria-t-elle une seconde avant que son sexe se contracte si fort que je ne pus me retenir plus longtemps.

Je la poussai en avant. J'avais tant envie de jouir que cela obscurcissait mes pensées. Elle enfouit son visage dans les couvertures tandis que j'imprimais un rythme implacable. Elle haleta et gémit, se poussant contre moi à chacun de mes coups de reins. Lorsque mon orgasme me submergea enfin, j'eus l'impression de voir des étoiles.

8

L illy

JE FIXAI le plafond de mon loft avec la sensation qu'un poids de dix tonnes pesait sur ma poitrine, prêt à la faire éclater.

Bon sang ! Qu'étais-je en train de faire ? Je le savais, pourtant... J'étais déjà passée par là, mais j'avais quand même franchi le pas.

J'aurais pu prétendre que le sexe à l'entrepôt était une erreur de jugement, mais ça...

Lilly, tu n'apprends donc jamais rien ?

Tournant la tête, je regardai Rey qui dormait à côté de moi.

Combien de nuits avais-je passées à le regarder ainsi ? Si

détendu, si peu méfiant. J'avais envie de tendre la main pour suivre les contours de son beau visage et de ses lèvres.

J'étais tombée si fort et si vite amoureuse de lui. Nous pouvions parler pendant des heures de tout et de rien. Il avait été mon point d'ancrage, rendant supportables les six derniers mois de cette mission épouvantable. Cependant, au fil du temps, le fait de retenir certaines parties de moi me semblait mal à bien des égards.

La culpabilité avait commencé à me ronger.

Au final, Rey m'avait retiré le choix de dire ou non la vérité à Rey.

D'un autre côté, j'avais vécu dans l'illusion que nous aurions un avenir ensemble sans conséquences.

Le Solon européen comptait trois catégories d'agents : les officiers, les espions et les forces d'intervention spéciales. Presque tous les agents étaient considérés comme des espions. Ils pouvaient vivre une vie normale en dehors de Solon, avoir une famille, faire ce qu'ils voulaient, y compris prendre leur retraite si le travail ne leur convenait plus.

Mais ceux d'entre nous qui possédaient des compétences uniques en matière de technologie et de conception d'armements entraient dans la catégorie des forces spéciales. Nous réduisions le recours de l'organisation à la sous-traitance et, par conséquent, le Conseil estimait que nous lui appartenions. S'il nous arrivait de croire le contraire, il nous montrait à quel point nous faisions erreur.

Les gens comme moi n'avaient pas le droit à une fin

heureuse. Nous travaillions jusqu'à ce que le poste nous mette à la retraite ou que le Conseil le fasse.

Sans réfléchir, j'écartai les cheveux de Rey de son front, puis retirai précipitamment ma main, enroulant mes doigts dans ma paume.

Pourquoi avait-il passé la nuit ici ? Tout le monde allait savoir que nous couchions ensemble.

Qu'est-ce qui avait changé dans sa manière de penser entre le début de l'exposition à la galerie, et le moment où il était arrivé sur le pas de ma porte ?

Pourquoi ne pouvait-il pas laisser les choses en l'état ?

Il n'était pas censé être ici. Il n'était pas censé en vouloir plus. Il était censé continuer à me détester, même si cela me brisait le cœur.

Bon sang. Je devais me ressaisir.

Je devais assister à une réunion, découvrir une nouvelle équipe, trouver un nouvel équilibre entre ma vie réelle et le travail que Devani allait me confier.

Jetant un dernier coup d'œil à Rey, je me glissai hors du lit. J'entrai dans ma salle de bains, puis dans mon dressing où je pris mes vêtements, une paire de bottes et une veste en cuir avant de me placer devant un miroir au fond.

Posant le pied sur un point précis de la moquette, je dis en allemand :

— Blessée, mais pas brisée.

C'était une phrase que j'utilisais pour me décrire après toutes les merdes auxquelles j'avais survécu.

Dans la seconde qui suivit, un rayon vert apparut, scanna

mon visage, et la paroi en miroir s'ouvrit, révélant une pièce derrière. J'entrai, laissant le mur se refermer derrière moi.

Alors que les lumières s'allumaient, je me rendis dans ma chambre forte. J'avais aménagé un endroit comme celui-ci dans chaque ville où j'avais élu domicile pour y stocker mon matériel et me permettre de me ressaisir en cas de besoin.

Il était à la pointe de la technologie et parfaitement sécurisé. L'espace ressemblait à un petit appartement avec une kitchenette, une salle de bains, et un canapé-lit convertible. Je pouvais vivre ici pendant un mois, et personne ne me trouverait.

Seule Devani connaissait son existence, et c'était parce qu'elle m'avait aidé à le construire.

Je déposai mes vêtements sur le canapé au centre de la pièce, pris une douche rapide, m'habillai, et j'engloutis trois barres chocolatées contenant de la caféine. C'était la meilleure alternative au café à cet instant.

M'avançant vers une série d'étagères, je déplaçai quelques exemplaires de romans classiques de Jane Austen pour révéler un point d'accès à mon coffre-fort. Je tapai le code, puis posai la main sur le lecteur d'empreintes digitales.

Lorsque la porte s'ouvrit, je passai la main dans le conteneur métallique et choisis deux de mes pistolets préférés que je glissai dans mon pantalon et trois couteaux conçus pour se dissimuler dans mes bottes sans entraver mes mouvements.

Je ne prenais jamais de risques lors d'une première

rencontre. Quand on travaillait pour une organisation censée ne pas exister, on n'était jamais trop prudent. D'autant plus que les administrateurs européens n'avaient toujours pas pardonné à Devani de m'avoir fait entrer clandestinement sous la protection offerte par le Conseil d'administration nord-américain.

Après avoir refermé et caché mon coffre, je m'approchai de la porte menant à mon placard, posant ma main dessus.

Rey. Tu as toujours voulu quelque chose de moi que je ne pouvais pas te donner.

Avec un lourd soupir, je repoussai les pensées de lui.

Je devais rester concentrée.

Dix minutes plus tard, après m'être faufilé dans une série de passages aménagés près de mon immeuble, je sortis dans ma rue et sautai dans un taxi qui m'attendait. Après un court trajet, nous nous arrêtâmes près d'un bâtiment résidentiel près d'une station de métro. Je ne prenais jamais le même chemin, sauf si c'était intentionnel. Je suppose que c'était sans doute dû à la formation Solon.

Après de multiples changements de train inutiles, j'arrivai à l'adresse que Noah m'avait indiquée.

Je frappai à une grande porte métallique. Quelques secondes plus tard, elle s'ouvrit, et une petite femme d'une cinquantaine d'années, qui devait faire une dizaine de centimètres de moins que moi, avec des cheveux blonds coupés courts et des yeux verts perçants, apparut.

Nous nous observâmes un moment avant qu'elle ne me demande avec un accent allemand :

— Tu as rendez-vous ?

Je fouillai dans ma veste, en sortis une carte, et la lui tendis.

Elle l'étudia avant de relever le nez vers moi, prenant le temps de m'inspecter de la tête aux pieds. Elle pinça les lèvres et plissa les yeux : visiblement, elle n'aimait pas ce qu'elle voyait.

Lilly Lennox n'était vraiment pas à la hauteur pour ce groupe.

— Foutue idiote, marmonna-t-elle avant de tourner les talons. Suis-moi.

Je ravalai la boule dans ma gorge. Ce n'était pas ce à quoi je m'étais attendue quand Noah m'avait dit que je rencontrerais mon équipe.

Quand la porte fut refermée derrière nous, nous empruntâmes un long couloir à l'intérieur du bâtiment menant à une pièce, et je murmurai :

— Je suis désolée, Camilla.

Elle m'attrapa et me plaqua contre le mur, me coupant le souffle.

Je gardai les mains baissées, lui reconnaissant le droit d'être en colère. Je le méritais.

Après avoir tiré sur Rey, j'étais censée rester sur la petite île au large de la Nouvelle-Zélande, comme elle me l'avait demandé. Je devais suivre le plan. Je devais écouter. Et, comme toujours, je ne l'avais pas fait.

Son expression était pleine de rage, et je me préparai à recevoir une gifle, ce qu'elle avait fait plus d'une fois.

Au lieu de cela, elle se pencha en avant et gronda en allemand :

— *Tu étais en sécurité sur l'île. Nous avons menti au Conseil pour toi. Nous leur avons fait croire que tu étais inutile. Nous avons risqué nos vies pour assurer ta sécurité.*

— *Je n'avais pas le choix.*

— *Foutaises. Tu avais le choix de ne pas conclure l'accord avec le Conseil pour leur donner Busch. C'était un test pour voir ce que King signifiait vraiment pour toi. Et tu as échoué, merde ! Tu avais le choix de nous le dire. Nous aurions été là pour te soutenir.*

— *Et faire quoi ? Ils croient que tu es l'une d'entre eux. Ils ont Rex et les codes. J'ai fait ce qu'il fallait pour annuler le contrat sur Rey. L'ardoise est vierge.*

— *Si tu crois ça, tu es encore plus idiote que je le pensais. Maintenant, mens-moi et dis-moi pourquoi tu es ici.*

— *Je n'ai pas eu le choix non plus.*

Elle me tira en avant et me plaqua à nouveau sur le mur, puis elle me donna une gifle comme pour me réveiller.

— *La seule raison de ta présence à New York, c'est King. Cet homme est la raison de tous tes actes.*

Lorsque je m'étais cachée après avoir été rétrogradée par le Conseil pour avoir perdu Rex et tiré sur Rey, les seules personnes au courant de sa véritable identité étaient celles qui m'avaient protégée. Aux yeux de l'agence, mon amant était un agent américain répondant à l'alias de Shay Decker, et les recherches ne permettaient pas d'obtenir d'autres informations à son sujet. Rey avait enfoui toutes les données, et j'avais usé d'autres moyens pour les crypter.

Cependant, lorsque les King avaient lancé une recherche tous azimuts de Cora Hass en offrant des millions de dollars de récompense, les directeurs avaient commencé à se demander ce que j'avais bien pu faire pour les mettre en colère. Après quelques investigations, ils avaient établi une correspondance entre des images de sécurité de l'immeuble situé en face de mon ancienne maison de ville et le visage de Rey King.

— *Il m'a trouvée.*

— *Oh oui, le chantage. Van et ses foutus jeux.*

— *C'est plus que ça.*

— *Vous n'êtes que des idiotes. Et, pour couronner le tout, j'ai été la dernière à l'apprendre. As-tu la moindre idée de ce que tu es en train de faire ?*

— *Je fais mon travail.*

— *Toi et ton foutu boulot. Je connais ton job. Je t'ai appris tout ce que tu sais. Tu étais ma remplaçante,* ajouta Camilla, serrant les dents. *Ton travail consistait à rester sur cette maudite île où nous t'avons laissée. Là où tu étais en sécurité, merde !*

— *Tu sais que je ne pouvais pas y rester.*

— *As-tu pensé à ce qui se serait passé si Busch n'avait pas été désespéré au point de te supplier de le rencontrer, ou si tu n'avais pas échoué à le capturer ?*

Je la regardai fixement. Je n'avais pas réfléchi plus loin que d'aller chercher Rex et faire en sorte que le Conseil annule le contrat sur Rey.

Elle me secoua comme si elle essayait de me faire entendre raison.

— *Ton King serait mort de toute façon. Et toi ? Le Conseil pouvait être tellement fatigué de tes frasques qu'il t'aurait tiré une balle dans la tête et s'en serait lavé les mains. Mais la vérité, c'est que tu es un atout trop précieux. Le Conseil t'aurait capturée et t'aurait fait travailler jusqu'à ce que tu aies envie de mourir.*

Je déglutis, sachant qu'elle disait vrai. Les atouts n'avaient aucun droit au-delà de la valeur qu'ils fournissaient. Il ne faisait aucun doute dans mon esprit que Camilla savait que je ferais quelque chose de radical si le Conseil me capturait un jour.

— *As-tu déjà pensé à ce qui nous arriverait si nous te perdions ? Espèce d'idiote !* me hurla-t-elle au visage, m'obligeant à me concentrer à nouveau sur sa colère. *Je ne veux pas de ta mort sur ma conscience.*

Mes lèvres tremblèrent une seconde, et je murmurai :

— *Je suis désolée.*

— *Si tu m'avais écoutée dès le début, tu serais l'une d'entre eux. Nous allions les faire tomber de l'intérieur. Suis les ordres même si tu détestes le faire, va à la table et élimine-les. C'était ça, le plan, pas de tomber amoureuse !*

— Ça suffit, tonna une voix puissante à l'accent français au moment même où une main imposante l'éloignait de moi.

Je levai les yeux vers le visage furieux de Marcus Abalo, l'un de mes plus vieux amis à Solon.

— Nous ne pouvons pas changer le passé, dit-il en se plaçant entre Camilla et moi. Maintenant, nous nous occupons du présent. Il y a trop de choses en cours pour pouvoir changer de cap.

Marcus me serra dans ses bras et j'enfouis mon visage dans son torse. Cela faisait tellement longtemps qu'aucune personne qui m'aimait ne m'avait pas prise dans ses bras.

Marcus et moi nous étions rencontrés lors de notre deuxième semaine de formation, alors que nous avions à peine dix-huit ans. Nous étions tous les deux excités et terrifiés par l'aventure qui nous attendait. Il était arrivé par avion du Togo, et je m'étais échappée de mon internat.

Si seulement j'étais tombée amoureuse de lui. La vie aurait été tellement plus simple, et je n'aurais pas été dans ce pétrin. Mais, d'un autre côté, Marcus était plus un frère pour moi, et la pensée de vivre quelque chose de plus que platonique avec lui me semblait plus que dégoûtante.

— Pourquoi es-tu là ?

— Tu sais pourquoi. Pour assurer tes arrières, répondit Marcus. Tu ne fais jamais les choses simplement, hein ?

— Oh, regardez ! La bande est de nouveau réunie, s'exclama Noah en descendant les escaliers. Je suppose que tu as rencontré le membre de l'équipe qui a mauvais caractère.

— Va te faire voir, Carter, répliqua Camilla avec un doigt d'honneur à l'attention de Noah, avant de s'adosser au mur.

— Va te faire voir, *Jameson,* la corrigea Noah. Pour tout le monde, je suis britannique. Ne jamais sortir de son personnage, n'est-ce pas ce que tu nous as enseigné, ô, fantastique professeur ?

— Ce que tu es, c'est un stupide américain à qui ses maudits chevaux ont mis trop de coups de sabot dans la tête.

— Est-ce que vous avez tous perdu la tête ? Vous ne pouvez pas être ici avec moi en même temps, dis-je, me dégageant de l'étreinte de Marcus. Si quelqu'un fait le lien entre vous et moi, vous savez ce qui arrivera ?

L'idée que le Conseil d'administration européen puisse exercer des représailles contre Camilla ou Marcus pour m'avoir aidée était inenvisageable pour moi. Tous deux occupaient des postes de haut niveau, et en guise de représailles, ils se feraient éliminer.

— Nous savons ce que nous faisons, répondit Marcus avec un sourire.

— Ce qui veut dire ?

— *Nous savons comment nous en tenir à un plan et jouer les larbins pour protéger les arrières des autres. Si seulement tu pouvais comprendre comment faire ça, merde !*

Camilla se dirigea vers les portes situées à l'extrémité de la pièce où nous nous trouvions.

Et là, je compris.

— Vous êtes là pour espionner l'atout perdu.

— C'est une façon de voir les choses, dit Marcus en souriant.

— J'aime à penser que nous les avons convaincus qu'il était dans leur intérêt de garder un œil sur toi.

— Comment avez-vous réussi à avoir ce genre d'influence ?

Noah s'approcha de moi.

— Marcus est monté en grade. Il a plein d'influence maintenant.

La dernière chose à laquelle je m'attendais était que Marcus se positionne pour devenir membre du Conseil d'administration européen. Il détestait la politique et voulait diriger des équipes sur le terrain.

Je compris à cet instant : notre plan initial. Entrer au pouvoir pour renverser le pouvoir. À l'origine, j'étais censée infiltrer le Conseil, mais maintenant, c'était Marcus qui avait pris ma place.

— Tu as revu ton opinion au sujet de la bureaucratie ?

Il haussa un sourcil.

— Madame Lennox, beaucoup de choses ont changé depuis notre dernière mission ensemble.

— Je vois.

— Non, Lil. Tu n'en as pas la moindre idée. Mais j'espère que tu vas bientôt rattraper ton retard.

Je continuai à le dévisager.

Camilla s'éclaircit la gorge, puis dit dans un anglais aux accents américains :

— Si nous en avons terminé avec nos retrouvailles, il est temps de passer à la réunion proprement dite. Veillez à rester dans vos rôles à tout moment. Ne dérapez pas, même pour une seconde. Est-ce que c'est compris, ou dois-je vous expliquer à nouveau vos rôles ?

— Ce ne sera pas un problème, puisque je jouerai sans doute mon propre rôle, dis-je, ce qui me valut un regard noir.

— Tu ignores si cette mission implique que tu doives programmer quelque chose, voler un diamant ou t'envoyer quelqu'un, alors ne te projette pas trop.

Sur ces mots, elle franchit les portes et disparut.

— Elle s'en remettra, me dit Noah.

Je soupirai.

— Je n'y compterais pas.

— Elle nous a formés. Elle a tout intérêt à ce que nous survivions. Crier, c'est sa façon de montrer son amour.

Marcus me serra l'épaule, puis se dirigea vers un portant, saisit sur un crochet une veste sur mesure qui détonnait avec le style de vêtements décontractés et branchés qu'il portait habituellement, et l'enfila

— Tu veux vraiment monter en grade.

— Lil, tu vas voir une facette de moi que tu n'as jamais vue. Seulement, garde en tête que tout ce que je fais, c'est pour une raison. Fais-moi confiance.

— Tu es aussi énigmatique que Van.

— C'est parce que nous jouons aux échecs avec les mêmes objectifs en tête

— Et laissez-moi deviner, je suis l'une des pièces de cet échiquier.

— Tu le savais depuis le début.

J'eus envie de lever les yeux au ciel, mais le sérieux de son expression me fit froid dans le dos.

— Quelle pièce suis-je ?

Il s'approcha de moi, posa les mains sur mes joues et m'embrassa sur le front.

— Ça, Lil, c'est une chose que tu vas devoir découvrir.

Sur ces mots, il emprunta l'escalier, nous laissant, Noah et moi, dans la pièce du sous-sol.

— As-tu une idée de ce qu'il voulait dire ? demandai-je, jetant un regard à Noah.

— Ça signifie que tu dois commencer à relire le livre de stratégie d'échecs.

Il avait probablement raison. J'avais passé trop de temps à fuir et j'étais rouillée.

Une boule se forma au creux de mon ventre, me disant que cette affaire n'allait me causer que du chagrin.

— J'ai un mauvais pressentiment à propos de cette réunion.

— Quoi qu'il arrive, j'espère que tu ne sortiras pas les couteaux que tu as, j'en suis sûr, cachés dans tes bottes.

— C'est bien d'avoir de l'espoir, ricanai-je. Toutes les réunions pour les opérations américaines se déroulent-elles de la sorte ?

— Jamais. Comme pour tout, Van a une raison de faire ce qu'elle fait. Et le fait que Marcus et Cam, deux Européens bien placés, soient ici, signifie que quelque chose de grand est sur le point de se produire.

Moi et mes mauvais pressentiments...

— Et si c'était à propos de Cora ?

— Alors tu fais comme d'habitude.

J'acquiesçai.

— Allons voir ce qui se passe.

Noah et moi nous dirigeâmes vers un couloir bloqué par

la sécurité, qui nous laissa accéder à une rangée d'ascen-seurs. Nous montâmes dans une cabine et arrivâmes à l'étage qui nous était assigné.

À peine sortis, je remarquai les autocollants discrète-ment placés sur ce qui était censé ressembler à des bureaux ordinaires.

Mon cœur s'emballa, et un frisson glacial me parcourut l'échine.

— C'est un bâtiment de la CIA.

— J'ai remarqué ça aussi.

Je m'arrêtai, sentant le sang refluer de mon visage.

— Ils ne vont pas me livrer, n'est-ce pas ?

— Non, Lil, me rassura-t-il, attrapant le haut de mon bras pour m'entraîner en avant. Ils ne feraient pas ça. Nous sommes une famille.

Une vague de nausée enfla au creux de mon estomac, et je fus reconnaissante de n'avoir mangé que ces stupides barres chocolatées.

— Tu dois me faire sortir d'ici.

Je regardai derrière moi et calculai le nombre de pas nécessaires pour retourner à l'ascenseur.

— Il est un peu tard pour ça. Je suis sûr que tout le monde sait que nous sommes ici.

Je fis la grimace.

— Tout ira bien.

Nous atteignîmes une double porte avec deux gardes qui inclinèrent la tête.

Le plus grand des deux dit :

— Vous pouvez entrer.

En pénétrant dans la pièce, j'eus le sentiment d'entrer dans une salle d'interrogatoire, mais avec des groupes de personnes vêtues d'un mélange de costumes et de vêtements de ville, assises autour d'une table. C'était un peu surréaliste.

Devani était à un bout de la table, avec Camilla. À l'autre bout se trouvait un groupe d'hommes et de femmes qui dégageaient une aura d'arrogance. Sans le moindre doute, ils faisaient partie de la CIA. Marcus était assis au milieu, avec deux personnes que Rex Busch, d'après mes souvenirs, avait désignées comme appartenant possiblement à Interpol.

Bon, très bien.

J'ignorais comment Marcus avait réussi à faire cela. Enfin, si, je le savais. Solon avait le don de s'introduire partout. Je m'étais fait passer pour un membre du BND, alors pourquoi Marcus n'aurait-il pas pu entrer à Interpol ?

Devani et lui jouaient effectivement aux échecs, à en croire leur expression froide qui semblait dire, *Je m'ennuie.*

— Merci, agent Jameson, d'avoir fait venir Mme Lennox, ou devrais-je vous appeler Cora Hass ? Les paroles de Marcus me glacèrent intérieurement.

Je jetai un regard à Devani, qui me fit signe de prendre place à côté d'elle.

— Je pense que l'utilisation de son véritable nom est appropriée.

Je pris place sur une chaise vide près d'elle, et Noah se glissa à côté de Camilla.

Je tâchai d'assimiler tout ce qui se passait dans la pièce,

tandis que Marcus et Devani procédaient à des présentations rapides. Le problème, c'était que je n'y comprenais rien.

Pourquoi me prenaient-ils de court comme ça ?

Le responsable de la CIA, Mike Kerr, se tourna vers moi.

— Madame Lennox. Je vais l'énoncer clairement. Les conditions négociées par la directrice Patel sont largement en votre faveur, c'est pourquoi nous attendons de vous une coopération totale.

Devani prit la parole avant que je puisse répondre.

— Le terme *totale* est subjectif. Conformément à notre accord, vous devez me faire part de tous vos projets avant de les mettre en œuvre.

Son ton, qui ne souffrait aucune contestation, faillit me faire sourire. Je l'aurais peut-être fait si je n'avais pas été aussi énervée.

— Bien sûr, Directrice.

Kerr reporta son attention sur moi.

— Que savez-vous de cette mission, madame Lennox ?

Devani inclina la tête pour me donner le feu vert pour parler.

— Absolument rien.

— Nous avons besoin de votre alias, Cora Hass.

Comme si je ne l'avais pas déjà compris. C'était d'ailleurs la seule chose que je comprenais dans toute cette foutue mission jusqu'à présent.

— Je vois, dis-je en soutenant son regard. Et qu'est-ce que mon alias va faire exactement ?

— Le dossier que vous avez devant vous contient les

détails logistiques de l'affaire ; en voici l'aperçu. Lorsque vous travailliez sous la direction de Rex Busch, vous avez eu de nombreux contacts avec Saun Huber. Nous avons besoin de votre aide pour l'appréhender. Il est notre principal suspect en tant que financier en chef d'un réseau de trafic d'êtres humains.

Mon estomac se serra.

— En m'utilisant comme appât.

Je lui jetai un regard noir.

Lorsque je travaillais pour Rex, le gestionnaire de fonds spéculatifs Saun Huber m'avait engagée pour programmer un logiciel très illégal dans des puces électroniques dont il se servait pour acheminer de l'argent pour le compte de ses clients. Il aimait tellement mon travail qu'il m'avait recommandée à d'autres et m'avait aidée à acquérir la réputation que j'avais sur le dark web.

Le problème avec lui, c'était qu'il s'intéressait à moi en dehors du cadre professionnel. Il n'avait cessé de me demander de sortir avec lui, allant jusqu'à m'offrir des bijoux, des vacances, et il m'avait même demandée en mariage dans le dos de Rex. J'étais devenue son obsession. Une obsession qui avait grandi au point de me faire penser qu'il me ferait enlever s'il en avait l'occasion. Au vu de l'aspect *trafic d'êtres humains* de cette opération, mon intuition était sans doute la bonne.

Après mon entrée dans la clandestinité, il s'était donné pour mission de me faire sortir de ma cachette, en m'offrant des sommes d'argent inimaginables et en me promettant de me protéger si je le contactais.

Apparemment, Van se servait de la fixation de Saun sur moi pour apurer mon dossier, et ces enfoirés allaient exploiter la même chose au maximum.

— Précisément, madame Lennox, intervint Marcus. Je suis sûre que vous le savez, Huber veut absolument vous retrouver. Vous avez un don pour pousser les hommes les plus sains d'esprit à tout entreprendre pour vous retrouver.

— Et comment suis-je censée l'appréhender pour vous ?

— Vous travaillerez avec l'un de nos homologues pour établir un réseau et rencontrer des membres de son cercle rapproché, posant ainsi les bases qui permettront à Huber de vous contacter. Dès que Huber l'aura fait, nous vous indiquerons la marche à suivre en fonction des discussions avec la directrice Patel.

— Où se déroule la mission ?

— New York. Et la couverture, c'est vous-même. Ce qui signifie que vous, en tant que Lillian Josephine Lennox, révélerez être Cora Hass au cours de cette opération. Ce qui incitera Saun Huber à vous chercher. Kerr soutint mon regard comme s'il s'attendait à ce que je refuse.

Pourquoi se servirait-il de mon nom complet ?

— Mon rôle a-t-il quelque chose à voir avec mon père ?

Le coin des lèvres de l'homme se retroussa légèrement.

— Votre lien avec lui a joué un rôle dans les négociations avec la directrice Patel. Il consolide votre intégration dans le cercle de votre homologue.

— Quel rôle suis-je censé jouer exactement, dans le cercle de cet homologue ?

— Rien d'autre que ce que vous faisiez en Allemagne avant votre disparition. Vous serez une princesse de la mafia, dit Marcus d'un ton condescendant destiné à m'énerver. Ainsi que la petite amie de votre homologue, ou son amante, ou toute autre étiquette que vous voudrez y coller.

Voilà ce que j'attendais pour me compliquer encore plus la vie. Comment allais-je expliquer cela à Rey ?

Il attendait de moi des choses que je ne pourrais jamais lui donner, et tout ce que je pouvais faire, c'était le blesser encore et encore.

Je savais que si je me tournais vers Camilla, ses yeux me crieraient, *Voilà ce que tu récoltes pour avoir quitté cette maudite île !*

Gardant un visage aussi calme que possible, je demandai d'un ton identique à celui de Marcus :

— Pourquoi auriez-vous besoin des services d'une criminelle recherchée dans le cadre d'une affaire impliquant plusieurs agences ? Vous ne craignez pas que je vous double, d'autant plus que m'échapper avec Huber serait à mon avantage ?

— Nous avons des gens qui vous surveillent, et ils sauront, dit Marcus en haussant un sourcil. Votre accord dépend de votre coopération, madame Lennox. Vous ne pouvez pas vous cacher de nous.

— En êtes-vous certain ? Je suis très douée dans mon

domaine. Vous ne savez où je suis que parce que je vous laisse me voir.

Devani s'éclaircit la gorge à côté de moi, puis posa son pied sur le mien et appuya pour m'avertir de me taire.

Oui, oui. Message reçu. Ce n'était pas notre Marcus.

— Lilly. Voilà ce que les agents Kerr et Abalo ne te disent pas. Ils ont besoin de toi pour attirer Saun Huber sur le sol américain. Une fois qu'il y sera, nous nous occuperons du reste, expliqua-t-elle avec un geste les désignant Noah, Camilla et elle.

Bon, d'accord.

Ils voulaient que Solon fasse le sale boulot.

Techniquement, ni la CIA ni Interpol ne pouvait mener une opération sur le sol américain sans provoquer un gros chaos sur le plan politique.

Et comme Solon ne faisait allégeance à aucun pays et fonctionnait selon un ensemble de règles morales peu contraignantes, nous étions appelés à intervenir dans des cas qui nécessitaient une certaine discrétion sans qu'ils aient à se salir les mains.

— Faites ceci pour nous, madame Lennox, et... dit Kerr, avant de marquer une pause.

On aurait dit que les mots qu'il allait prononcer lui laisseraient un mauvais goût dans la bouche.

— Et les agences vous seront redevables, à la directrice Patel et vous.

Je me mordis l'intérieur de la joue, réprimant un sourire.

Bon, d'accord. Il était toujours utile que la CIA et Interpol vous soient redevables.

— Qui est mon homologue, et quand devons-nous nous rencontrer ?

Kerr jeta un coup d'œil à sa montre.

— Je l'attends d'une minute à l'autre.

— Je vous suggère de jeter un coup d'œil aux détails logistiques pendant que vous attendez. Ils vous fourniront tous les détails que vous voudrez, me dit Marcus, qui connaissait par cœur son personnage d'agent d'Interpol abruti. De plus, il connaît déjà votre alias.

Il s'interrompit et marqua une pause avant de poursuivre.

— Intimement.

Oh, *bordel* ! Ça ne pouvait pas arriver.

Je serrai la mâchoire alors que tout mon sang quittait mon visage et que ma colère se mettait à palpiter dans ma tête.

Je me tournai vers Devani, la fusillai du regard, et marmonnai :

— Devani Patel, tu n'es qu'une foutue garce manipulatrice.

9

R eyhan

Un peu avant treize heures, j'arrivai devant une vieille maison rénovée qui abritait désormais un ensemble de bureaux de la CIA destinés à des opérations conjointes entre diverses agences américaines et internationales.

Depuis que je m'étais réveillé seul dans le lit de Lilly, je bouillonnais d'irritation et il fallait que je me ressaisisse avant cette réunion.

Elle avait encore disparu. Sans un mot, sans une note, sans rien.

J'étais peut-être celui qui s'était le plus impliqué dans notre histoire dès le début, et c'était pour cela que je n'arrivais pas à m'en détacher. Elle n'avait aucun problème à s'en aller sans un regard en arrière.

Et dire que j'avais prévu de refuser cette mission après m'être endormi avec Lilly dans mes bras.

Conneries !

J'allais faire ce qu'elle n'avait cessé de me répéter.

J'allais passer à autre chose.

Une fois cette rencontre terminée, je me rendrais à la galerie, et je lui dirais qu'elle était libre. Qu'elle pouvait faire ce que bon lui semblait. Si elle voulait disparaître, libre à elle.

Ajustant ma cravate, j'inspirai un grand coup, et me préparai à jouer mon rôle. Et quel foutu rôle...

Sam disait que je n'étais jamais Reyhan King.

Eh bien, pour cette mission, c'était qui j'étais. Il n'y avait pas de meilleure manière de terminer ma carrière à l'agence qu'en étant moi-même. Pas de nettoyage fastidieux. Pas de période de transition. Je pourrais directement reprendre le cours de ma vie.

Sam ignorait que j'avais déjà prévu de démissionner après la fusillade. Ce n'était pas seulement parce que ma réputation en avait pris un coup, mais si quelque chose était arrivé, je serais mort sous un autre nom, sans mes frères. Nous avions beau nous chambrer, nous avions traversé l'enfer et nous en étions revenus, d'abord en survivant dans la rue, puis dans l'entreprise impitoyable qu'Arin nous avait transmise.

Peut-être qu'une fois que j'aurais repris certaines des

responsabilités de Sam, il se calmerait un peu. Ce n'était pas comme s'il était le seul à savoir comment monter une transaction immobilière ou boursière.

Marty, mon chauffeur et agent de sécurité, fit le tour pour m'ouvrir la portière, et je sortis dans la rue.

Je pénétrai dans le bâtiment, passai le contrôle de sécurité et empruntai les ascenseurs pour arriver à une salle de réunion.

Deux agents avec lesquels j'avais travaillé sur d'autres missions par le passé m'attendaient.

L'un d'eux me scruta de haut en bas et haussa un sourcil.

— Vous nettoyez bien vos traces, monsieur King.

— Merci, Turner. Dans quoi suis-je en train de mettre les pieds ?

— Abalo attend à l'intérieur avec son équipe. Le dernier membre de l'équipe de Patel est arrivé il y a quinze minutes. Tout le monde est en train de tâter le terrain. Vous savez, comme d'habitude.

— Connaissent-ils l'objectif ?

— Je crois qu'ils sont en train de passer en revue les informations préliminaires. Ils ont fait venir la hackeuse. La rumeur dit qu'elle a une réputation dans certains milieux.

Je songeai à Lilly et Danika. Je connaissais des femmes hackeuses qui avaient une certaine réputation.

— Est-ce qu'elle est du coin ?

Turner secoua la tête.

— Britannique, d'après ce que j'ai pu comprendre. L'agent qui l'accompagnait l'était aussi.

— Y a-t-il autre chose que je devrais savoir ?

— Votre hackeuse a failli faire une crise de panique dès qu'elle s'est rendu compte qu'elle était dans l'un de nos bâtiments. J'ai mis ça sur le compte de ses activités illégales. Peut-être que le marché qu'ils ont conclu avec elle n'a pas apaisé ses nerfs. Je propose de lui glisser quelque chose pour l'anxiété.

Bon sang, ne me collez pas une partenaire qui n'est pas à la hauteur sur le terrain. J'avais besoin de quelqu'un qui tirerait pour tuer, pas de quelqu'un qui voudrait que je lui tienne les cheveux au-dessus des toilettes après avoir vu une arme.

Non, Devani ne me ferait pas ça. Nous avions travaillé ensemble trop souvent pour qu'elle m'impose quelqu'un qui craquait sous la pression.

— Espérons qu'elle pourra supporter le stress.

J'ouvris la porte et j'entrai.

Toutes les conversations s'interrompirent, et une tension sous-jacente envahit la pièce.

Kerr et mon équipe étaient assis sur le côté.

Marcus Abalo, l'un des responsables d'Interpol au sein de l'unité de Paris, était assis au centre de la table. Il affichait une expression d'ennui, qu'il semblait privilégier à chaque fois que je le croisais. La moitié du temps, ce type me mettait hors de moi, et l'autre moitié, il était très drôle. On ne savait jamais à quoi s'attendre de sa part.

Je balayai du regard le reste de la table et me concentrai sur une femme blonde au visage sévère qui semblait me détester au premier coup d'œil si l'on en croyait le regard qu'elle me lançait.

Il fallait que je me souvienne de rester loin d'elle.

Puis tout se figea en moi.

Lilly

Là, à côté de Devani. Mon regard se posa sur elle. Ses yeux gris tempête m'observaient avec une touche d'appréhension et de peur, comme si elle ne s'était pas non plus attendue à ce que je sois là.

— Bienvenue, agent King, me salua Kerr avant de présenter toutes les personnes présentes dans la salle.

Je n'entendis presque rien. Mon attention restait uniquement fixée sur Lilly.

— Et enfin, Lilly Lennox. Elle a accepté de collaborer avec vous et de se servir de son alias, Cora Hass, pour nous aider à capturer Saun Huber.

Je serrai les dents tandis qu'une foule d'émotions et de souvenirs envahissaient mon esprit.

Cora représentait tout ce qui nous avait détruits.

Les mensonges, la douleur, la tromperie.

Aucun d'entre nous ne dit quoi que ce soit. Nous nous contentions de nous regarder.

Voilà pourquoi elle m'avait laissé me réveiller seul.

La hackeuse réputée, qui avait conclu un accord lui accordant l'immunité pour tous les crimes qu'elle avait ou n'avait pas commis et qu'elle commettrait dans l'exercice de ses fonctions.

Si je n'avais pas été aussi énervé, j'aurais été en admiration devant l'audace de Devani Patel en matière de manœuvres et de tactiques. Elle avait offert à Cora Hass une carte *sortie de prison.*

Soudain, je remarquai la rougeur sur la joue de Lilly, et ma colère flamba, mais pour une autre raison.

Bon sang, mais qui l'avait giflée ?

— King, quelque chose ne va pas ? s'enquit Marcus Abalo, me tirant de mes pensées.

— Non, tout va bien.

Je continuai à soutenir le regard de Lilly.

Ses lèvres tremblèrent légèrement avant qu'un masque impassible ne vienne couvrir son visage, lui donnant une apparence totalement dépourvue d'émotions.

— Cela va-t-il poser problème de travailler avec quelqu'un que vous connaissez personnellement ? demanda Abalo, le ton légèrement amusé. Surtout quelqu'un qui a essayé de vous tuer.

Le silence retomba sur la pièce.

— Je suis sûr que vous êtes au courant qu'elle travaille pour ma belle-sœur. Nous avons passé les six derniers mois à nous côtoyer sans qu'elle tente à nouveau de me tirer dessus. Je pense que je peux gérer.

Je pris place aux côtés de mon équipe.

— Vous allez devoir faire plus que gérer. Nous vous demandons de jouer l'intimité. Cela ne fonctionnera que si vous êtes convaincants, répliqua Marcus. Au vu de vos antécédents, vous sera-t-il possible de renouer avec votre affection passée ?

— Je suis sûre qu'ils trouveront comment faire, intervint Devani. Ils sont tous deux rompus aux multiples facettes de la sexualité.

Le sexe était la seule chose qui allait bien entre nous. Tout le reste oscillait entre catastrophe et malheur.

Bientôt, Lilly, nous aurons notre discussion, et j'aurai enfin toutes mes foutues réponses, que tu veuilles me les donner ou non.

Ignorant le commentaire de Devani, Marcus demanda :

— Madame Lennox, cela va-t-il vous poser un problème ? Je suis sûr que M. King n'est pas votre plus grand fan. Pourrez-vous assumer le rôle d'une relation intime avec lui ?

Lilly me jeta un coup d'œil, l'énergie sous-jacente de la nuit vibrant encore entre nous, puis lança un regard à Marcus.

— Comme l'a dit la directrice Patel, King et moi trouverons une solution.

Oh, oui, nous allions trouver une solution. C'était une certitude.

— Alors, c'est réglé. Commençons par les détails de notre première intervention, dit Devani.

Elle ouvrit son dossier, et nous passâmes le reste de l'après-midi à étudier la logistique détaillée de l'affaire.

J'arrivai à la galerie Dayal-King un peu après vingt heures en sachant trois choses. Danika et Nik étaient en rendez-vous, la galerie fermait à seize heures le samedi, et la seule personne qui faisait des heures supplémentaires était Lilly.

Le briefing entre les équipes de la CIA, d'Interpol et de Solon a été tout sauf bref, puisqu'il avait duré près de six heures. À la fin, j'avais envie de m'arracher les cheveux.

L'équipe de Solon, en particulier, accordait aux détails une importance inédite pour moi. Ils posaient des questions comme s'ils avaient un cerveau commun. Ensuite, Lilly était intervenue avec ses points de vue et ses suggestions, et il n'y avait aucun aspect de cette mission qu'elle n'avait pas envisagé.

Peut-être était-ce dû à sa formation au BND, mais elle pensait comme un agent expérimenté. La seule chose qui semblait la tracasser, c'était l'idée de révéler aux gens que Lilly et Cora étaient la même personne.

Je comprenais son hésitation : elle avait travaillé très dur pour séparer les deux. Aujourd'hui, son accord rendait la chose impossible.

Agrippant l'arrière de ma tête, j'inspirai profondément pour me calmer. J'avais promis à son père de la protéger. Dans la mesure du possible, je l'aiderais à garder ses identités séparées.

De qui me moquais-je ? Cela n'avait rien à voir avec son père.

Tout au long de la réunion, j'avais eu des aperçus de la femme vulnérable pour laquelle, autrefois, j'aurais traversé l'enfer sans que personne n'ait à me le demander.

Cora Hass nous avait fait du tort à tous les deux. Je

m'étais fait tirer dessus, et j'avais survécu. Elle s'était enfuie, espérant survivre jusqu'au lendemain.

Après avoir garé ma voiture, je marchai jusqu'à l'entrée latérale menant à la zone de réception du bâtiment, composai le code d'accès et franchis les quatre niveaux suivants des nombreux protocoles de sécurité de Danika. Je devais bien reconnaître qu'elle ne prenait aucun risque avec son bâtiment. Ce devait être un truc de hacker, car Lilly avait le même genre d'installation chez elle.

Alors que je gravissais l'escalier de service, je me doutais que Lilly était bien consciente de ma présence dans les locaux. Si j'avais voulu cacher mon arrivée, j'aurais pris un autre chemin.

Une fois arrivé au deuxième étage, j'empruntai un couloir menant à la salle d'évaluation. Au moment où j'atteignais l'endroit, le verre dépoli qui l'entourait s'éclaircit, montrant Lilly qui tenait une petite manette et s'appuyait sur l'une des tables hautes à l'intérieur.

Elle avait troqué ses vêtements de ville contre un legging noir et vert et un haut ajusté qui montrait toutes les courbes de son corps. Le chignon désordonné qu'elle affectionnait était de retour sur le dessus de sa tête, me donnant l'envie de l'ébouriffer davantage.

Elle ne portait pas de maquillage, ce qui lui donnait l'air bien plus jeune que ses vingt-huit ans. La rougeur sur sa joue était moins prononcée, mais toujours visible.

Qui que soit la personne qui l'avait touchée, j'avais l'intention de la frapper au visage.

Lorsque mes doigts se refermèrent sur la poignée de la porte, elle se leva et posa l'appareil noir sur la table à côté d'elle.

J'attendis que la porte se referme derrière moi pour parler, me contentant de soutenir son regard gris et méfiant.

— Alors, tu as conclu un accord ?

— Devani est le cerveau derrière tout ça

Évidemment. Cette femme avait la mainmise sur beaucoup de choses.

— Comment la connais-tu ?

— Par Chris, il nous a présentées.

Je détestais cet enfoiré.

— Avant que tu ne poses la question, nous nous sommes rencontrés à l'université.

— Avez-vous déjà été amants ?

Ses lèvres se retroussèrent légèrement.

— Nous avons couché ensemble, mais nous n'avons jamais été amants.

Qu'est-ce que cela pouvait bien vouloir dire ?

— Il t'a vue nue ?

Elle se mordit la lèvre.

— Pas de manière charnelle comme tu le fais.

— Donc, la réponse simple, c'est que vous êtes des amis proches de l'université.

— Quelque chose comme ça.

— Comment se fait-il qu'il ait choisi la voie de Solon et que tu aies préféré la voie de l'évaluatrice-hackeuse ?

— Compte tenu de mes liens avec Solon, j'ai également choisi cette voie.

— Puis-je supposer que tu as fait quelque chose d'important pour que Devani négocie le genre d'accord qu'elle t'a obtenu ?

Toute trace d'humour quitta ses yeux gris.

— Il s'agit plutôt de ce que je suis.

— Qu'est-ce que tu es ?

— Un atout de grande valeur.

La pointe d'amertume dans sa voix me laissait penser qu'il y avait au moins une chose de vraie dans les nombreuses réponses qu'elle m'avait données.

— Quelle est la part de fabulation dans ce que tu viens de me raconter, et quelle est la part de pure vérité ?

— C'est une chose que tu devras découvrir.

— Jusqu'où serais-tu prête à aller pour entretenir un mensonge ?

— Tout dépend de l'enjeu.

— C'est quoi, l'ultime enjeu pour toi, Lilly ?

Elle déglutit.

— Les gens que j'aime.

— Qui aimes-tu, Lilly ?

Elle agrippa le comptoir derrière elle, baissa la tête un instant, puis elle répondit.

— Ceux que je blesse et que je laisse derrière moi.

— Tu m'as laissé derrière toi. Tu m'as tiré dessus pour m'empêcher de te suivre sur ce navire. Puis-je supposer que tu m'aimais ? lui demandai-je en m'approchant lentement d'elle.

— Pourquoi cela importe-t-il, Rey ? Cela ne change rien au dénouement.

— Parlons dénouement, alors. Personne ne semble connaître la réponse à cette question, si ce n'est que tu as disparu. Que s'est-il passé après que tu m'as tiré dessus ?

— Rex m'a enfermée dans une soute et il a essayé de me tuer. Il pensait que laisser Cora endosser la responsabilité de ses transactions avec tous ses acheteurs d'art, de drogues, de logiciels et de marchandises humaines était le moyen le plus simple de dissiper les soupçons qui pesaient sur lui.

La rage de Lilly lorsqu'elle l'avait capturé à Londres prenait désormais tout son sens. Elle voulait qu'il paie pour ce qu'il lui avait fait subir.

— Comment t'es-tu échappée ?

— Je m'entraîne. Pas lui.

Elle haussa les épaules, mais quelque chose dans son expression me disait qu'il y avait plus que ça.

Je voulais la pousser à me dire ce qui lui était arrivé exactement, mais elle se fermerait plus qu'elle ne l'était déjà.

— Pourquoi es-tu sortie de ta cachette ? Te venger de Rex était important à ce point pour toi ?

— Il méritait de payer pour ce qu'il a fait.

— C'est vrai. Mais d'autres avaient des plans en cours pour y parvenir. Tu étais forcément au courant. Pourquoi es-tu revenue ? Tu aurais pu fournir tes services sur le marché noir et ne jamais refaire surface.

— Vivre sur une île isolée n'est pas aussi relaxant que je le pensais. J'aime l'effervescence d'une ville.

Ses lèvres se retroussèrent légèrement, mais il n'y avait pas d'humour dans son regard.

L'abîme d'informations qu'elle retenait m'irritait. Que ne disait-elle pas ? Qui protégeait-elle ?

— Est-ce la véritable raison ?

— Oui.

— Menteuse.

Je m'arrêtai à quelques mètres d'elle.

— Et je suis aussi une voleuse et une meurtrière. Nous l'avons déterminé il y a un certain temps déjà.

— Je suis tout cela moi aussi.

— Mais, comme tu l'as dit, ce n'est pas illégal quand tu le fais.

— À partir d'aujourd'hui, ce n'est pas le cas non plus pour toi.

— Ce n'est vrai que pour la durée de cette mission. Une fois qu'elle sera terminée, mon immunité disparaîtra pour les actes commis après.

— Serais-tu déjà en train de faire des projets pour après cette mission ?

— Oui. Je m'en irai, murmura Lilly.

— Qu'en est-il de nous ?

— Il n'y a pas de nous.

Elle savait tout aussi bien que moi que c'était un mensonge.

— C'est ce que tu crois, ou c'est ce que tu essaies de te

faire croire ?

— C'est la vérité. Il est inutile de prétendre le contraire.

— Si c'est comme ça que tu veux la jouer... Ma réponse à ton départ, c'est non.

Lilly plissa les yeux.

— Qu'est-ce que tu entends par *non* ? Je suis libre de tout engagement envers toutes les agences. Je suis libre. Tu ne peux pas me contraindre avec ton stupide chantage.

— Oh, c'est là que tu fais erreur.

Je fis un pas vers elle.

Tu es toujours contrainte, parce que tu m'as tiré dessus.

Un autre pas.

— Tu es toujours contrainte parce que tu continues à me mentir.

Encore un pas.

— Tu es toujours contrainte pour m'avoir brisé le cœur.

— Je n'ai pas souvenir que notre accord contenait ces termes exacts.

Lorsque je fus à sa hauteur, je la coinçai en plaçant mes mains de chaque côté d'elle, puis je me penchai vers l'avant jusqu'à ce que nos visages soient à quelques centimètres l'un de l'autre.

— Je crois que tu ne comprends pas ce qu'implique le chantage. Il n'y a pas de notion d'accord.

Je frôlai ses lèvres des miennes et regardai ses yeux se dilater dans des mares de gris foncé.

— Et en ce qui concerne les termes, c'est moi seule qui en décide.

— Rey, nous ne pouvons pas reprendre là où nous nous sommes arrêtés. Il s'est passé trop de choses.

— Il n'est pas question de reprendre. Nous sommes dans le monde réel maintenant. Plus d'illusion. Quand nous nous envoyons en l'air, nous sommes Lilly et Rey. Cora n'est qu'un personnage fictif que tu incarnes, rien de plus. Je ne pus m'empêcher de sourire quand une idée me vint à l'esprit.

— Tu sais quoi ? C'est la première fois que je vais coucher avec une de mes partenaires.

— Qu'est-ce qui te fait penser que tu vas coucher avec moi ?

— Oh, on va coucher ensemble, dis-je, plongeant mes doigts dans ses cheveux tandis que sa paume se posait sur mon torse. Si souvent qu'il n'y aura aucun doute dans l'esprit de quiconque sur le fait que nous sommes ensemble.

Sa respiration devint irrégulière et ses doigts se crispèrent sur mon t-shirt, comme si elle ne savait pas si elle allait me repousser ou me rapprocher.

— Nous ne sommes pas ensemble.

— Pour la durée de la mission, bien sûr que si. Ensuite, nous verrons si tu peux renégocier les termes.

Je me penchai, couvrant ses lèvres des miennes.

Juste au moment où j'approfondissais le baiser, l'ascenseur du laboratoire d'évaluation sonna, nous figeant, Lilly et moi.

Une seconde plus tard, Nik et Danika apparaissaient.

— Hé, Lilly, tu as faim ? Nous avons apporté…

Danika s'arrêta brusquement, l'air d'abord choqué, puis amusé.

Nik, quant à lui, se contenta de secouer la tête avec un regard vers elle.

— Je t'avais dit que c'était vrai.

Je me doutais qu'il ne valait mieux pas poser la question, mais ce fut plus fort que moi.

— Qu'est-ce qui est vrai ?

— Que Lilly et toi avez eu une discussion à la Jayna et Kir hier soir dans les vestiaires des femmes pour régler vos différends.

Lilly laissa retomber sa tête contre mon épaule, essayant de cacher son visage.

Jayna et Kir étaient connus pour faire l'amour dans les endroits les plus dingues, et sans se soucier de qui était au courant.

— Tu n'es qu'un enfoiré.

— Hé, c'est toi qui as demandé !

10

L^{illy}

JE SOURIS en entrant dans mon appartement deux heures après l'arrivée impromptue de Danika et Nik à la galerie. Après avoir passé ma sécurité et enlevé mes chaussures de sport près de mon meuble à chaussures, je me rendis tout droit dans ma cuisine pour attraper une fourchette pour le gâteau qu'elle avait spécialement emballé pour moi.

Danika connaissait mon amour pour les desserts, je n'allais donc pas me plaindre. Et comme Rey était resté avec Nik et Danika, je n'aurais pas à partager après avoir ouvert la boîte.

Je voyais encore le regard assassin qu'il avait lancé à son

frère lorsque celui-ci lui avait rappelé que c'était à lui de représenter les King à *The Library*, le club de poker clandestin que les deux frères possédaient.

En toute honnêteté, j'étais soulagée que Rey ne soit pas rentré à la maison avec moi. Le trajet de retour à ma maison de ville m'avait donné le temps de réfléchir, de faire le point.

En fait, j'étais toujours en train de faire le point.

J'étais passée d'une situation où je me disputais avec Rey chaque fois que nous nous trouvions ensemble et où je le laissais croire le pire de moi-même, à une autre où je couchais avec lui et où je m'associais à lui dans une opération où j'étais la personne même qui avait détruit ma relation avec lui. Tout cela en moins de vingt-quatre heures.

Si c'était le destin qui essayait de me faire passer un message, j'aurais aimé qu'il commence à éclaircir les choses, car mon cœur était trop meurtri pour supporter davantage de ses conneries.

Au cours du long vol de Londres à New York, quelques mois plus tôt, j'avais fini par accepter que je n'aurais jamais la vie que Solon m'avait promise lorsque j'avais rejoint ses rangs. Pas à moins que l'actuel Conseil d'administration européen ne quitte ses fonctions par les mêmes moyens qui lui avaient permis d'accéder au pouvoir.

La présence de Marcus et de Camilla le soulignait davantage. Peu importait ce qu'ils laissaient entendre, je n'étais pas une idiote et j'étais dans le jeu depuis suffisamment longtemps pour savoir que leur présence sur l'affaire ne se limitait pas à la surveillance d'un atout perdu.

Jusqu'à ce que je puisse coincer Marcus et Camilla et exiger tous les détails, je n'avais pas d'autre choix que de maintenir le cap. De plus, je n'allais pas mentir en disant que cela ne me rassurait pas de savoir que les personnes en qui j'avais entièrement confiance veillaient sur mes arrières.

Marcus, Camilla, Noah et moi-même avions commencé par être des professeurs, des étudiants, des amis et des partenaires, avant de devenir un semblant de famille. Plus tard, Devani avait rejoint notre équipe hétéroclite de marginaux lors d'une mission en Afrique de l'Ouest, complétant ainsi notre cercle non conformiste.

Au cours des dix dernières années, nous avions fait des efforts inouïs pour nous protéger mutuellement et nous maintenir en vie. Ma situation de l'année précédente était la dernière d'une longue liste de circonstances invraisemblables dans lesquelles nous avions tendance à nous retrouver.

Les seules autres personnes qui m'avaient toujours soutenue étaient mes parents et mes frères. Ils étaient capables de brûler une ville pour moi.

Au sens propre du terme.

Les quitter était une des décisions les plus difficiles que j'avais jamais prises, mais je préférais qu'ils pensent le pire de moi plutôt que de les voir souffrir des conséquences de ma carrière.

Jetant un coup d'œil à ma montre, je notai mentalement d'envoyer un cadeau d'anniversaire à ma mère.

C'était dans ces moments-là qu'elle me manquait le plus.

Ma mère avait cette façon de tout remettre en perspective, même quand le monde partait en vrille.

Je soupirai. Peut-être que le gâteau me sortirait de mon cafard.

Oui. C'était ce qu'il me fallait.

Du gâteau.

Suivi d'une longue douche.

J'ouvris un tiroir, pris une fourchette, sortis du sac le conteneur à dessert façon glacière et le posai sur le plan de travail.

Bon sang ! Il n'avait pas eu l'air aussi gros dans le sac. Danika avait dû me ramener tout le gâteau, et pas seulement une part.

Qui étais-je pour me plaindre ?

Lorsque je soulevai le couvercle, une bouffée de fumée froide en sortit. Quand le brouillard se dissipa, mon cœur s'emballa.

Oh, Danika !

Les larmes me montèrent aux yeux quand je récupérai l'enveloppe posée sur le gâteau emballé.

Mon nom était écrit dessus, de la main de ma mère.

C'était la première fois en plus de six ans qu'elle savait où je me trouvais et qu'elle avait un moyen de me contacter.

Brisant le cachet de cire de la famille, je sortis et dépliai la carte.

J'avais à peine fini le premier paragraphe que mes larmes se mirent à couler de manière incontrôlable, et je sus qu'il était enfin temps d'admettre que j'avais brisé notre famille en la quittant, même si j'avais essayé de la protéger.

FERMANT LES YEUX, je laissai retomber ma tête contre la paroi en pierre de ma douche, tandis que les jets d'eau brûlants frappaient ma peau. Cela atténua la tension dans mes muscles, mais mon esprit était dans un état d'épuisement impressionnant.

Le cadeau inattendu de ma mère avait littéralement constitué la cerise sur le gâteau d'une journée épuisante sur le plan émotionnel et qui semblait ne jamais devoir se terminer.

Sa lettre était belle et douloureuse.

Elle l'avait remplie d'histoires sur mon père, mes frères, leurs femmes, leurs enfants, et sur elle. Pas une seule fois il n'était question de mon retour à Berlin. Cependant, j'avais compris le sous-entendu de son message.

Je pouvais toujours rentrer à la maison.

À la fin de cette lettre de sept pages, j'avais décidé qu'une fois cette mission terminée, je trouverais un moyen d'aller à Berlin, de faire face à ma famille, d'affronter les démons et de leur faire comprendre les raisons de mes choix.

J'imaginais déjà la mine renfrognée de mon père lorsqu'il apprendrait que le pensionnat où il m'avait envoyée, croyant me protéger de la vie de notre famille à Berlin, était l'endroit où Solon m'avait recrutée. Il menacerait sans doute de démolir cet endroit pour éviter un tel chagrin à un autre père.

Parfois, je me demandais ce qui se serait passé si je leur avais dit dans quoi je m'étais embarquée dès le début.

Bien avant le coup de force qui avait changé Solon, quand j'aimais mon travail, quand c'était une aventure, quand j'avais l'impression que j'allais faire la différence dans un monde détraqué.

Je ne doutais pas que mon père et mes frères auraient eu des mots durs quant à mes décisions, mais ils auraient gardé mon secret. Ils m'auraient même sans doute supplié de les aider dans leurs missions, les connaissant.

Cela ne servait à rien de penser aux *et si*.

L'organisation que j'aimais n'existait plus, pas en Europe en tout cas. Du jour au lendemain, j'étais passée d'un agent précieux en pleine ascension à un atout à utiliser jusqu'à épuisement.

Personne ne devrait avoir à rompre des liens étroits avec ses proches pour les protéger. Mais, à mon niveau, presque tout le monde avait pris la même décision. Et ceux qui choisissaient de croire que le nouveau Conseil suivrait les voies de l'ancien alors que tout indiquait le contraire subissaient la perte d'époux, de parents, d'enfants et d'amants après l'avoir déçu.

J'avais réussi à éviter cette erreur pendant des années, en gardant la tête froide et en restant concentrée, et puis j'avais rencontré un abruti insupportable qui n'acceptait pas qu'on lui dise non.

Alors que je basculai la tête en arrière pour laisser l'eau tomber en cascade sur mes cheveux, je sentis la présence familière de Rey dans la salle de bains. Évidemment, il apparaissait au moment où mes pensées dérivaient vers lui.

Repoussant les mèches humides de mon visage, je jetai un coup d'œil par-dessus mon épaule et lui demandai :

— Qui t'a donné les codes d'accès, Devani ou Danika ?

— Je n'ai peut-être pas tes compétences, mais je ne suis pas totalement inutile, dit-il, ouvrant la porte de la douche avant d'entrer. Je sais m'y prendre pour faire une petite effraction.

— Qu'en est-il de *The Library* ? Tu n'es pas d'astreinte ?

— Sam a décidé qu'il avait besoin d'un peu de distraction, et il m'a relevé.

Il s'avança sous les jets d'eau et posa ses mains sur ma taille. Dès qu'il me toucha, j'eus envie de m'appuyer contre lui, de le laisser m'entourer de ses bras, de le laisser me donner un peu de réconfort.

Au lieu de cela, je laissai retomber ma tête en avant, et je fermai les yeux.

— Rey, tu n'aurais pas dû venir. Je ne pourrai pas en supporter davantage maintenant.

Le simple fait de prononcer ces mots déclencha une vague d'épuisement, et les larmes me montèrent aux yeux.

Ses paumes glissèrent sur mon ventre tandis qu'il plaquait son corps nu contre mon dos.

— Qu'est-ce qui ne va pas ?

— Tu demandes ça après la journée que nous avons eue ?

— Il y a plus que tout à l'heure.

— Laisse tomber.

Un hoquet m'échappa, trahissant la profondeur de mon tourment, et une larme roula sur ma joue.

— Tu es en train de pleurer. Tu caches ta douleur avec ce masque agaçant que tu arbores toujours, mais tu ne pleures pas.

— Tu crois me connaître, mais ce n'est pas le cas. Tu ne connais que l'illusion que je t'ai montrée. Maintenant, va-t'en.

— Oh non, hors de question, dit-il, m'enfermant dans ses bras. Tu as dit à la salle de sport que ce n'était pas que moi, ce qui signifie que je te connais. Que s'est-il passé après ton départ de la galerie ?

Ma colère s'enflamma, et je répondis, les dents serrées :

— Laisse. Moi. Tranquille. Et sors de mon appartement.

— Non.

— Comment ça, non ? J'ai dit que je voulais être seule. Va-t'en.

Il abaissa son visage jusqu'à ce que nous soyons nez à nez.

— Non.

— Va te faire voir avec tes foutus *non*.

Je le repoussai, mais il attrapa mes poignets et les maintint contre son torse.

— Que s'est-il passé ?

— Tu veux savoir ce qui s'est passé ? m'écriai-je alors que ces larmes que j'essayais tant bien que mal de lui cacher coulaient sur mes joues. Ma mère a envoyé à Danika un foutu gâteau avec une lettre pour moi. Voilà ce qui s'est passé ! C'était le dessert que Danika m'a apporté.

Le visage de Rey se radoucit.

— Lilly.

— Ma mère m'a dit que mon père apprenait à jouer au golf. Il détestait ça. Que mon petit frère aura bientôt un bébé. Que ma famille est en train de vivre sa vie, lui expliquai-je, fermant les yeux un bref instant. Et tu sais quoi ? Je ne fais pas partie de tout cela. C'est uniquement ma faute. J'ai choisi ceci. Je les ai quittés. C'est moi qui me suis fait ça.

J'essayai de secouer mon bras, luttant contre la poigne de Rey pour me libérer. J'avais besoin d'espace. Il ne pouvait pas me voir dans cet état. Je devais me ressaisir.

— Lilly, respire, me dit-il, m'attirant vers lui pour me serrer fort dans ses bras. Laisse tout sortir. Je m'occupe de toi.

Il embrassa le sommet de mon crâne, et il n'en fallut pas plus pour que le barrage cède. Je plaquai mon visage sur son torse mouillé et sanglotai pendant que la douche se déversait sur nous.

Lorsque mes larmes se tarirent enfin, Rey m'appuya contre la paroi de la douche. Une fatigue intense s'était installée en moi, telle que je n'en avais jamais connu, pas même quand j'avais passé des mois à fuir pour empêcher qu'on me retrouver après mon départ de la planque.

Je repoussai mes cheveux trempés de mon visage et regardai Rey faire mousser un luffa avec mon savon préféré.

Il n'avait pas dit un seul mot pendant que je pleurais, il s'était contenté de me tenir et de caresser mon dos de haut en bas avec ses doigts, m'apportant le réconfort dont j'avais tant besoin.

Ne me fais pas ça, Rey. Ne me fais pas souhaiter des choses que je ne pourrai plus avoir.

Avant que je puisse y réfléchir trop longtemps, Rey revint se placer devant moi.

— Quelle est la capacité de ton ballon d'eau chaude ? Il devrait être vide maintenant.

— Il y a un système d'eau à la demande dans le bâtiment pour chaque maison de ville. On gaspille moins d'énergie qu'en chauffant de l'eau dans un réservoir qui se refroidit et se réchauffe en permanence.

— Cela paraît logique, à moins que quelqu'un ne prenne une douche de trente minutes, car dans ce cas, la consommation d'eau et de chaleur est maximale. Il me sourit et fit tournoyer son doigt pour me faire tourner.

Je lui obéis, faisant face à la paroi de la douche, appuyant mes paumes sur le carrelage.

Rey rassembla mes cheveux sur son épaule, embrassa l'autre, et me savonna le dos avec des caresses douces et légères. Ses gestes étaient envoûtants et relaxants.

— Retourne-toi.

Je fis ce qu'il disait, appuyant ma colonne sur le travertin.

Il s'agenouilla à mes pieds, des perles d'eau dégoulinant

sur son visage et son corps sculpté. Il dégageait une perfection masculine absolue. Enfin, ce n'était peut-être pas de la perfection, le mot était trop joli. C'était un bel homme, cela ne faisait aucun doute, mais c'était plus que cela. Dès notre rencontre, j'avais su que le costume qu'il portait cachait quelque chose de dangereux, de brut, d'interdit.

Il incitait les femmes à oublier leur bon sens et à accepter ce qu'il leur offrait.

C'était exactement ce que j'avais fait. Mais, au lieu de simplement le prendre, j'avais sauté dans le grand bain avec lui.

Quand il eut savonné l'avant de mon corps et qu'il se leva, ma peau me picotait et la douleur de mon cœur s'était atténuée, remplacée par une douleur physique qu'il était le seul à faire naître en moi.

Il n'était pas insensible au changement d'énergie entre nous. Son membre durcit, plaqué contre mon ventre, et je m'humectai les lèvres tandis que nous nous regardions droit dans les yeux.

Au lieu de m'embrasser, il posa la main sur les boutons des jets, et me dit :

— Allons te mettre au lit.

Je posai une main sur son poignet.

— Je ne veux pas aller au lit.

— Tu n'as pas en état de faire autre chose que dormir.

Je m'avançai contre lui, coinçant son érection dure et palpitante entre nos corps.

— Je sais ce que je peux supporter. En plus, tu as dit que

tu prévoyais de coucher souvent avec moi. Le meilleur moment, c'est le présent, murmurai-je entre deux halètements désespérés, en manque.

Il agrippa mes hanches et ses pupilles se dilatèrent, rendant ses yeux noirs avec des anneaux dorés autour.

Je passai les doigts sur ses bras, laissant mes ongles effleurer sa belle peau bronzée réchauffée par la douche et l'excitation, jusqu'à enrouler mes bras autour de son cou.

— Lilly.

L'entendre prononcer mon nom d'une voix rauque me fit frissonner.

— Je t'en prie.

Il ferma les yeux pendant une brève seconde, et lorsqu'il les rouvrit, je vis une lueur de sombre luxure.

— Nous allons faire les choses à ma façon. Compris ?

Me léchant les lèvres, j'acquiesçai.

Il posa la main sur l'arrière de ma tête pour l'incliner vers le haut, et il effleura ma bouche en de lentes et douces caresses.

Il me taquinait, me séduisait sans jamais approfondir le baiser. Il descendit le long de ma mâchoire et de la courbe de mon cou, derrière mon oreille, me faisant haleter, me donnant envie de plus.

— Tu as toujours été tellement sensible ici.

Sa langue sortit pour effleurer ce point, me donnant la chair de poule.

Il continua plus bas, sur ma gorge, jusqu'au creux entre mes seins. Les prenant entre ses mains, il caressa, mordilla et taquina chaque mamelon, faisant grimper mon désir de plus en plus haut.

— Arrête de m'allumer.

Je glissai les doigts dans ses cheveux mouillés et je gémis alors que la douleur au plus profond de mon ventre s'intensifiait.

Ses lèvres s'incurvèrent et j'eus presque envie de le repousser, mais cela n'aurait fait que me torturer.

Il s'agenouilla à nouveau, saisit mes cuisses de cette manière ferme et possessive dont lui seul avait découvert qu'elle m'excitait, et me plaqua contre le carrelage chaud et humide.

— Écarte les jambes.

Un spasme me traversa en entendant son ordre.

J'écartai les pieds et sentis aussitôt le glissement de l'eau et la chaleur de sa bouche contre mes replis intimes.

— Rey, gémis-je alors que mes doigts se fléchissaient dans ses cheveux.

Il sortit la langue et se mit à glisser le long de mes lèvres intimes, avant de prodiguer à mon clitoris des caresses circulaires avant de plonger en moi.

— Oh, mon Dieu !

Mon dos se cambra sous l'effet des sensations qui me traversaient.

Sa bouche jouait avec mon sexe, faisant monter mon excitation de plus en plus haut. Il me caressait, me goûtait, me taquinait. Je respirais par petites bouffées. Au moment où je crus que j'allais devenir folle tant le besoin de jouir me tenaillait, il enfonça deux doigts au creux des muscles gonflés de mon sexe trempé, m'entraînant dans l'extase.

Mon corps frémit puis se contracta.

Je criai, plaquant une main contre la paroi de la douche tandis que l'autre agrippait des mèches épaisses et trempées de ses cheveux.

Mes jambes flageolèrent et je sentis qu'il me soutenait avec ses épaules tout en continuant à dominer mon corps avec sa bouche et ses doigts délicieusement pervers.

Lentement, alors que je redescendais, il se leva, les yeux brillants de désir et presque noirs, avec un soupçon d'or.

Sa bouche se posa sur la mienne, et il se plaqua contre moi. Sentir mon goût sur ses lèvres raviva mon excitation. Il emplissait mes sens comme aucun autre homme n'osait le faire.

Il souleva mes jambes autour de sa taille, se positionna et la seconde d'après, il plongea son membre épais et dure en moi.

Je me cramponnai à ses épaules, perdue dans la sensation enivrante de ses mouvements de va-et-vient.

— Lilly, murmura-t-il contre mes lèvres. Tu es à moi.

Mon cœur se serra à ces mots.

Si seulement c'était possible. Je ne pouvais pas lui appartenir. Je ne pouvais même pas m'appartenir.

— Tu m'entends ?

L'ordre dans sa question me fit ouvrir les yeux, et je dis :

— C'est suffisant pour le moment.

Il recula pour me regarder, comme si ma réponse était un défi.

— Nous verrons bien.

Il accéléra le rythme, devenant de plus en plus exigeant et énergique. Mon sexe réagit en frémissant, inondé de désir. La pulsation au plus profond de mon ventre s'intensifia, puis je me contractai et je basculai dans un autre orgasme, plongeant Rey dans le sien.

11

R eyhan

— LILLY, tu es en position ? entendis-je dire cet enfoiré de Jameson dans mon oreillette, alors que j'attendais le signal pour sortir de ma voiture et lancer officiellement le premier acte de la mission des agences conjointes.

— Oui. J'ai mis le premier en place. Je ne vois vraiment pas ce que je fais ici. N'importe quel idiot pourrait le faire. Je pensais que j'étais ici pour prendre des contacts avec des gens pour l'affaire.

J'aurais ri de son agacement si je n'avais pas été moi-même aussi agacé par elle.

C'était vraiment la femme la plus exaspérante que j'avais

jamais rencontrée. Après une nuit où j'avais cru que nous avions brisé les barrières les unes après les autres, elle m'avait quitté.

Une fois encore.

Au moins, cette fois-ci, j'avais eu un mot.

Rey,

Merci pour la nuit dernière. Je ne peux pas laisser ce qu'il y a entre nous être autre chose qu'occasionnel.

Je ne vais pas te faire marcher. Ça ne pourrait que faire encore plus mal quand je partirai.

Lilly

C'était il y a cinq jours.

Je n'arrivais toujours pas comment elle avait pu se faufiler hors de cet endroit.

J'avais le sommeil léger. Une fois, j'aurais pu croire qu'elle avait réussi à partir sans se faire repérer, mais deux fois ? Impossible.

J'aurais entendu la porte s'ouvrir. Sa chambre était un loft, bon sang !

J'avais fouillé son appartement à la recherche d'une quelconque sortie cachée. Connaissant Devani, cela ne m'aurait pas étonné qu'elle ait fait aménager des passages secrets dans tous ses bâtiments.

Si je n'avais pas eu à m'occuper d'une affaire urgente de

King Holdings à l'autre bout du pays, j'aurais déjà coincé Lilly.

Elle était tellement habituée à s'enfuir que c'était sa méthode de prédilection pour gérer les choses. Elle désespérait d'avoir des racines, mais l'idée d'avoir un lien avec quelqu'un la terrorisait.

Cela ne servait à rien de ressasser pour le moment.

Après ce soir, toute la bonne société new-yorkaise saurait que nous étions ensemble, que cela lui plaise ou non. Et il était certain que Lennox l'apprendrait. Il était plus que probable qu'il était déjà au courant.

Je n'étais pas assez stupide pour croire qu'il laisserait reposer la sécurité de sa fille entièrement entre mes mains. Maintenant que Lennox savait où elle se trouvait, il allait envoyer ses hommes dans tout New York pour surveiller tout ce qui avait trait à Lilly.

J'étais certain qu'elle était exaspérée que Papa Lennox la fasse suivre.

Je me demandai ce qu'il pensait de ce qu'elle était devenue. La femme dure à cuire qui gardait tout jusqu'à ce qu'elle craque n'avait rien à voir avec la Lillian Lennox des rapports.

Avant l'incident survenu près de sept ans auparavant, la petite fille de Joseph Lennox était une femme insouciante, hippie, qui profitait pleinement de la vie, s'habillait de manière stylée et décontractée et riait de tout. Elle était la prunelle des yeux de son père et avait le don d'amener les gens à trouver de la joie dans toutes les situations. Elle était également connue pour n'avoir peur de rien et pour être prête à relever tous les défis.

Voilà pourquoi tout le monde avait été surpris qu'elle ait fui le scandale avec son ex et sa famille.

Un jour, j'apprendrais la vérité.

Mon intuition me disait qu'une fois que je serais allé au fond des choses, cela résoudrait beaucoup de problèmes dans ma relation avec elle.

— Nous en avons déjà parlé, Lennox, répondit Abalo, et son irritation me fit sourire. En attendant de jouer ton rôle de faire-valoir, rends-toi utile. Tu as accepté les paramètres de la mission en échange de ta liberté.

— Abruti, marmonna-t-elle.

— J'ai entendu.

— Je voulais que tu l'entendes.

Je n'arrivais pas à savoir s'il n'appréciait pas Lilly à cause du marché que Devani avait conclu pour elle ou s'il s'était passé quelque chose de personnel entre eux.

Le point positif, c'était qu'au moins je n'avais pas à subir son courroux. Et même si cela arrivait, nous pourrions nous débarrasser de cette énergie par le sexe plus tard.

Mais si Abalo la touchait, je lui casserais la figure.

— C'est à vous, King, dit la voix de Jameson dans mon oreillette. Votre vieil ami se trouve dans la salle d'exposition à droite lorsque vous entrez. Lilly est en face.

Une fois ma voiture garée, je sortis dans l'air froid de la fin octobre. Je gravis les escaliers du musée, saluai la sécurité d'un signe de tête, puis m'approchai de l'hôtesse qui m'attendait.

Une lueur scintilla dans son regard quand elle se souvint de m'avoir vu dans notre ancien quartier.

— Monsieur King, dit-elle, me faisant signe d'avancer sans prendre mon invitation.

Après avoir passé le contrôle de sécurité au détecteur de métaux, j'entrai dans la pièce que Jameson m'avait indiquée. Là, dans un coin, se trouvait ma cible.

Craig Felix.

Je n'aurais pas tant dit que c'était un ami plutôt qu'une connaissance. Nous nous étions connus dans notre ancien quartier.

À nous regarder aujourd'hui, personne n'aurait pu croire que nous avions porté des vêtements sales et fréquenté des gangs pour survivre, alors que nous aurions dû être assis dans des salles de classe et apprendre l'algèbre.

Nous nous étions débarrassés de notre aura de pauvreté et avions appris de nouvelles compétences qui nous avaient permis de nous glisser dans le monde des nantis. Il était entré dans cette vie par le mariage en séduisant la fille aînée d'un gestionnaire de fonds spéculatif français, alors que j'avais eu la chance d'essayer de voler Arin et de bénéficier de l'influence de sa main sévère.

J'avais appris très tôt les risques à prendre et le moment où il fallait appeler avant que les enjeux ne dépassent une limite dont nous ne pourrions pas revenir. Craig, quant à lui, ne voyait pas au-delà du profit.

Et il était de notoriété publique que la masse d'argent disponible sur le marché noir des marchandises humaines était inépuisable. Même s'il n'était pas impliqué dans le transport physique des personnes, il fournissait les moyens de le faire.

Maintenant, j'allais le laisser me conduire à la tête de son organisation de financiers, Saun Huber.

Cependant, l'idée d'utiliser Lilly pour faciliter les choses me laissait une impression de malaise au creux de l'estomac. J'avais passé suffisamment de temps à faire des recherches sur Huber. Son obsession pour Cora Hass allait bien au-delà d'un simple intérêt pour ses compétences techniques. Il l'avait mise sur un piédestal malsain qui le rendait dangereux.

Il ne la voulait pas seulement comme femme, comme amante, mais comme une personne à collectionner, un trophée. Comme s'il se procurait de l'art.

Je pris une flûte de champagne à un serveur qui passait par là et me dirigeai lentement vers Craig, en m'arrêtant pour étudier un ou deux tableaux en chemin.

— King. Ça fait un bout de temps.

Je me tournai vers ma gauche et vis Craig qui se tenait à côté de moi en compagnie de deux femmes.

Je reconnus l'une d'elle, sa femme, Julia, et je supposai que l'autre était la meilleure amie qui, selon les rapports, ne la quittait que rarement.

— Comment vas-tu, Felix ? C'est bon de te voir.

Nous nous serrâmes la main.

— Laisse-moi te présenter. Voici ma femme, Julia, et une de nos bonnes amies, Olivia Hanson. Voici Reyhan King. Nous avons grandi dans le même quartier.

Toutes deux me saluèrent, et nous échangeâmes des politesses. En quelques secondes, je compris qu'Olivia était une prédatrice, qui essayait de déterminer si j'étais une cible potentielle. Outre le fait qu'elle avait reconnu mon nom, je remarquai qu'elle tentait un examen subtil de mes vêtements, de mes boutons de manchette et de ma montre. Au fil des ans, j'avais eu affaire à de nombreuses personnes semblables.

Dans mon métier, j'avais laissé des femmes comme elle m'attraper exprès, pour mon propre bénéfice.

Puis une pensée me traversa l'esprit, qui me donna envie de serrer les dents et de froncer les sourcils, mais je me retins.

Lilly avait-elle déjà fait la même chose ?

Même dans ce cas, je n'avais pas à la juger. Comme le disait Sam, j'avais fait des trucs similaires quand j'étais ado.

Si seulement elle ne s'enveloppait pas d'autant de mystère ! J'ignorais toujours pourquoi elle avait commencé à travailler pour Rex Busch. Avec ses compétences, elle aurait pu faire n'importe quoi.

Si elle avait voulu rejoindre le circuit des hackers du dark web, elle aurait pu suivre l'exemple de Danika et proposer ses services de manière ponctuelle.

— Je ne savais pas que tu aimais ce genre d'événements, dit Craig, ramenant mon attention sur lui.

— Je participe à des événements lorsqu'il y a quelque chose d'intéressant à voir.

Je balayai la pièce du regard, à la recherche de Lilly.

Mes lèvres esquissèrent un sourire lorsque je la trouvai en train d'examiner un tableau. On pouvait lui faire confiance pour trouver une œuvre d'art unique à inspecter au milieu d'une mission.

Je pouvais déjà entendre Abalo lui faire des reproches plus tard dans la soirée parce qu'elle s'était déconcentrée. Elle l'informerait très probablement que les femmes étaient douées pour mener plusieurs tâches de front et qu'il pouvait aller se faire voir.

— Qui est-ce ? s'enquit Julia. Je ne suis pas sûr de l'avoir déjà vue à un événement.

Lilly était absolument époustouflante. La robe presque inexistante qu'elle avait portée à l'événement de Danika avait fait ressortir l'homme des cavernes en moi. Mais celle-ci lui conférait une aura royale. Cette robe couvrait le moindre centimètre de son long corps athlétique d'une couleur pourpre profonde, épousant chacune de ses courbes. La seule trace de peau apparaissait à travers ses manches longues transparentes. Ses cheveux étaient artistement arrangés pour reposer sur l'une de ses épaules. Et à ses oreilles et son cou se trouvaient des bijoux qui, à en juger par leur aspect, étaient de grande valeur.

Des diamants. Mais qui recelaient des secrets.

Sous les pierres de son collier se trouvait sa puce électronique presque transparente.

Bon sang ! C'était une foutue déesse.

Je bus une gorgée de mon verre en continuant à l'observer. Son regard son porta sur une autre partie de la salle d'exposition. Un couple de personnes âgées s'approcha d'elle et la femme entama une discussion animée avec Lilly.

— Elle me semble familière. Vous pensez qu'il s'agit de la nouvelle conservatrice ? me demanda Olivia, remarquant l'attention que je portais à Lilly.

— Non, ce n'est pas elle. Elle est évaluatrice pour une galerie de SoHo.

La femme posa une main sur mon avant-bras dans un geste de familiarité bien trop précoce pour une première rencontre.

— Alors, vous la connaissez ?

— Effectivement.

Me reculant, je fis glisser la paume d'Olivia de la manche de mon costume.

À cet instant, le regard de Lilly croisa le mien, et elle haussa un sourcil avec une pointe d'amusement au fond des yeux.

Puis ses iris couleur tempête se réchauffèrent lorsqu'elle me scruta de la tête aux pieds, et elle se lécha les lèvres.

En un éclair, mon corps réagit, et j'eus une vision de sa bouche enroulée autour de mon membre.

Merde.

Ce n'était pas le lieu pour cela.

— A-t-elle un nom ?

Il y avait une pointe d'agacement dans le ton d'Olivia qui me fit reporter mon attention sur le groupe.

— Lillian Lennox.

Le visage de Craig exprima un mélange de surprise et de joie, puis il posa les yeux sur Olivia pendant une fraction de seconde avant de se concentrer à nouveau sur moi.

— Comme la fille disparue de Joseph Lennox ?

— Elle n'a jamais disparu, lui répondis-je d'un ton qui semblait désinvolte, mais qui lui signifiait qu'il devait faire preuve de prudence.

Craig, mieux que quiconque, devait comprendre qu'il y avait des choses à ne jamais mentionner dans la bonne société, en particulier toute personne liée à la mafia, dans quelque pays que ce soit.

Comprenant l'allusion, Julia demanda :

— Vous pourriez peut-être nous présenter ? J'aimerais rencontrer quelqu'un qui connaît mieux le monde de l'art. Les évaluateurs sont toujours à la pointe de la technologie, ce que je trouve absolument fascinant.

— Je suis sûre que ma compagne aimerait ça, mais peut-être une autre fois. Je suis déjà en retard pour la rejoindre, et nous avons prévu de dîner ensuite.

— Lilly Lennox est votre compagne ? répéta Olivia, plissant les yeux, saisissant les mots que j'avais glissés.

— Oui. Lilly est à moi, déclarai-je, laissant planer les mots entre nous.

Olivia jeta un nouveau coup d'œil à Craig, et une sorte de

communication silencieuse passa entre eux, avant qu'elle se concentre à nouveau sur moi.

Toute cette affaire était passée de la première étape de la mission à l'étape, *je ne sais pas trop.*

Certes, nous devions laisser la trace du lien avec Lennox, mais il y avait quelque chose de sous-jacent sur lequel je n'arrivais pas à mettre le doigt. Il était plus qu'évident qu'ils connaissaient tous les trois Lilly, et pas seulement Joseph Lennox et ses liens avec mes frères et moi.

Pouvaient-ils savoir ou soupçonner que Lilly était Cora ?

Quelque chose au creux de mon estomac me disait que oui. La question était de savoir *comment.*

Je me déplaçai pour les contourner.

— Si vous voulez bien m'excuser.

— King. Une partie de l'ancienne bande se réunit au Dove ce soir. Pourquoi ne pas te joindre à nous ? demanda Craig, me tendant une carte portant le nom du club, et l'emblème d'une colombe argentée. Amène ta compagne. Nous adorerions la rencontrer.

Mon premier réflexe était de garder Lilly aussi loin que possible de tout cela, et si je lui disais une chose pareille, elle m'enverrait sans doute un coup de poing à la gorge.

— Nous verrons si nos projets nous le permettent.

— Fais donc ça.

Contournant Craig, je me dirigeai vers la pièce où Lilly attendait.

J'avais à peine franchi le seuil que j'entendis :

— Ta compagne, vraiment ?

— Il me semble que c'est un fait établi.

Je fis un pas sur ma gauche et rejoignis Lilly dans une petite alcôve, saisissant ses hanches et l'attirant à moi.

Elle glissa ses paumes sur mes épaules et se pencha en avant. Ses pupilles se dilatèrent et une légère rougeur apparut sur sa peau, révélant l'effet que je produisais sur elle.

— Pour la mission.

— Nous avons déjà discuté des termes, à moins que tu aies oublié ?

— Rey...

Je l'interrompis.

— À moins que tu ne veuilles que tout le monde entende la suite, je te suggère de t'arrêter là.

— Ne vous arrêtez pas pour nous, intervint Abalo. J'aimerais savoir ce qu'il en est de cet accord parallèle que vous avez conclu. Lennox, je pense qu'il faut qu'on discute.

Lilly grimaça, puis me jeta un regard noir.

Elle retira le petit disque de sa boucle d'oreille, et je retirai celui qui était caché dans la racine de mes cheveux près de mon oreille.

Elle chercha à se dégager de ma prise, mais je ne la laissai pas bouger.

— Tu m'énerves, King.

— Probablement. Mais je fais autre chose de plus, Lennox.

— Et qu'est-ce que c'est ?

Je me penchai contre son oreille et murmurai :

— Je te fais peur.

— Qu'est-ce qui te fait penser que j'ai peur de toi ?

Je pris sa main gauche et déplaçai les trois bagues décoratives soudées qu'elle portait aux trois doigts du milieu pour faire apparaître le tatouage qu'elle n'avait jamais enlevé.

— À cause de ça. Je te fais ressentir des choses. Je te fais désirer des choses. C'est pour ça que tu as laissé ce fichu mot.

Jameson passa à côté de nous, touchant les cheveux au-dessus de son oreille pour nous signifier de remettre nos oreillettes.

Elle se mordit la lèvre et ferma les yeux une fraction de seconde avant de me supplier :

— N'en fais pas plus que ça n'est. S'il te plaît.

Je nous remis en vue du reste de la pièce, et lui offris mon bras.

— Tôt ou tard, tu devras accepter que nous avons toujours eu plus.

— Au bout du compte, tu devras accepter que je ne suis pas bonne pour toi.

— Non.

— Si, bien sûr.

— Non.

Nous remîmes tous deux nos oreillettes.

Elle grogna.

— Si tu n'arrêtes pas avec tes foutus *non*, je ne pourrai pas être tenue pour responsable de ce que je ferais.

— J'ai l'impression que nous n'avons pas manqué grand-chose, les tourtereaux envisagent de commettre un homicide, commenta Abalo.

Ensuite, Lilly marmonna :

— J'envisage de le poignarder. Il s'amuse beaucoup trop à mes dépens.

12

L^{illy}

Je regardai mon reflet dans le miroir géant de l'énorme salle de bains de Rey.

C'était étrange, presque surréaliste, d'être ici.

Dès que j'avais pénétré dans son penthouse, un sentiment d'incertitude s'était installé au creux de son estomac. Comme si le fait de partager à nouveau un espace avec Rey me préparait à un désastre, à un chagrin d'amour encore plus grand que celui dont je savais déjà qu'il allait se produire.

Ma vie tournait autour des faux-semblants, et cette mission ne cessait de brouiller les pistes.

Et tout était de la faute de Devani.

La garce.

Moins de cinq minutes après avoir quitté le musée et grimpé dans la voiture de Rey, Devani m'avait informée que j'avais emménagé dans son appartement. Immédiatement.

C'était quoi, ce bordel ?

Refoulant mon agacement, je me lavai le visage et appliquai un nouveau maquillage approprié pour le Dove Club.

Et quel club !

Parmi tous les endroits où Craig Felix aurait pu nous inviter, il avait choisi un club libertin.

Je me demandai si l'enquête que Rey avait menée sur moi avait révélé que la Lilly Lennox d'il y a près de sept ans, ouverte aux nouvelles expériences, libre-penseuse et âgée de presque vingt-deux ans, avait fréquenté des clubs fétichistes à Berlin avec ses amies. C'était dans l'un de ces endroits que j'avais rencontré mon ex, Kane.

J'étais en colère de m'être montrée aussi stupide avec cet enfoiré. Bon sang, j'étais tellement naïve ! Tous les signes indiquaient que quelque chose n'allait pas chez lui, mais je les avais ignorés, me disant que comme sa famille était liée à la mienne, je ne risquais rien. L'un des plus importants aurait dû être qu'il ne voulait jamais que je vienne au club, en particulier avec mes amies qui étaient membres, et qu'il semblait contrarié chaque fois que je m'y présentais. Plus tard, j'avais appris que c'était au club qu'il rencontrait ses contacts russes.

Au moins, j'avais la satisfaction de savoir qu'après avoir

financièrement paralysé la famille de Kane, mon père et ses alliés avaient exercé la justice à leur manière envers eux et les autres familles qui l'avaient trahi.

Certes, j'avais l'air assoiffée de sang, mais le monde dans lequel j'avais grandi l'exigeait. Mais Solon n'était pas une organisation de pacifistes, et mes cicatrices le prouvaient.

Je soupirai en pensant au gâteau qui se trouvait encore dans mon réfrigérateur. Sans l'actuel Conseil d'administration européen, je n'aurais pas pris de mesures aussi radicales pour me couper de ma famille ni détruit ma réputation dans le monde de l'art.

Au bout du compte, je n'aurai d'autre choix que de laisser Rey derrière moi lui aussi.

Il ne le comprendrait peut-être jamais et ne me pardonnerait sans doute pas, mais c'était mieux pour lui à long terme.

Devani était puissante, mais je ne pouvais pas faire confiance au Conseil d'administration européen pour me laisser tranquille. J'étais leur propriété. Et, tôt ou tard, ils feraient la même chose que pour me faire sortir de ma cachette : ils m'obligeraient à retourner en Europe et à revenir sous leur coupe.

Plus j'étais proche de Rey, plus je nous rendais vulnérables tous les deux. J'aurais dû limiter cette relation au sexe.

De qui me moquais-je ? Rey avait raison. C'était toujours plus. Entre nous, ce n'était jamais seulement du sexe. Être près de lui me faisait ressentir trop de choses, désirer trop de choses.

Mon téléphone émit un bip, me tirant de mes pensées.

Je jetai un coup d'œil à l'écran et lus le message.

CAMILLA : Pars dans vingt minutes. Tes vêtements sont sur son lit.

Je ne pouvais qu'imaginer la réaction de Camilla lorsqu'elle avait appris le changement de plan. Probablement une série de jurons et de raisons pour lesquelles j'aurais dû rester sur cette foutue île.

Elle ne m'avait guère adressé que quelques mots en privé depuis qu'elle avait tenté de me détruire le cerveau dans les sous-sols du bâtiment de la CIA.

Je n'avais aucun doute sur le fait que cette femme m'aimait, surtout après tout ce qu'elle avait fait pour me protéger. Je la voyais comme une tante en colère qui me giflait, m'apprenait la vie, et tuerait quiconque me regardait de travers.

Même si je me sentais mal à l'aise de l'avoir près de moi sans le réconfort de sa personnalité normale, je ne l'avais jamais connue sous couverture, et l'accent américain me donnait la chair de poule.

Ce qui me faisait le plus mal, c'était de lire la déception sur son visage à chaque fois qu'elle m'apercevait. Elle m'avait appris à être forte, à anticiper, à ne jamais me déconcentrer et à toujours avoir un plan. Mon plan était de la remplacer, ou d'aller plus haut un jour, mais maintenant, aucun des deux n'était possible.

Je me rendis dans l'immense chambre de Rey. L'espace était suffisamment grand pour que j'y loge la plus grande partie de mon appartement. D'un autre côté, il disposait d'un étage entier dans l'immeuble de King Holdings.

Quand on avait de l'espace, pourquoi ne pas s'en servir ?

Les fenêtres occupaient deux des murs de la pièce, ce qui lui donnait encore plus de volume. Des fauteuils rembourrés en tissu dans des tons gris clair et bleus étaient disposés à des endroits stratégiques afin de ne pas obstruer la vue sur la ville de New York depuis le lit géant au centre de la pièce.

M'arrêtant au pied, je secouai la tête en inspectant la tenue que je devais porter au club.

Si Rey avait détesté ma robe de l'exposition de Danika, il allait adorer cet ensemble.

Oui, c'est ça.

Après avoir enfilé le corset, la jupe et les talons, je retournai dans la salle de bains, examinai ma tenue de la tête aux talons et ajustai chaque élément à sa place, en particulier l'ourlet de la jupe, qui semblait vouloir laisser dépasser la moitié de mes fesses.

Avec un dernier coup d'œil dans le miroir, je passai dans le salon.

Je m'arrêtai net lorsque les yeux dorés de Rey se posèrent sur moi et s'enflammèrent avec une intensité qui fit s'emballer mon cœur et monter l'excitation entre mes jambes.

Il se leva et s'avança vers moi, ignorant totalement le fait que Camilla et Noah étaient assis sur le canapé.

— Lilly.

— Oui.

Il se pencha et murmura :

— J'ai l'intention de te sauter là-dedans plus tard.

— D'accord, dis-je, la respiration haletante, tandis que mon ventre se contractait. J'ai cru que tu voudrais que je me change.

— Avant, tu n'étais pas à moi, et ça m'énervait.

Je me rapprochai de lui, laissant sa mâchoire frôler la mienne.

— Maintenant tu crois que je suis à toi ?

— Ce n'est pas une question de le croire… je le sais, dit-il avec un petit sourire. De plus, je me souviens que tu m'as informé que je n'avais pas mon mot à dire sur ce que tu portes.

Le voir ainsi me ramenait à l'époque où nous étions deux personnes différentes, totalement perdues l'une dans l'autre.

— Embrasse-moi, Lilly. Je sais que tu en as envie.

M'humectant les lèvres, j'inclinai mon visage vers le sien.

— Si vous avez fini de vous envoyer en l'air, nous avons un rendez-vous à honorer, grommela Camilla, rompant le charme.

— Elle l'a fait exprès, dit Rey en me regardant droit dans les yeux.

Je souris.

— Oui, c'est vrai.

C'est alors que Camilla m'ordonna :

— Prends un manteau, Lilly. Tu as les fesses à l'air. Et n'oublie pas, pendant que vous faites du tourisme ce soir, que vous êtes là pour travailler.

Rey secoua la tête lorsque nous nous séparâmes et suivit Camilla qui se dirigeait vers l'ascenseur.

— Je croyais qu'Arin était un dur à cuire, lui dit-il. C'est une bonne chose que vous ne soyez pas formatrice, Ress. Vous terroriseriez les pauvres nouvelles recrues de Solon. Mais je suis sûr qu'elles fileraient droit.

L'ascenseur s'ouvrit, et je remarquai un sourire en coin sur les lèvres de Camilla.

UNE HEURE PLUS TARD, Rey et moi arrivâmes devant un bâtiment ordinaire en briques. Une minuscule colombe peinte sur une plaque tout en bas, près de la porte était la seule indication qu'il y avait quelque chose à l'intérieur.

Nous sortîmes dans l'air frais de la nuit, qui me fit frissonner.

— Tu es prête ?

Rey replia mon manteau autour de mes épaules et passa le pouce sur ma lèvre inférieure.

— Les endroits comme celui-ci ne me font pas peur.

Ses lèvres s'incurvèrent.

— C'est bon à savoir.

Il glissa mon bras dans le creux du sien et me conduisit vers l'entrée du club. Après un contrôle de sécurité, une grande femme vêtue d'une simple robe à manches longues avec une ceinture verte nous accueillit. Elle nous expliqua les règles et les attentes du club, puis nous fit passer par les procédures d'enregistrement habituelles.

Elle nous remit ensuite des bracelets indiquant notre statut d'invité avant qu'une hôtesse ne nous conduise à l'intérieur du bâtiment principal du club.

Nous gravîmes un escalier pour accéder à un autre étage qui s'ouvrait sur un bar avec des sièges stratégiquement placés pour offrir une vue sur la partie centrale du club où se déroulaient les performances.

Hommes et femmes étaient rassemblés en groupes, discutaient, buvaient et mangeaient. Ce qui distinguait cette salle de tout autre bar haut de gamme n'était pas seulement la tenue vestimentaire des clients, qui allait des robes de haute couture à la nudité complète, mais l'acceptation totale des préférences sexuelles de chacun. Personne ne sourcillait quand un dominateur faisait asseoir sa soumise à ses pieds ou la faisait marcher derrière lui au bout d'une laisse. Tout était légitime, tant que c'était consensuel.

— Votre groupe se trouve dans la zone d'observation privée, de l'autre côté de ce rideau, expliqua l'hôtesse en écartant les rideaux gris foncé.

Tout le monde reporta son attention sur nous dès que Rey et moi entrâmes dans la pièce.

C'était comme si nous étions en exposition.

Les examinant de la même manière, je les repérai tous.

Cet espace était différent du reste du club, avec de nombreuses places assises confortables et un salon élégant destiné à donner une impression d'intimité aux invités.

L'âge des personnes présentes allait de la vingtaine à la fin de la soixantaine, et j'avais déjà vu nombre d'entre elles au musée.

— Heureux que tu aies pu venir, King, dit Craig à Rey, mais son regard se concentrait sur moi. Et tu as amené ta compagne. Lilly, si je ne me trompe pas.

— Oui, ma Lilly, répondit Rey, posant sa main au creux de mes reins.

Je lui jetai un regard et vis que ses yeux se plissaient légèrement, et qu'une forte tension passait entre Craig et lui.

Merde.

Je l'avais perçue au musée, et m'étais interrogée sur l'étrange interaction que j'avais entendue par l'intermédiaire de mon oreillette.

J'ignorais de quoi il s'agissait, mais ça tournait autour de moi. Rey devait garder son sang-froid et régler les détails. Nous avions du pain sur la planche.

— Joignez-vous à nous, dit Julia, une grande brune que je savais être la femme de Craig, en indiquant une place sur le canapé près d'elle et de son amie Olivia.

Je faillis soupirer de soulagement ; je joignis mes doigts à ceux de Rey et je le guidai vers la place à côté d'Olivia.

Les conversations reprirent, mais un non-dit demeurait entre Craig et Rey.

— Je sais que c'est une question étrange, mais avez-vous déjà eu une autre couleur de cheveux ? s'enquit Olivia.

La main de Rey, qui avait entendu la question, se crispa sur ma cuisse.

Bon, d'accord. Au moins, je connaissais maintenant la raison de l'animosité entre Rey et Craig.

Je secouai la tête.

— J'ai toujours été brun foncé. En été, le soleil me donne des reflets plus clairs, mais c'est tout. Pourquoi cette question ?

— Vous ressemblez beaucoup à une photo que j'ai vue récemment. Les seules différences sont les cheveux et les yeux. Les vôtres sont très caractéristiques.

Quelle photo ?

D'aussi loin que je me souvenais, je n'avais jamais pris de photo avec quiconque ni donné mon autorisation pour être photographiée. En outre, je veillais à faire des recherches d'images de moi partout.

J'avais même conçu des programmes dans le seul but d'explorer le net à cette fin.

— Oui, ils sont gris clair comme ceux de ma mère. On ne peut pas les confondre.

— Et vous n'avez pas de sœurs ?

— Non. Quatre frères. Trois plus âgés, un plus jeune. Mais je suis sûr que vous le savez déjà.

Avant qu'Olivia ne puisse poser une autre question, une serveuse arriva pour prendre la commande de tout le monde, détournant l'attention de moi.

Ce genre de questions était bien la dernière chose à laquelle je m'attendais ce soir.

Rey passa son bras autour de mon épaule, et je me laissai aller contre lui, murmurant :

— Soit ils savent, soit ils ont des soupçons.

Il me caressa l'épaule du bout des doigts, tout en balayant la pièce du regard.

— J'en ai bien l'impression. Tant que ce n'est pas confirmé, je ne veux pas que tu te retrouves seule avec l'un d'entre eux.

— Ce n'est pas comme ça que ça marche. J'ai un boulot à faire.

— Oui, pour te montrer au monde en tant que ma femme.

— Je dois remplir ma part de marché.

— Oui, c'est vrai, envers moi.

— Tu ne peux pas me garder ici, Rey. Je ne t'appartiens pas.

Il prit ma main gauche dans la sienne, frottant son pouce sur le bord du tatouage qui dépassait de sous ma bague. Un picotement me parcourut la peau, apportant une pointe d'excitation, et un désir profond.

— Voilà qui me dit le contraire.

Une boule se forma dans ma gorge.

Pourquoi refusait-il de laisser tomber ?

Je ne pouvais pas atteindre ce qu'il m'offrait. La seule fois où je m'étais laissée aller à croire que c'était possible, j'avais failli détruire sa vie.

alors que j'ouvrais la bouche pour lui répondre, Olivia attira notre attention sur elle en demandant :

— Depuis combien de temps êtes-vous ensemble ?

— Suffisamment longtemps pour nous garantir un avenir permanent. Tu n'es pas d'accord, Lilly ?

Au lieu de répondre, je me levai.

— Si vous voulez bien m'excuser un instant. Je dois trouver les toilettes des femmes.

Rey plissa les yeux, mais se tut et me lâcha la main. Pendant une fraction de seconde, je crus qu'il allait me suivre, mais il resta assis tandis que je franchissais les rideaux qui séparaient le salon privé de l'étage principal du club.

Alors que les rideaux se refermaient, me cachant aux yeux des occupants du salon, j'inspirai profondément et me laissai envahir par l'esthétique envoûtante de du Dove.

Il y avait un riche mélange de couleurs claires et foncées, à la fois apaisant et choquant pour les sens. Il créait l'illusion que le temps n'existait plus.

En passant par un long couloir jalonné de sculptures et de tableaux encadrés, je ne pus m'empêcher d'admirer la façon dont le décor artistique s'harmonisait avec la musique et l'ambiance du salon.

Cet endroit était magnifique.

Le propriétaire de cet établissement avait dû débourser une belle somme pour concevoir ce club.

Je m'arrêtai devant une toile de Monet qui semblait bien trop réelle pour être une copie.

Un frisson me parcourut l'échine.

Tournée vers l'œuvre, je m'intéressai aux détails, des

coups de pinceau à la signature, en passant par les lignes sur les bords.

Ce n'était pas une copie, j'étais prête à parier ma vie là-dessus.

Eh bien, *merde*.

La dernière fois que je m'étais approchée de ce tableau, c'était plus de trois ans auparavant, quand je l'avais remis à Saun Huber dans le cadre de l'accord qu'il avait passé avec Rex Busch.

J'aurais dû me douter que nous étions chez Saun dès l'instant où j'avais posé les yeux sur les sculptures et les œuvres d'art authentiques que l'on trouvait partout dans le club.

L'obsession de Saun pour l'art était légendaire, surtout pour les pièces rares et difficiles à trouver.

Je balayai du regard les autres cadres sur le mur, repérant de nouvelles pièces provenant du stock de Rex, et les preuves de mes actes passés.

D'un geste calme et décontracté, je me grattai le cou et touchai ma boucle d'oreille pour y prendre des traceurs. Ensuite, je scrutai les environs pour repérer toutes les caméras et tous les gardes avant de faire le tour de tous les tableaux, en plaçant les micropuces de la taille d'une épingle à différents endroits sur les cadres.

Au moment où je revenais au Monet, Olivia arriva près de moi.

— C'est une pièce magnifique.

Son sourire était éclatant, mais il n'atteignait pas ses

yeux, ce qui me faisait dire qu'il était répété et qu'elle jouait la comédie.

— Oui, c'est vrai. Je suis surprise de trouver cette œuvre, ainsi que tant d'autres pièces rares accrochées dans un club et pas dans un endroit sécurisé.

Cette femme n'était pas l'arriviste avide d'argent qu'elle prétendait être, et je l'avais vu, même à la galerie. Ses yeux dissimulaient bien trop d'intelligence. Mais elle transparaissait dans sa manière de jauger les gens pour découvrir leurs faiblesses.

Elle voulait que les gens la sous-estiment. C'était son jeu.

Le dossier que l'équipe de Rey avait constitué donnait des détails sur la famille et les amis de Craig. Le lien entre Olivia et Julia remontait à plus de dix ans, à l'époque où elles étaient ensemble au lycée. Sa famille travaillait dans la finance, comme le père de son amie, mais son parcours me semblait trop étanche à mon goût.

Si j'avais eu le choix, j'aurais fait mes propres recherches. Maintenant, avec les choses que j'avais remarquées au musée et quelques minutes plus tôt, je n'avais aucun doute sur le fait que tout était faux chez Olivia. J'avais utilisé de nombreuses couvertures et je savais les repérer. J'avais démasqué Rey plutôt vite, et il s'était entraîné pendant des années à l'art de la tromperie.

— Cet endroit est plus sécurisé que vous ne pouvez l'imaginer. Mon cousin Saun possède ce club et ne laisserait jamais rien arriver à son précieux art. Elle montra d'un geste les agents de sécurité postés le long du couloir.

Son cousin ? Cela ne cadrait pas. Après avoir passé trois ans à travailler avec lui et à recueillir des données, je connaissais les informations sur Saun sur le bout des doigts. Il avait deux frères plus jeunes et sept cousins germains, dont un seul de sexe féminin. Il s'agissait d'une artiste nommée Victoria, qui vivait à Boston.

Saun adorait sa petite cousine, qu'il considérait comme une sœur, et je me souviens très bien qu'il insistait pour que je la rencontre un jour et qu'elle me peigne.

J'étudiai le visage d'Olivia et je vis les similitudes entre lui et elle. Ils avaient les mêmes yeux et les mêmes joues.

Je me rendis compte que je la fixais, et je dis :

— Cela a du sens de partager sa collection avec le monde et de permettre aux autres de l'apprécier au lieu de l'enfermer dans un coffre-fort.

— Cela ressemble au genre de chose qu'il dirait, remarqua Olivia, appuyant son épaule contre un espace vide sur le mur. Je pense que vous vous entendriez bien. Deux amateurs d'art et tout le reste. Je devrais vous présenter.

Mon rythme cardiaque s'accéléra.

— Est-il ici ce soir ?

— Non, répondit-elle en secouant la tête. Il est en voyage d'affaires. Cela a quelque chose à voir avec la perte de cargaisons en provenance d'Argentine.

Je faillis pousser un soupir de soulagement, mais je notai mentalement la partie concernant le chargement.

— Peut-être que nous nous rencontrerons plus tard.

— J'en suis certaine. Il y a une autre œuvre que vous

pourriez trouver fascinante, je crois. Laissez-moi vous la montrer.

Elle me conduisit vers une section réservée aux employés du club, puis dans un long couloir. Elle s'arrêta alors devant un grand portrait.

— Qu'en pensez-vous ?

Je me concentrai sur la peinture, et une vague de nausée m'envahit.

Oh, mon Dieu ! C'était moi.

Pas moi, mais Cora. Enfin, l'image aux yeux verts et aux cheveux blonds qu'elle avait montrée à tous les clients de Rex Busch.

J'étais appuyée contre un mur, en train de regarder par la fenêtre de l'un de mes points de livraison avec Saun Huber et Rex.

Si l'on étudiait la peinture, on avait l'impression que la femme qui y était représentée attendait l'arrivée de son amant. Alors qu'en fait, j'avais eu la peur de ma vie en pensant que Rey m'avait vue en revenant d'un rendez-vous.

C'était aussi le jour où j'avais compris que j'avais déconné en commençant quelque chose avec lui.

— Vous comprenez maintenant pourquoi j'ai posé ces questions.

— C'est vrai. Nous avons beaucoup de similitudes.

Elle tendit la main et toucha mon tatouage, puis le même endroit sur le tableau.

— Nous savons que ce sont plus que des similitudes, même si King l'ignore.

— Rey en sait plus que vous ne le pensez.

— Peut-être, mais Saun a dépensé énormément de temps et d'argent à vous chercher, Cora.

Extérieurement, je ne montrai aucune réaction au fait qu'elle prononcer ce nom.

— Niez-vous que vous êtes elle ?

Au lieu de répondre à sa question, j'en posai une à mon tour :

— Et qu'est-ce qu'il attend d'elle ?

Un sourire se dessina sur les lèvres d'Olivia.

— La même chose que ce que veut King. La revendiquer. Elle a fait une forte impression sur Saun, ce qui n'est pas une mince affaire.

Olivia ouvrit sa pochette, en sortit une carte, et me la tendit.

— Il s'agit d'une adresse dans les Hamptons. C'est le domaine privé de Saun. Il arrivera aux États-Unis dans trois semaines. Dînez avec lui sur son yacht, écoutez son offre et décidez ensuite.

Elle regarda par-dessus mon épaule, et je compris que Rey se tenait derrière moi.

— Je comprends ce qui vous attire chez King, mais je peux vous garantir que Saun est le meilleur investissement. Il peut vous offrir une vie que vous n'auriez jamais pu imaginer. Vous avez de la chance. Les femmes comme nous ont rarement le choix.

— Comment ça, les femmes comme nous ?

— Celles qui sont nées dans des familles composées

uniquement d'hommes. Ils établissent les règles en fonction de leurs affaires. Mais vous ne comprenez pas les restrictions auxquelles je dois faire face, n'est-ce pas ?

Je songeai à mon père et mes frères. Ils n'étaient pas comme la plupart des mafieux. En dehors du fait qu'il m'avait envoyée dans un pensionnat pour me protéger, je n'avais eu aucune limite dans ma vie. Je pouvais apprendre ce que je voulais, aller où je voulais tant que j'avais mon service de sécurité avec moi, et profiter de la vie.

— Je suppose que vous avez raison. J'ai de la chance.

— Alors je vous suggère de faire le choix le plus sage. Saun peut vous donner une vie à laquelle vous n'auriez jamais pensé.

Olivia passa devant moi et traversa le couloir, me laissant avec Rey.

— Ai-je envie de savoir de quoi il s'agit ?

— Ils savent que je suis Cora.

13

R eyhan

LILLY FIXAIT LE MONET, **le dos raide.**

— Tu as entendu ce que j'ai dit ? Nous devons organiser une réunion maintenant.

— Je l'ai fait. C'est ce qui était prévu. Se rapprocher de Craig et accéder à Huber. Tes charmes semblent avoir accéléré le plan.

— Est-ce que tu m'écoutes ? Elle m'a dit que je devais choisir entre toi et Saun.

Je m'approchai et posai les mains sur ses hanches.

— Alors je ferais mieux de me montrer très convaincant pour que tu me choisisses.

Elle se tourna et me fusilla du regard.

— Tu ne prends pas ça au sérieux.

— Oh, je prends ça très au sérieux. Te garder est devenu la mission de ma vie.

— Allons-nous-en pour que nous puissions avoir une conversation rationnelle.

Elle commença à bouger, mais je la retins en serrant sa taille.

— Ça peut attendre.

— Non, ça ne peut pas ! répliqua-t-elle, le regard noir. Rey, il y a des choses que tu ne comprends pas dans cette affaire, et je dois demander la permission de t'en parler.

J'étais convaincu que son accord avec Devani comprenait des paramètres qui l'empêchaient de dire bien des choses qui auraient pu faciliter mes relations avec elle.

Je posai la main sur sa joue, et passai mon pouce sur sa lèvre inférieure.

— On arrête pour le reste de la nuit. À partir de maintenant et jusqu'au matin, il n'y a que nous.

— Rey...

— Une réunion ne changera rien pour l'instant. Il est près de minuit. Il n'y a pas de mal à arrêter. Tu ne leur appartiens pas.

Elle baissa les yeux, comme si elle pensait tout le contraire.

Laissant échapper un soupir, elle dit :

— D'accord. Pour la nuit. Ensuite, nous devrons parler.

— Demain matin.

Prenant sa main, je l'entraînai au cœur du club. Au centre se trouvait une série de salles de performance. Des parois vitrées séparaient le public des individus, des couples et des groupes qui se livraient à des mises en scène de leurs perversions préférées.

Nous nous baladions de salle en salle jusqu'à ce que Lilly s'arrête dans une pièce où un dominateur utilisait deux fouets sur le corps de sa soumise.

La peau de Lilly rougit lentement et elle aspira de petites bouffées d'air alors qu'elle se perdait dans l'observation du couple.

Cette femme m'attirait comme la flamme attire le papillon de nuit.

Je me plaçai derrière elle et passai un bras autour de sa taille. Sa main agrippa mon avant-bras, et la chaleur de son corps s'infiltra dans le mien.

Je vis sa peau se couvrir de chair de poule, et je sus que son sexe était devenu moite de désir, et que ses mamelons étaient durs comme des pics.

M'abaissant, je frôlai son cou avec la barbe de ma mâchoire.

— Est-ce que ça te manque de faire partie de ce monde ?

— Je n'ai jamais fait partie de ce monde, répondit-elle, repoussant ses fesses contre mon sexe tendu.

Lorsque Lennox m'avait ordonné de retrouver sa fille et qu'il m'avait donné la photo de Lilly, je m'étais donné pour mission d'apprendre tout ce qu'il y avait à savoir sur elle. La découverte de ses tendances particulières dans le monde des clubs libertins m'avait à la fois fasciné et exaspéré. Cela ajoutait une nouvelle couche aux secrets qu'elle m'avait cachés.

— Menteuse, dis-je avant de lui pincer l'épaule avec mes dents. Je sais tout de ce que l'innocente Lilly Lennox faisait dans le dos de ses parents et de ses frères.

— Alors tu dois savoir que j'observais, rien de plus.

Je remontai ma paume le long de l'ourlet court de sa jupe, sur ses hanches, puis sous le gousset de sa culotte jusqu'à ses lèvres intimes.

— Tu es mouillée, Lilly.

— Le sexe est excitant.

Elle déglutit, comme pour soulager la sécheresse de sa gorge.

— Je pense que c'est plus que cela, dis-je, glissant un doigt contre son sexe pour titiller son clitoris. Nous avons été ensemble pendant des mois. Pourquoi n'as-tu pas dit que tu aimais le *kink* ?

— Ce n'est pas le cas, dit-elle d'une voix rauque. J'observe. Il y a une différence.

— Vraiment ? Les perversités se présentent sous toutes les formes.

Elle ferma les yeux, se mordit la lèvre et laissa retomber sa tête contre mon épaule.

La voir ainsi, complètement perdue dans son désir, était l'un des spectacles les plus incroyables qui soient.

Cela aurait pu être encore meilleur si nous avions été dans mon appartement, seuls, et si elle n'avait pas retenu ses gémissements lorsque je caressais son clitoris et que les spasmes se propageaient dans son sexe.

Et merde. Il fallait que je l'entende.

Je plongeai deux doigts en elle.

— Rey, haleta-t-elle, ce qui me fit sourire.

— Tu aimes regarder les autres, ronronnai-je en faisant des va-et-vient. Je trouve ce côté de toi fascinant. Nous allons l'explorer davantage à l'avenir.

Ses ongles s'enfoncèrent dans mon bras tandis qu'un spasme la saisissait, et un autre gémissement lui échappa.

— Regarde-les. Ils forment un beau couple. Profite de leur passion pendant que je te fais jouir.

Elle ouvrit les yeux, se concentrant sur le couple tandis que je faisais grimper son excitation de plus en plus haut.

Les halètements de Lilly s'accélèrent pendant qu'elle observait la femme qui, quelques minutes plus tôt, se cambrait à chaque coup de fouet de son partenaire, et qui était maintenant allongée sur un banc pendant que son dominateur la prenait par-derrière.

Le sexe de Lilly se contracta autour de mes doigts, et je la maintins contre moi alors que ses jambes faiblissaient et qu'une succession de vagues d'extase la submergeait.

— C'est ça. Je suis là. Savoure.

Je poursuivis la cadence régulière avec ma main jusqu'à ce que je lui ai arraché jusqu'à la dernière goutte de son orgasme. Elle ne pouvait plus que s'appuyer contre moi comme une poupée de chiffon.

La vue du plaisir de Lilly faillit me faire jouir dans mon pantalon. C'était une véritable déesse.

Me libérant de son corps, je portai mes doigts humides à sa bouche.

— Ouvre.

Elle sourit et pivota dans mes bras. Puis, soutenant mon regard, elle se hissa sur la pointe des pieds et suça mes doigts, veillant à frotter ses dents sur l'extrémité avant de m'embrasser.

Lorsqu'elle reposa les pieds par terre, la même impulsion d'énergie que nous avions ressentie dans l'entrée de son appartement se manifesta.

C'était nous avant, quand nous étions amoureux.

Bon sang, mais à qui essayais-je de faire croire ça ? Cela n'avait jamais cessé, quand bien même je mourais d'envie que ça s'arrête.

Je contemplai ses magnifiques yeux gris.

— Redis-moi que ce n'est pas plus.

Une tempête de tristesse s'abattit sur son visage, et elle déglutit, comme si elle avait une boule dans la gorge.

— Contentons-nous de cela.

— Est-ce que cela te suffit ?

— Peu importe que ce soit suffisant ou non. C'est tout ce que je peux te donner. Faire des promesses ne fera qu'accroître la douleur.

— Je ne l'accepterai pas. Je le vois sur votre visage. Ça n'a jamais cessé pour toi non plus.

Elle ferma les yeux, expira, puis dit :

— Je t'en prie, ne me force pas à te briser le cœur à nouveau.

— Et qu'en est-il de *ton* cœur, Lilly ?

— Mon cœur restera dans le même état que depuis que je t'ai tiré dessus.

Elle se dégagea de mon emprise et s'éloigna de moi.

CINQ MINUTES PLUS TARD, Lilly et moi quittions le club sans rien dire. Les derniers mots que nous avions échangés pesaient lourd entre nous.

Juste avant que nous ne nous glissions dans la limousine, Lilly s'arrêta devant Ress, vêtue comme l'un de mes agents de sécurité, et lui dit :

— Nous devons avoir une discussion avec l'équipe.

Un mélange de colère et d'autorité que je ne lui avais jamais entendu émaillait ses paroles. Je fus surpris qu'elle le dirige vers une virago comme Ress.

— De quoi voulez-vous parler, madame Lennox ?

— Ils se foutent du monde avec cette affaire.

De qui parlait-elle ?

Ress gardait son expression habituellement stoïque.

— Tu t'attendais à autre chose ? Ce n'est pas parce que tu es sous une autre égide que l'ancienne ne se souvient plus de toi.

— C'est la vraie raison de votre présence ici ? Me rappeler qu'ils ne m'ont pas oublié ? Comme si c'était possible.

— Nous t'avons fait part de notre objectif dès le début. T'observer. Te garder en vie. Nous assurer que tu sois protégée, même quand tu n'écoutes rien.

— Alors, à la fin de cette histoire, serai-je libre ?

— Qu'en penses-tu ?

— J'aurais dû m'en douter. Comme je suis idiote ! dit-elle alors que ses épaules s'affaissaient. Que dois-je faire ?

— Termine la mission, ensuite nous en discuterons.

Elle serra les poings le long de son corps.

— Vous allez me faire attendre que le travail soit terminé pour avoir une réunion, en sachant ce qui est en jeu ?

— Tu as accepté les conditions lorsque tu as signé ton contrat. Maintenant, tu dois assumer.

Lilly s'essuya les joues.

— Je vous déteste tous.

— Je ressens parfois la même chose.

Passant devant Ress, Lilly s'engouffra dans la portière ouverte et disparut.

Je m'approchai de Ress et lui demandai :

— Qu'est-ce qui se passe ?

Son attention se reporta sur moi.

— Il s'agit d'une affaire interne à l'agence. Nous avons négocié les conditions de Lennox. Elle doit s'y conformer.

— Si vous l'avez forcée à travailler pour vous, ce n'est pas mieux que du chantage

Ress plissa les yeux.

— Vous en savez quelque chose, n'est-ce pas, vu que c'est de cette manière que vous l'avez amenée aux États-Unis.

J'ignorai le coup bas.

— Aider Lilly ne signifie pas qu'elle est la propriété de Solon. Elle mérite sa liberté.

— Vous ne savez rien de sa situation. Je vous suggère donc de ne pas vous en mêler.

— Elle représente quelque chose pour moi. Je veillerai sur elle.

— Vraiment ? Si vous ne faites pas attention, c'est votre peau que vous risquez.

— Est-ce une menace ?

— Je n'ai pas besoin de menaces. Les gens pour qui je travaille ne font que des promesses, et ils les tiennent.

— Dites-moi, Ress, pourquoi me détestez-vous autant ? Vous ai-je fait du tort dans une vie antérieure ? Ou est-ce simplement le fait que j'existe ?

— Non, King. Je ne vous déteste pas. En fait, vous me rappelez un peu trop quelqu'un que j'ai connu il y a longtemps.

— Et où est cette personne maintenant ?

— Elle est morte.

Je vis briller quelque chose qui ressemblait à de la douleur dans son regard avant qu'elle ne la masque.

Sa réponse me laissa sans voix pendant un moment.

— Quel est votre problème avec moi ?

— Vous la rendez faible. Vous la déconcentrez. Vous lui faites changer ses priorités. Elle est le genre de personne qui ne peut pas se permettre ce genre de choses, car cela signifie qu'elle fait des erreurs. Et les erreurs ont des conséquences désastreuses.

— Est-elle en danger ?

Ress haussa un sourcil.

— Quand Lilly Lennox n'est-elle pas en danger ? C'est une princesse de la mafia, après tout.

— Que ne donnerais-je pas pour avoir une réponse claire ! Solon vous fait suivre des cours ou quelque chose du genre sur la façon d'éluder les questions ? demandai-je en m'agrippant la nuque.

— En fait, oui.

Elle sourit, et son visage de femme sévère et constamment en colère auquel je m'étais habitué se mua en celui d'une autre plus accessible.

— C'est moi qui ai créé le programme.

14

Lilly

— Tu es fatiguée ? me demanda Rey, au moment où la limousine arrivait dans le parking souterrain de l'immeuble King Holdings qui abritait son penthouse.

Je le regardai depuis l'autre côté de la banquette pendant quelques instants, puis je répondis :

— Un peu, mais je ne crois pas pouvoir dormir.

— Tu veux voir d'où je viens ?

— Je suis allée dans ton ancien quartier, tu te souviens ?

— Non. Veux-tu voir d'où je viens, avant l'accident de bus, avant le placement en famille d'accueil, avant Arin ?

J'acquiesçai.

— Montre-moi.

Nous sortîmes de la voiture, puis nous nous dirigeâmes vers l'endroit où Rey garait ses véhicules.

— Attends, est-ce qu'on ne devrait pas se changer ? Je ne suis pas sûre que ces vêtements soient appropriés, dis-je, montrant ma tenue du club.

La dernière chose que je voulais, c'était attirer l'attention.

Il sourit.

— Ne t'inquiète pas. Personne ne te verra à part moi.

Je fronçai les sourcils et lui jetai un regard sceptique.

— Je te le promets. Ce n'est pas ce à quoi tu t'attends.

Décidant de le prendre au mot, je rejoignis le côté passager de sa Mercedes et me glissai à l'intérieur. C'est alors que je remarquai que le service de sécurité de Rey se préparait à nous suivre.

— Combien de temps t'a-t-il fallu pour t'y habituer à nouveau ?

— Il n'y a pas lieu de s'y habituer. Je les ai depuis qu'Arin nous a emmenés. Ils savent que je peux les semer si je veux, et j'ai accepté de ne le faire que pour les besoins d'une mission.

— C'est aussi simple que ça ?

— Oui, et tu le sais bien, me dit-il avec un regard en coin et un sourire arrogant. Peut-être pourrais-tu faciliter la tâche de nos hommes à partir de maintenant ?

On aurait dit qu'ils étaient tous sur mon dos.

Je souris à mon tour.

— Entre les hommes des King et de Lennox, c'est

presque un travail à plein temps que d'essayer de ne pas trébucher sur les gens. Peut-être que si tu acceptais qu'une seule équipe me suive, j'y réfléchirais.

— Tu sais que c'est un mensonge.

— Évidemment que c'est un mensonge. Après tout, je suis une menteuse.

Nous gardâmes le silence un moment, puis il dit :

— Je suis désolé de t'avoir traitée de tout ça.

Menteuse, voleuse, meurtrière, méchante.

J'attendais qu'il en rajoute, des qualificatifs, autre chose, mais rien ne vint.

Je fermai les yeux un bref instant, puis je répondis :

— Je *suis* toutes ces choses.

— Et moi aussi, tout comme ton père, tes frères et les miens.

— Cela ne m'absout pas de mes choix, Rey. À cause de moi, tu as fini dans une mare de sang.

— Non, grâce à toi, je suis toujours en vie. Je sais qu'il avait un contrat sur moi.

Sans réfléchir, je me tournai vers lui et lui demandai :

— Comment le sais-tu ?

Personne n'était au courant à part Rex, les autres membres de notre équipe, et moi.

— Parce que tu n'étais pas la seule à mener une opération contre Busch à Londres le jour où je t'ai coincée dans ton appartement. J'ai entendu votre conversation.

Je tentai de me souvenir de tout ce que j'avais dit à Rex.

— Alors tu ne te moquais pas de moi en disant que je t'avais pris Rex.

— Non, perdre Busch m'a coûté cher.

Pas autant qu'à moi.

— Qu'a-t-il fait pour se retrouver sur ton radar ?

— Le président du BND a fait appel à mon équipe pour trouver la taupe du bureau de Francfort qui vend des informations sur les dossiers au marché noir. Cela nous a pris plus de six mois, mais nous avons découvert que c'était Busch à peu près au moment de notre rupture.

Il fit des guillemets dans l'air en prononçant le mot *rupture*.

— Qu'est-ce qui l'a trahi ?

— Le fait que Busch, directeur du département de renseignement cyber du BND, m'ait déconseillé de sortir avec une analyste de niveau moyen qui ne lui rendait même pas compte, y est pour quelque chose.

— Il a fait quoi ?

— S'il n'y avait eu que toi, j'aurais peut-être fait le lien plus tôt. Il ne voulait pas que quelqu'un de ton service s'associe avec des agents d'autres organisations. Il a même refusé l'aide d'Interpol dans une affaire de vol d'œuvres d'art qu'il a ensuite classée pour absence de piste.

Je secouai la tête et appuyai mes doigts sur ma tête.

— Et tu n'as jamais rien soupçonné à mon sujet ?

— Non. Mais je sais pourquoi.

— D'accord, je t'écoute. Pourquoi ?

— Parce que tu n'as jamais été vraiment Cora avec moi.

Tu étais toujours Lilly quand nous étions ensemble. C'est d'elle que je suis tombé amoureux.

Mon cœur se serra, et je ravalai la boule que j'avais dans la gorge.

— Ne fais pas ça, Rey.

Je me tournai vers la vitre.

— Pourquoi as-tu si peur de laisser tomber tes barrières ? Ce n'est pas seulement avec moi. Tu le fais avec tout le monde. Tu te retiens comme si tu attendais qu'une mauvaise chose se produise.

— Parce que c'est inévitable. J'ai beau le vouloir de toutes mes forces, il n'y aura pas de fin heureuse pour moi, dis-je en lui jetant un regard. Je ne peux pas te donner ce que tu veux. Je n'ai jamais pu.

— Je vais te prouver que tu as tort.

— Tu n'abandonnes pas, n'est-ce pas ?

— Ce n'est pas mon style.

— Têtu.

— Je peux admettre ce défaut.

Rey me prit la main, entremêlant ses doigts aux miens, puis les posa sur la console qui nous séparait.

Je laissai retomber ma tête contre le siège, puis je regardai à nouveau par la vitre, et nous gardâmes tous les deux le silence.

Quinze minutes plus tard, nous arrivâmes dans un quartier bien entretenu de la classe moyenne, composé de rangées de maisons éclairées par les lampadaires et les rares voitures qui passaient, dont la nôtre. Des bacs à fleurs étaient alignés le long d'une multitude de petites clôtures, et dans presque chaque allée se trouvaient un ou deux véhicules.

Nous tournâmes dans celle d'une maison en briques à un étage, coincée entre quatre autres de chaque côté. Tout montrait que quelqu'un prenait soin de l'entretenir.

Rey se gara, se tourna vers moi, puis dit :

— C'est là où j'ai passé les sept premières années et demie de ma vie.

— Je ne comprends pas. Si tes parents vivaient ici, comment se sont-ils retrouvés dans le bus qui les a tués ? Et comment as-tu fini par vivre dans le quartier avec Nik, Kir et Sam ?

— Tout cela n'était qu'un mauvais timing, de la malchance, ou le foutu destin. Quel que soit le nom qu'on lui donne. Mon père était chef d'équipe dans l'usine où travaillaient les pères de Nik et de Kir. Parfois, ils se retrouvaient pour le petit-déjeuner avant d'aller travailler.

Ce matin-là, les épouses ont décidé de se joindre à eux, et elles ont invité la mère de Sam.

Rey ferma les yeux un bref instant, tandis qu'une vague de tristesse déferlait sur son visage.

— Le plus fou, c'est que ma mère ne travaillait même pas à l'usine. Elle allait prendre le train pour se rendre à son entreprise de logiciels après le petit-déjeuner.

— Comment sais-tu tout cela ?

— Par Arin. Il a fait faire une enquête quand nous avons emménagé avec lui. Il a engagé des détectives privés pour vérifier nos antécédents. C'est ainsi qu'il a appris l'existence de la famille de Kir à Porto Rico et à Miami, ainsi que les liens entre Sam et Ashok Shah.

— Je suis vraiment désolée.

Il soupira.

— Moi aussi. Mais, d'un autre côté, sans ça, je n'aurais pas la vie que j'ai maintenant. Je me souviens t'avoir entendu me dire que le destin a des plans pour nous, que nous le voulions ou non.

— Il me semblait que tu ne croyais pas au destin.

— J'ai changé d'avis après qu'une voyante m'a dit que j'étais destiné à aimer deux femmes qui ne faisaient qu'une, répondit-il en ouvrant la voiture. Viens, je vais te montrer la maison.

Nous nous dirigeâmes vers la porte d'entrée, et je remarquai un petit symbole Om peint sous la sonnette. Symbole hindou de la chance, il représentait l'union de l'âme, du corps et de l'esprit.

— À qui est revenue cette maison après l'accident ?

Il attendit que nous soyons à l'intérieur pour répondre.

— À un oncle du côté de ma mère, ainsi que tous les biens de mes parents.

Sa réponse était dénuée d'émotion, mais je comprenais le ressentiment sous-jacent.

— Ils ont pris l'argent, mais pas toi ?

— L'argent, c'est acceptable. Un enfant métis ne l'est pas. La famille de ma mère l'a reniée pour avoir épousé mon père. Ils avaient l'impression qu'elle tournait le dos à leur culture, alors ils m'ont tourné le dos à leur tour.

— Comment se fait-il que tu aies la maison maintenant ?

— Arin l'a acquise pour moi. Ce n'était pas un père conventionnel, mais il aurait traversé l'enfer et combattu chacun de nos démons pour nous.

Je songeai à mon père et à tout ce qu'il était capable de faire pour ses enfants. Je savais, sans l'ombre d'un doute, qu'il déclencherait la guerre contre le monde pour nous. Je ne pouvais qu'imaginer la réaction d'Arin lorsqu'il a appris que la famille de Rey l'avait rejeté, mais qu'ils avaient pris l'argent qui l'accompagnait.

— Mon père est comme ça.

— Oui, c'est vrai. Peut-être qu'un jour, tu pourras lui confier tes secrets. Je te promets que l'une des premières choses qu'il te dira, ce sera de rentrer à la maison.

Repoussant la vague de nostalgie que les mots de Rey avaient fait naître, j'avançai dans la petite pièce de devant.

— Je vais te faire visiter.

Au cours des minutes suivantes, nous fîmes le tour de la modeste maison, avec tous ses coins et recoins. Nous nous retrouvâmes dans une chambre à l'étage qui donnait sur un minuscule jardin. C'était l'une des rares pièces meublées, avec une bibliothèque, un canapé et une lampe.

— Laisse-moi deviner... c'était ta chambre.

Je pointai du doigt une toise dessinée sur le côté d'une porte de placard.

— C'est exact.

— Pourquoi voulais-tu m'amener ici, Rey ?

— Pour te montrer la raison pour laquelle je continue à te pousser à faire tomber tes remparts.

— Je ne comprends pas.

— Donne-moi ta main gauche.

Je posai ma paume sur la sienne, et ses doigts se refermèrent autour des miens. Sa chaleur s'infiltra sous ma peau comme dans la voiture, et cette envie familière de rechercher son réconfort me tirailla.

Lentement, il retira les bagues jointes de mon majeur et de mon annulaire, la glissa dans sa poche et posa ma main à côté d'un motif gravé dans la fenêtre qui donnait sur le jardin de la maison.

Il s'agissait d'un mandala stylisé, dessiné en forme de colibri, le même motif que mon tatouage, y compris les mots sanskrits signifiant *à moi pour l'éternité*.

— Ma mère avait le même dessin sur son doigt. Voilà pourquoi j'ai eu si mal quand j'ai cru que c'était un mensonge. Mais ce n'en était pas un, n'est-ce pas, Lilly ?

— Rey, je t'ai déjà dit que c'était réel. Cela ne change rien au passé.

— Mais cela ne signifie pas que nous ne pouvons pas faire des choix différents pour l'avenir. Laisse-moi te montrer autre chose.

Rey leva la main et retira la chevalière sans laquelle je ne le voyais jamais.

Il posa sa paume sur la mienne. Sur son annulaire se trouvaient les mêmes mots sanskrits encrés sur ma peau.

Mon cœur se serra.

— Je suis allé tant de fois le faire enlever... mais je ne pouvais pas m'y résoudre. Il doit bien y avoir une raison, tu ne crois pas ?

— Ne me pousse pas à t'aimer à nouveau, dis-je, laissant retomber mon front contre la fenêtre.

Il enroula ses doigts autour des miens.

— Est-ce que cela a cessé un jour, Lilly ? Parce que je te jure que ça ne s'est jamais arrêté pour moi.

Pourquoi le destin me montrerait-il tout ce que je veux, tout en sachant qu'il a l'intention de me le retirer ?

— Ne te bats pas pour moi, Rey. Je suis un mauvais pari.

— N'as-tu pas encore compris que les King jouent toujours et gagnent gros sur des paris risqués ?

— Et quand tu décideras qu'il est temps d'abandonner, me laisseras-tu partir ?

— Il est hors de question de te laisser partir, dit-il, frottant son pouce sur mon annulaire. Je t'ai marquée comme mienne.

Pouvais-je prendre ce risque ? Pouvais-je accepter ce qu'il m'offrait ? Pouvais-je espérer que le Conseil d'administration accepterait de m'entuber à distance ? Je tournai la tête pour le regarder par-dessus mon épaule.

— Il y a des parties de moi que je ne partagerai jamais avec toi. Je ne peux pas. Ce n'est tout simplement pas possible.

— Alors je vais devoir prendre ce que je pourrais obtenir jusqu'à ce que j'arrive à te convaincre du contraire.

Nous nous regardâmes pendant quelques instants sans rien dire.

Rompant le silence, il dit :

— Je suis sincère. Je ne t'abandonnerai pas.

— Tu es vraiment acharné, soupirai-je.

— Heureusement que je le suis. Sinon, nous n'aurions jamais été ensemble.

Je me retournai dans ses bras pour lui faire face.

— J'ai craqué parce que j'avais besoin de m'envoyer en l'air.

— Es-tu en train de dire que je t'ai *sexpnotisée* pour que tu tombes amoureuse de moi ?

— Quelque chose comme ça.

Il s'avança, ses yeux dorés emplis de chaleur.

— Tu veux que je recommence ? Je t'ai prévenue que j'avais l'intention de te prendre dans cette tenue.

Ses paroles déclenchèrent un spasme au creux de mon ventre.

— Ici ? dis-je, jetant un œil autour de moi. Dans ta chambre d'enfant ?

— Oui, ici. Si j'avais grandi ici, j'aurais fantasmé sur quelqu'un comme toi pendant mon adolescence. Magnifique, avec de longues jambes, et des courbes partout où il faut.

Il glissa une main le long de ma cuisse couverte d'un bas, suivit le bord en dentelle, puis remonta jusqu'à ce qu'il atteigne le dessous de ma jupe courte, saisisse le devant de ma culotte et me l'arrache

— Rey, haletai-je alors que l'excitation s'accumulait entre mes jambes. Et si quelqu'un nous voit ?

— Personne ne vit dans la maison derrière.

— Comment le sais-tu ?

Il m'adressa un sourire arrogant et haussa un sourcil.

— Je sais tout ce qui se passe dans ce quartier.

— Évidemment.

Posant mes mains sur ses épaules, je le fis reculer jusqu'à ce que ses mollets touchent le canapé, et l'obligeai à s'asseoir.

Au moment où je posais un genou sur le coussin pour le chevaucher, il agrippa mes cuisses et me plaqua contre son érection d'acier.

— Oh, mon Dieu !

Le frottement de son pantalon sur mon clitoris nu déclencha une onde de choc dans tout mon corps, et je ne pus m'empêcher de me mordre la lèvre.

Mes mamelons bourgeonnèrent et mes seins se tendirent dans les confins de mon corset.

Il repoussa mes cheveux sur mon épaule et posa la main sur ma gorge, l'inclinant vers le haut, puis il me fit avancer pour faire courir ses dents le long de la peau délicate de ma jugulaire.

— Je ne peux pas me rassasier de toi.

— Rey, gémis-je, tandis qu'un frisson me parcourait l'échine et que l'excitation inondait mon ventre.

Saisissant le haut de ses bras, je couvris sa bouche de la mienne, car j'avais besoin de le goûter, de le savourer. Il reprit le contrôle du baiser, empoignant mes cheveux et léchant ma bouche.

Mon corps brûlait pour cet homme, et j'étais insatiable. Il me faisait éprouver un manque et un désir comme personne ne l'avait fait avant lui.

Je m'éloignai, à bout de souffle, mon cœur battant à tout rompre dans mes oreilles. Les yeux de Rey n'étaient presque plus dorés, et sa poitrine se soulevait comme la mienne.

Soutenant son regard, je me relevai sur mes genoux et posai ma main sur son col ouvert. Lentement, je la glissai entre nous, et descendis le long de son ventre, puis sur la crête dure de son membre.

Il resta silencieux, à m'observer, à attendre, laissant le désir irradier de lui par vagues.

J'attrapai sa ceinture, ouvris son pantalon, et libérai sa lourde érection dans ma main. Je le caressai de haut en bas sans jamais le quitter des yeux.

Mon excitation se manifestait par une présence humide au creux de mon sexe, et la pulsation au fond de mon ventre atteignait un niveau presque insupportable.

— Lilly, fais-moi entrer, m'ordonna Rey alors que ses doigts fléchissaient sur mes cuisses, mais il les y laissa.

Je me penchai en avant et plaçai le bout de son membre imposant devant mon sexe gonflé et trempé.

— Oh mon Dieu ! gémis-je en glissant sur sa longueur merveilleuse, savourant la façon dont mes muscles se contractaient autour de lui.

— *Putain*, Lilly. C'est tellement bon !

J'imprimai un rythme régulier, montant et descendant, me délectant du plaisir délicieux que me procurait son corps. De plus, le fait que nous soyons tous les deux entièrement vêtus à l'exception de l'endroit où nos corps s'unissaient ajoutait à mon excitation.

Alors que mon ventre se mettait à palpiter, mon désir volcanique me poussa à le chevaucher de plus en plus fort.

La sueur perlait sur le front de Rey, et sa respiration irrégulière m'indiquait que sa maîtrise était proche de la limite.

Un spasme d'extase pure jaillit en moi, me faisant haleter, et je me rendis compte que Rey dessinait de lents cercles autour de mon clitoris.

— Il est temps pour toi de jouir, Lilly.

Une lueur diabolique apparut dans ses yeux et il bougea, écartant suffisamment mes cuisses pour exposer complètement mon sexe nu à son regard et lui offrir le levier dont il avait besoin pour prendre les rênes.

— *Merde*, tu es magnifique.

Il continua à caresser mon clitoris tout en cramponnant une de mes hanches et en s'enfonçant frénétiquement en moi.

Il suffit de quelques puissants coups de reins contre ce point qu'il était le seul à avoir trouvé en moi, et je volai en éclats. Mon sexe se contracta autour de lui, tandis que l'euphorie s'emparait de mon esprit.

— R... Rey !

— C'est ça, ronronna-t-il, tirant mes hanches vers le bas pour répondre à ses coups de reins.

Mon corps fut secoué de multiples vagues de plaisir. Il m'attira contre lui, plaquant sa bouche sur la mienne.

Il continua à me prendre, plus fort maintenant, et me poussant dans un second orgasme avant qu'il ne s'épaississe en moi et ne jouisse avec un cri guttural et mon nom sur ses lèvres.

15

R eyhan

Un peu plus de deux semaines après avoir emmené Lilly chez mes parents, je me rendis dans la réserve de la galerie Dayal-King avec une poignée d'outils, prêt pour un changement d'exposition d'urgence.

Je ne savais pas vraiment ce qui s'était passé, si ce n'était qu'il s'agissait d'un nouvel artiste vedette capricieux et de dispositions inacceptables. Tous les frères King étaient attendus sur place pour aider aux modifications.

En prime, Lilly m'avait promis une ou deux faveurs sexuelles si j'arrêtais tout ce que je faisais pour venir la secourir.

Inutile de dire que j'avais aussitôt interrompu une réunion avec certains de mes contacts au sein de l'agence pour me précipiter ici.

Les seize derniers jours avaient été un mélange d'acceptation et de résignation de ma part. Parfois, j'avais l'impression que les remparts de Lilly étaient si épais que même une explosion nucléaire n'aurait pu les abattre, et à d'autres moments, j'avais l'impression d'être avec la femme dont j'étais tombé amoureux il y a longtemps. Elle me parlait, riait, profitait de la vie. Mais ces moments étaient rares et seulement si nous étions seuls.

Je savais ce qu'elle ressentait pour moi, même si elle refusait de le dire. Je le voyais dans ses yeux, surtout lorsqu'elle ne savait pas que je la regardais. Il s'était produit quelque chose qui lui faisait craindre d'aimer, de donner une partie d'elle-même. C'était comme si dévoiler ses sentiments équivalait à une condamnation à mort.

Si seulement je pouvais lui faire comprendre qu'il était possible pour elle d'avoir la fin heureuse qui, selon elle, ne lui était pas destinée. Elle n'avait qu'à tendre la main pour s'en saisir, et arrêter de planifier son départ.

Et cela m'énervait au plus haut point qu'elle s'attende encore à le faire. Elle ne le disait pas, mais je le savais.

Ce qui l'avait amenée à travailler pour Rex Busch et son entreprise n'avait plus d'importance. Les conneries que Nik, Kir, Sam et moi avions faites quand nous étions gamins auraient pu nous conduire en prison, ou nous tuer. Pour couronner le tout, King Holdings reposait entièrement sur les échanges de faveurs. Et c'était carrément illégal aux yeux du monde.

Ce que je craignais le plus, c'était qu'elle parte avant que j'aie eu la chance de faire tomber ses barrières suffisamment pour qu'elle me fasse confiance.

Alors que je me dirigeais vers la zone principale de la galerie, j'entendis des voix et je m'arrêtai.

Pourquoi Lilly était-elle ici ?

Elle ne travaillait que rarement, voire jamais, dans la galerie. Elle restait en retrait, s'occupant de l'aspect évaluation de l'entreprise.

Le nom de Lilly avait été stigmatisé dans le monde de l'art après le drame de son passé à Berlin, et la plupart des acheteurs ne voulaient pas travailler avec elle.

De plus, l'équipe de Danika, employée à plein temps, s'occupait de la salle d'exposition.

Mais... il était plus de quinze heures. La galerie fermait tôt aujourd'hui.

Restant dans l'ombre, je me rapprochai et je ressentis aussitôt un élan protecteur.

Qui que soit cet enfoiré, la dernière chose que Lilly voulait, c'était qu'il s'approche d'elle.

Elle se tenait très droite, et sa manière d'agripper le comptoir me faisait penser qu'elle était prête à s'enfuir à tout moment. Ce n'était pas sa personnalité habituelle.

— Vous ne devriez pas être ici. Ce n'est pas un endroit sûr pour vous, vous le savez.

— C'est réconfortant de savoir que vous vous inquiétez pour moi.

L'homme se retourna, révélant un teint hâlé et des yeux d'un bleu profond. Il devait être dans la fin de la trentaine, début de la quarantaine. À l'évidence, il prenait soin de lui. Il avait une carrure semblable à la mienne, à l'exception de la taille : je le dépassai de six bons centimètres.

— Pourquoi êtes-vous ici, Saun ? demanda Lilly, levant les yeux dans la direction où je me cachais, et elle tapota son téléphone.

Bien sûr, elle avait compris que j'étais ici.

Message bien reçu, Lilly.

Je sortis mon téléphone portable, et j'envoyai une alerte à notre équipe.

Apparemment, Saun Huber avait décidé de mettre un frein à nos projets de changement d'exposition pour la soirée.

Je ne pouvais pas lui reprocher de vouloir rencontrer Lilly Lennox le plus tôt possible.

Nous aurions dû l'anticiper. J'aurais dû m'y attendre.

Attendre trois semaines pour se rencontrer était une éternité, surtout si Huber savait que la femme qu'il avait passé un temps fou à rechercher, dépensant des sommes astronomiques pour cela, était avec un autre homme.

— J'espérais vous surprendre seule, et voir où vous travailliez en même temps.

Saun posa un coude sur un présentoir en verre contenant un ensemble de masques artisanaux rares.

— Votre boss m'a montré quelques-unes de ces pièces plus tôt dans la journée. Elles sont magnifiques. De nombreuses œuvres exposées sont extraordinaires, même si elles sont un peu modernes à mon goût.

— Oui, je sais que vous aimez les classiques.

C'est-à-dire les œuvres rares et volées. Abruti. Je m'étais déjà arrangé avec mes collègues du FBI pour confisquer les tableaux du Dove dès que Saun serait en garde à vue.

— Puis-je supposer que vous n'en avez pas ici ?

— Rien de tel ne franchirait jamais le seuil de cette galerie.

— Les King sont donc d'honnêtes criminels ?

— Quelque chose comme ça.

Non. Danika poignarderait quelqu'un à la gorge pour avoir ne serait-ce que suggéré l'idée d'utiliser sa galerie pour des œuvres d'art volées, quelles qu'elles soient. L'art était sa passion.

— Je trouve fascinant que vous ayez été évaluatrice pendant tout ce temps et que je n'aie découvert cette information que récemment.

— Qui vous a parlé de moi ?

Saun repoussa une mèche de cheveux du front de Lilly, caressant lentement sa peau avec ses doigts avant de la replacer derrière son oreille.

Le fait qu'il la touche comme s'il était son amant me donnait l'envie de le frapper au visage. Elle était à moi, et il le savait très bien.

— J'ai mes sources.

— Cette information n'était disponible nulle part. Je m'en suis assurée.

— Vous savez mieux que quiconque qu'il ne faut jamais faire ce genre de suppositions. Certains groupes s'épanouissent dans la collecte et l'utilisation de données. D'autres sont prêts à les vendre pour un prix correct.

— Vous avez tout à fait raison, dit-elle, et un pli se forma entre ses sourcils avant qu'elle ne l'estompe. Quand Olivia, ou devrais-je dire *Vi*, m'a approchée, j'ai tiré la même conclusion.

Oui, c'était vrai, et cela avait sans doute quelque chose à voir avec sa conversation intéressante avec Ress.

— Je lui ai dit de vous approcher sous son vrai nom, mais elle a insisté pour prendre ce stupide pseudonyme. Elle dit qu'elle ne veut pas que les gens la traitent différemment à cause de la réputation de notre famille.

— Je peux la comprendre. Nos liens familiaux peuvent être stigmatisants.

— Oui, vous pouvez comprendre. Elle a dit que vous aviez beaucoup de choses en commun.

— Peut-être nous reverrons-nous.

Un sourire étudié apparut sur son visage et me fit dresser les cheveux sur la tête.

— J'en suis certain. En fait, nous pourrions assister ensemble à son mariage qui aura lieu bientôt.

— C'est encore un *peut-être*. Organisons un premier rendez-vous, et nous verrons ensuite pour le reste.

— Ça me convient. Je voudrais vous demander quelque chose.

Lilly inclina la tête.

— Allez-y.

— Pourquoi n'avez-vous pas répondu à mes messages sur le marché ? Je vous aurais aidé. Après toutes les fois où nous avons travaillé ensemble, vous devriez savoir que vous pouvez me faire confiance en cas de problèmes.

— J'ai du mal à faire confiance.

— Pourtant, vous avez fait assez confiance à King pour sortir de votre cachette pour lui ?

La mâchoire de Huber se crispa, mais son corps resta détendu.

— Oui, dit-elle, et elle releva les yeux une fraction de seconde. Nous avons un passé. Il me connaît.

Ses mots me firent l'effet d'un coup de poing dans le ventre. Peut-être avais-je fini par fissurer ses remparts.

— Par l'intermédiaire de votre père, je suppose.

— Mon père et moi n'avons pas de relation... pas depuis longtemps en tout cas.

— Ah, oui. J'ai entendu parler du scandale.

Lilly changea de position et regarda vers la vitrine de la galerie.

— Vous n'êtes pas responsable de ce que vous a fait la famille de votre ex.

Lilly se retourna vers lui en plissant le regard.

— Qu'en savez-vous ?

— J'ai fait des recherches sur vous après avoir appris

votre vrai nom. Les Mancheski et leurs alliés se sont servis de votre disparition comme d'un aveu de culpabilité pour les piéger. Vous n'auriez pas dû partir, affirma-t-il, se penchant en avant pour poser sa main sur celle de Lilly. Vous avez fait ce qu'il fallait pour votre père. Vous étiez impitoyable et vous alliez droit au but. En fait, vous êtes exactement le type de femme qu'un homme voudrait avoir à ses côtés.

Elle est avec moi, abruti.

— Qu'attendez-vous vraiment de moi, Saun ? C'est beaucoup de travail que de charmer une femme pour qu'elle soit à vos côtés. Pourquoi ai-je tant de valeur à vos yeux ?

— Ne soyez pas aussi soupçonneuse, dit Saun, mêlant ses doigts à ceux de Lilly avant de les porter à ses lèvres pour embrasser les jointures. Ai-je ou non montré mon intérêt pour vous dès notre rencontre ?

— Je vous le concède, vous l'avez fait.

— Il est donc évident que mon désir est sincère. Je répondrai au reste de vos questions au cours du dîner de ce soir.

— Vous savez que je suis avec quelqu'un. En fait, je vis avec lui.

La dernière partie de la déclaration de Lilly lui fit serrer la mâchoire, et un éclair de rage traversa son visage avant qu'il ne la masque.

— Je suis bien conscient de votre relation avec King. Je veux vous montrer le genre de vie que vous pourriez avoir si vous n'étiez pas obligée de regarder par-dessus votre épaule.

Avec Huber, la vie de Lilly se résumerait à cela.

Ordure.

— D'après Vi, nous n'avons pas rendez-vous avant cinq jours.

— Seriez-vous opposée à l'idée de décaler ?

— Je travaille ce soir. J'ai une exposition à préparer pour un nouvel artiste.

— Accordez-moi cette soirée. Laissez-moi vous offrir un moment que vous n'oublierez jamais.

— Vous avez une grande confiance en vous.

Il sourit.

— C'est parce que je connais ma valeur et celle du trophée que je regarde, même si elle ne le sait pas.

Oh, bon sang ! Ce type ne racontait que des conneries.

— Vous répondrez à mes questions si je dis oui pour ce dîner ?

— Bien sûr.

— Alors j'accepte votre invitation à quelques conditions.

Il attendit qu'elle poursuive.

— Tout d'abord, nous resterons sur le sol américain. J'ai du travail dans la matinée, dit-elle avec un sourire. Je sais que vous aimez emmener vos conquêtes en avion dans des endroits lointains.

Il sourit à son tour.

— Cela me semble acceptable. Quoi d'autre ?

— Je ne passerai pas la nuit avec vous, et je rentrai auprès de Rey.

Le visage de Huber s'empourpra de colère.

— A-t-il dont autant de contrôle sur vous ?

— C'est tout à fait le contraire, répondit Lilly d'un ton calme, presque apaisant. Rey ne peut pas me contrôler. J'essaie donc de vous faire comprendre que vous ne pouvez pas le faire non plus.

Les commissures des lèvres de Saun se courbèrent.

— Je vois. C'est donc l'entêtement autoritaire au sujet duquel Busch m'avait averti.

Soudain, un semblant de panique apparut sur le visage de Lilly avant qu'elle ne la masque et demande :

— Pourquoi avez-vous parlé de moi à Rex en dehors de mon travail ?

— J'essayais d'obtenir des conseils de lui pour gagner votre cœur.

Le mensonge dans ses paroles était si manifeste que même un enfant en bas âge l'aurait perçu.

Au bout de quelques secondes, Lilly demanda :

— Pouvez-vous accepter mes conditions ?

— Pour l'instant, j'accepte, acquiesça Saun. Êtes-vous prête à débuter votre rendez-vous, madame Lennox ?

— Accordez-moi vingt minutes pour prévenir Danika de mon départ et fermer. Où dois-je vous retrouver ?

— Ma voiture est au coin de la rue, dit-il, montrant une limousine garée près du côté de la galerie.

— Je vous verrai dans quelques minutes.

Après un dernier regard, Huber s'avança vers les portes d'entrée de la salle galerie et sortit.

Lilly attendit que Saun monte dans sa voiture pour bouger de là où elle se trouvait. Elle se dirigea ensuite vers l'entrée de la galerie, pianota sur un clavier qui opacifia les fenêtres, ferma les volets automatiques et verrouilla la galerie.

Quand les moniteurs de sécurité émirent un bip, signalant que le bâtiment était protégé, elle se retourna, les épaules affaissées, et murmura :

— Rey.

Je m'avançai dans la salle d'exposition.

— Bon sang, mais que vais-je faire ? Il est... commença-t-elle avant de s'arrêter une seconde, puis de poursuivre. J'ai parlé de rester sur le sol américain juste pour notre mission, mais...

Elle appuya ses doigts sur ses yeux, puis me regarda.

— Je ne peux pas rester seule avec lui. S'il m'emmène hors des frontières américaines, je ne reviendrai pas.

— Pourquoi ? Qu'est-ce que tu ne m'as pas dit, Lilly ?

Elle était pâle et ses yeux gris dévastés me poussèrent à aller vers elle et à la prendre dans mes bras.

Elle enfouit son visage dans ma poitrine.

— Tu te souviens quand je t'ai dit que Rex avait essayé de me tuer ?

— J'en déduis que tu as omis certaines choses.

— Quand je t'ai tiré dessus, Rex était censé me déposer au port le plus proche pour un nouveau travail. En chemin, je l'ai entendu négocier les derniers détails d'une vente, dit-elle avant de s'interrompre pour déglutir. La vente me concernait. Les mots exacts qu'il a utilisés au téléphone avec l'acheteur étaient, *vous devrez lui faire perdre son entêtement autoritaire.* Les mêmes mots que Saun Huber vient de me dire. Ce n'est pas une coïncidence, compte tenu de l'enjeu de cette affaire.

— Comment t'es-tu échappée ?

— Je t'ai dit la vérité sur cette partie. L'ego de Rex a toujours été son point faible. Il croyait que sa taille lui donnait l'avantage, alors je l'ai laissé croire qu'il m'avait assommée lorsqu'il m'a frappée et m'a mise dans la soute. Puis, lorsqu'il est venu me voir, je lui ai sauté dessus et j'ai volé le hors-bord attaché au navire.

Elle donnait l'impression que la tâche avait été facile, mais il ne faisait aucun doute, surtout d'après sa réaction aujourd'hui, qu'elle avait été effrayée au-delà de tout ce qu'elle avait jamais voulu avouer.

Un souvenir de ce qu'elle avait dit à Londres, quelques mois plus tôt, me revint. J'entendais encore l'amertume, la douleur, la rage dans la voix de Lilly lorsqu'elle avait capturé Busch.

— *Vous m'avez roulée de tant de façons que même après mille vies, je ne vous pardonnerais pas. Ce n'est que la partie émergée de l'iceberg de ce que je veux vous faire.*

— Pourquoi ne m'as-tu pas dit qu'il t'avait fait ça ?

— Quelle différence cela aurait-il fait ? Je me suis échappée. Certains choix dans ma vie m'ont amenée à cette situation. Et, jusqu'à maintenant, je n'avais aucune idée de l'identité de l'acheteur.

— Nous devons mettre Van et Abalo au courant. Je m'occupe de Kerr. Tu ne peux pas monter dans la voiture avec lui.

Elle poussa un soupir et se dégagea de mon emprise, secouant la tête en faisant les cent pas.

— Camilla avait raison. J'ai accepté les conditions lorsque j'ai signé. J'ai pris un engagement et je dois le respecter.

— Bien sûr que non ! Il y a quelques secondes encore, tu tremblais à l'idée d'être seule avec Huber.

Elle cessa de bouger, et ce masque sans émotion qui me rendait fou se figea sur son visage.

— C'était un moment de faiblesse qui ne se reproduira plus. À la seconde où je me déconcentrerai, des prédateurs pires que Saun se jetteront sur moi. Ils sont déjà en train de me tourner autour. J'ai l'impression d'être toujours happée par ton tourbillon et de ne pas voir les avertissements.

— De quoi est-ce que tu parles ?

— Je t'avais dit que je n'étais pas un bon pari, Rey. Et toutes ces conneries ne cessent de me donner raison, encore et encore.

Oh non, elle n'allait pas faire ça ! Je n'allais pas la laisser s'enfuir. Nous étions allés trop loin pour ça.

— Ce sont des conneries, et tu le sais.

— Non, absolument pas. Mon métier consiste à tromper les gens. Je mens. Apparemment, aujourd'hui, tout ça me rattrape.

— Tu peux me confier tes secrets. Je ferai tout pour que tu sois en sécurité.

— Tu ne vois donc pas ? Le problème, c'est de me faire confiance pour te protéger.

— Pourquoi ?

— Parce que la seule façon pour moi d'assurer la sécurité de quelqu'un, c'est de ne pas être dans sa vie.

Elle était là, mon ouverture.

— Tu as toujours l'intention de t'en aller, n'est-ce pas ?

La noirceur de son regard gris me révéla la vérité avant que ses mots ne le fassent.

— Je n'ai jamais changé d'avis.

— Je sais que tu m'aimes. Je le vois dans vos yeux. Bon sang ! Je le voyais même quand je voulais te détester. Alors si tu m'aimes, pourquoi cherches-tu à t'enfuir ?

— C'est parce que je t'aime que je ne peux pas rester.

— Ça n'a absolument aucun sens !

Serrant la mâchoire, je fermai les yeux.

Pourquoi n'arrivais-je pas à lui faire comprendre ?

— Je t'avais prévenu que je te briserais encore le cœur.

— Ce n'est qu'un prétexte, et tu le sais. De quoi te caches-tu ? Dis-moi simplement la foutue vérité sur ce qui se passe avec toi.

— Je ne peux pas te dire la vérité. Tu n'as pas idée à quel point j'en ai envie, dit-elle, faisant les cent pas. Parce qu'alors tu comprendrais.

— Pourquoi ne me laisses-tu pas t'aimer ?

Je n'arrivais pas à cacher ma frustration.

— Je veux que tu m'aimes. C'est là le problème. Tu me rends faible, Rey.

J'avais l'impression que nous tournions en rond. Elle

m'aimait. Elle venait de l'admettre, et elle ne voyait pas d'avenir pour nous.

— Comment veux-tu que j'accepte ça ?

— Mon Dieu ! Comment puis-je te faire comprendre ?

Elle se couvrit le visage de ses mains, puis releva les yeux et murmura :

— Cam va me tuer.

— Dites-le, tout simplement.

— Il y a six ans, je m'étais résignée à ce que ma vie suive un cours précis. Pas d'amour, pas de famille, rien que le travail. Ensuite, tu es arrivé, et tu n'acceptais pas de refus. Tomber amoureuse de toi m'a déconcentrée, m'a fait rêver, m'a fait désirer des choses. Rex l'a vu. Et à la fin, d'autres, plus dangereux que lui, l'ont vu aussi.

— Qui ?

Elle secoua la tête.

— Peu importe. Tout ce que tu dois savoir, c'est que je serais restée cachée si je n'avais pas révélé ce moyen de pression à utiliser contre moi.

Moi.

Je la regardai fixement, une guerre d'émotions se livrant en moi.

— Rey, je suis désolée de t'avoir fait ça. La plus grosse erreur que j'ai commise a été d'accepter ce rendez-vous. Si je ne l'avais pas fait, cela nous aurait épargné bien des souffrances à long terme.

C'est alors que les équipes de Solon, d'Interpol et du FBI

entrèrent dans la galerie, vêtues de noir, portant des sacs de sport.

Les expressions sinistres de Ress et Abalo m'indiquèrent qu'ils avaient entendu les paroles de Lilly.

Je voulus m'approcher d'elle, mais Ress s'interposa.

— Il n'y a pas de temps à perdre. Elle a assez de choses à gérer.

16

L^{illy}

MOINS DE CINQ minutes après que l'équipe avait assisté à ma pénible discussion avec Rey, je sortis par la porte latérale de la galerie, la verrouillai et descendis la rue en direction de la limousine qui m'attendait.

Mon cœur souffrait, sachant que la fin approchait à plus d'un titre.

Le Conseil d'administration européen s'apprêtait à frapper. Je le sentais au creux de mon ventre. Je me fourvoyais en croyant qu'ils jouaient un jeu pour se venger de moi parce que j'étais passée sous l'égide de Devani.

En divulguant, ou plutôt en troquant mes informations

avec Saun avant que je ne puisse le faire moi-même dans le cadre de la mission, ils me faisaient comprendre qu'ils venaient me chercher. Même si Saun parvenait à me faire quitter le sol américain, ils me rachèteraient à lui par tous les moyens.

J'étais une marchandise pour eux, une marchandise de plusieurs millions de dollars capable de construire l'équipement qu'ils externalisaient à l'heure actuelle. Le Conseil n'allait pas me laisser partir au soleil couchant avec un trafiquant d'êtres humains.

La culpabilité me saisit le ventre. Rey méritait tellement mieux que moi. Comme je le lui avais dit, je n'aurais jamais dû accepter ce premier rendez-vous, même s'il n'avait pas cessé de flirter avec moi.

Cela brisait quelque chose en moi chaque jour. Cette retenue permanente, cette bataille perpétuelle pour maintenir un mur entre nous, cette attente incessante de la catastrophe à venir.

Je comprenais aujourd'hui ce que Camilla voulait dire par *l'amour te rend faible, te fait perdre ta concentration.* Dans ce travail, nous ne pouvions nous permettre ni l'un ni l'autre.

Peut-être que si j'avais rejoint une autre division sur un autre continent, j'aurais eu des options. Sans un nouveau coup d'État, rien ne changerait dans la division européenne de Solon. Et pour que cela arrive, il faudrait qu'une trop grande succession d'événements se produisent. Le problème, c'était que je n'étais plus une pièce sur l'échiquier pour cette bataille.

Lorsque le chauffeur sortit de la voiture, la voix de Marcus me parvint dans le dispositif attaché à ma boucle d'oreille.

— Tu vas y arriver, Lil. Tête à claques. On se retrouve de l'autre côté.

Je faillis sourire.

C'était exactement ce que j'avais besoin d'entendre pour me changer les idées. C'étaient les mots qu'il prononçait à chaque fois que nous travaillions ensemble, avant le silence radio.

Je respirai profondément, me recentrai, et montai dans la limousine en prenant la main que Saun me tendait.

— Merci d'avoir attendu.

— Les meilleures choses valent la peine d'attendre, déclara Saun en souriant.

Il attrapa une bouteille de champagne millésimé, en fit sauter le bouchon, et versa deux coupes.

Sachant qu'il avait peut-être trafiqué le verre ou la boisson, je pris la flûte offerte et fis semblant de déguster le liquide pétillant avant de l'étudier par-dessus le bord du verre en cristal.

Il n'avait pas pris une ride depuis la dernière fois que je l'avais vu en Allemagne. Il donnait l'impression d'avoir une trentaine d'années, mais il avait dix ans de plus. Il avait des cheveux blond foncé, des yeux d'un bleu profond et un visage que beaucoup de femmes feraient tout pour admirer.

Il n'était pas comme Rex, qui faisait semblant de s'entretenir, mais qui ne voyait que rarement, voire jamais, l'intérieur d'une salle de sport ou d'un centre d'entraînement. Contrairement à lui, Saun aimait les sports, surtout les sports nautiques. Il en avait parlé à plusieurs reprises, et il m'avait invité à me joindre à lui lors de divers voyages qu'il avait organisés.

— Où m'emmenez-vous ?

— C'est une surprise, mais je vous promets que vous allez apprécier, affirma-t-il avant de me regarder en secouant la tête. Pourquoi êtes-vous si inquiète ? Vous ai-je donné des raisons de vous inquiéter ?

Parce que vous m'avez achetée à une ordure et que vous avez obtenu des informations sur moi sur le marché noir.

Repoussant ces pensées, je me concentrai sur mon personnage.

Joue ton rôle, Lilly. Laisse-le te séduire. Laisse-le te charmer. Laisse-le croire qu'il a réussi à t'éloigner de Rey.

— Je suis curieuse de tout. Dès notre rencontre, je n'ai pas caché que j'aimais les informations. N'est-ce pas la raison pour laquelle vous m'avez engagée en premier lieu ?

— Très bien. Je vous emmène dîner dans un musée.

Affichant un petit sourire, je me rapprochai de lui.

— Impressionnant.

— Attendez de voir où nous allons pour le dessert.

— Maintenant, vous m'intriguez beaucoup.

— Lilly Lennox, à la fin de cette soirée, vous ne vous souviendrez même plus de qui est Reyhan King.

Un frisson me parcourut l'échine, mais je gardai le sourire.

TROIS HEURES PLUS TARD, Saun et moi rejoignîmes sa limousine après un repas fastueux dans ce qui se révéla ne pas être un véritable musée, mais la gigantesque galerie privée d'un célèbre collectionneur d'art qui avait permis à Saun d'organiser notre dîner dans ce lieu.

Si j'avais été avec quelqu'un d'autre que lui, j'aurais pensé qu'il s'agissait d'un geste romantique digne d'un roman d'amour. Un chef étoilé nous avait servi un repas de dix plats, puis nous avions parcouru les rangées d'œuvres d'art rares, d'antiquités et de sculptures.

Je continuai à jouer mon rôle, à sourire, à rire et à accorder à Saun l'attention qu'il voulait manifestement.

Chaque minute qui passait me donnait l'impression d'être à la fin d'un compte à rebours avant l'explosion d'une bombe. L'anxiété me tenaillait l'estomac.

— Prête pour le dessert ?

— Je ne suis pas sûre de pouvoir manger autre chose.

— D'ici à ce que nous arrivions à destination, je suis sûr que vous aurez retrouvé l'appétit.

Par la vitre, je remarquai que nous approchions d'une jetée où étaient amarrés une multitude de grands yachts.

L'enfoiré. J'avais clairement indiqué que je voulais rester sur le sol américain.

— Je ne suis pas habillée pour les sports nautiques.

— Pas de sports nautiques aujourd'hui, répondit-il avec un éclat de rire. Mais il y a toujours demain.

Déglutissant pour soulager la sécheresse de ma gorge, je passai mentalement en revue les différents moyens d'éviter de monter sur ce maudit navire. Quatre-vingt-dix-neuf pour cent d'entre eux nécessitaient une aide extérieure.

Merde.

Saun ne pouvait pas croire que je lui ferais confiance pour me ramener à Rey après m'avoir fait passer dans les eaux internationales.

C'était le moyen idéal pour lui de se procurer une chose qu'il avait achetée, et sans avoir à se battre.

Mon cœur s'emballa, martelant mes oreilles, et une vague de panique me submergea.

Merde ! Ce n'était pas moi. Il fallait que je me ressaisisse. J'avais vécu des situations dix fois plus tendues que celle-ci.

Réprimant ma terreur, je repensai à mon entraînement et me souvins que j'avais une équipe.

Je pouvais compter sur eux. Ils trouveraient un moyen de garder le navire au port. Et s'ils n'y parvenaient pas, je savais que Rey le ferait.

— Prête pour un dessert à la belle étoile ?

— Pas si vite. Vous avez accepté de rester sur le sol américain. J'ai du travail dans la matinée.

Le sourire détendu de Saun se mua en froncement de sourcils.

— Je vous ramènerai à temps pour aller au travail.

— Ce n'était pas notre accord. Je me suis montrée très claire. Je rentre auprès de Rey.

— Que faudrait-il pour vous convaincre qu'une minute dans le lit de King ne vaut pas la peine de me quitter ?

J'avais envie de répondre, *pas pour tout l'or du monde*, mais au lieu de cela, je dis :

— J'ai besoin que vous me voyiez comme une partenaire, pas une propriété ou un bien que vous avez acheté.

Il soutint mon regard un moment avant de hocher la tête.

— Heureusement que je cherche une partenaire et non une possession.

Je l'aurais cru terriblement charmant si je n'avais pas su qu'il m'avait achetée à mon ancien patron et que c'était un trafiquant d'êtres humains.

— Alors, en tant que partenaire, je m'attends à ce que vous respectiez mes décisions.

— Que diriez-vous d'un compromis ?

— Je vous écoute.

— Nous resterons dans le port pour le dessert. Ainsi, nous nous en tenons à la partie américaine, et vous aurez le temps de retourner auprès de votre gardien.

Merde. Je n'avais plus aucune échappatoire.

— Je suis d'accord.

— Alors, venez voir mon yacht.

Les portières de la limousine s'ouvrirent, et Saun en sortit et me tendit la main.

Je glissai ma paume sur la sienne et lui souris avant de le rejoindre à l'extérieur et de passer mon bras dans le sien.

Nous nous dirigeâmes vers un superbe navire qui ressemblait à un méga yacht de quarante-cinq mètres.

— Qu'en pensez-vous ? demanda-t-il, laissant transparaître la fierté qu'il éprouvait à l'égard de son bateau.

Je savais également que l'argent nécessaire à son acquisition provenait d'une multitude de moyens détestables, parmi lesquels la vente d'êtres humains.

— Il est magnifique.

— C'est la vie que je peux vous donner, Lilly.

— Pourquoi moi ?

— Parce qu'avec vous à mes côtés, en tant que mon épouse, nous pourrions développer l'opération lancée par Busch. Croyez-vous que je n'ai pas remarqué que vous étiez le cerveau de tout ?

— Comment le savez-vous ?

— Disons que dans les six mois qui ont suivi votre arrivée dans l'équipe de Busch, nous avons obtenu plus d'œuvres d'art, plus de financements et plus de relations qu'au cours des quatre années passées à travailler avec lui. Pourquoi pensez-vous qu'il agissait comme si vous lui apparteniez ?

— Parce que c'était un enfoiré, marmonnai-je, ce qui me valut un rire.

— Oui, c'est vrai. C'est pour cela que vous l'avez remis aux Britanniques ? Pour vous venger de la manière dont il vous a traitée ?

— Qu'est-ce qui vous fait penser que j'ai quelque chose à voir avec la capture de Rex ? demandai-je avec un coup d'œil timide, puis je reportai mon attention sur le yacht.

— Disons qu'un petit oiseau me l'a dit.

— Je ne dis pas que j'ai été impliquée dans quoi que ce soit. Cependant, reprocheriez-vous à une femme de se venger d'un homme qui a tenté de la tuer après qu'elle a découvert qu'il l'avait vendue à quelqu'un ?

Je sentis le poids de son regard sur moi.

— C'est pour cela que vous vous êtes enfuie ? Il a essayé de vous tuer ?

— C'est l'une des raisons.

— À mon avis, vous avez laissé Busch s'en tirer trop facilement. J'aurais géré les choses différemment.

— Je suis certaine qu'il n'est pas dans une position très confortable. Où qu'il soit, ajoutai-je avec un sourire.

— Les rumeurs sont donc fausses. Il n'est pas aux mains des services secrets britanniques. Vous l'avez livré à quelqu'un d'autre.

— Je n'ai pas admis avoir fait quoi que ce soit à Rex.

— Voilà pourquoi nous sommes parfaits l'un pour l'autre. Abritons-nous du froid et profitons du reste de notre soirée.

Il nous conduisit vers la passerelle d'accès au yacht où attendaient deux hommes en uniforme.

Une seconde avant que nous atteignions le pont, j'entendis Camilla me dire à l'oreille :

— Fais tomber ton sac à main.

Laissant ma pochette me glisser des doigts, je me précipitai pour la rattraper et me baissai.

Saun suivit mon mouvement.

— Laissez-moi vous aider.

Dans la seconde qui suivit, des hommes et des femmes portant des gilets du FBI nous encerclèrent, et je me retrouvai plaquée au sol, les mains maintenues dans le dos.

— Cora Hass, vous êtes en état d'arrestation pour meurtre, vol d'art, racket...

Subtil, les gars. Très subtil.

Je m'étonnais toujours de la façon dont le *backend* coordonnait ce genre de choses.

— Ne dites rien ! me cria Saun.

Je tournai la tête et je le vis se débattre contre trois agents qui le maîtrisaient.

Il croisa mon regard.

— Ne dites rien. Vous m'entendez ? Je vais faire envoyer quelqu'un pour nous aider.

— Je ne comprends pas, dis-je, jouant mon rôle. Vous m'avez piégée ?

— Je ne vous ferais pas ça ! protesta Saun alors que les agents le relevaient.

— Je ne vous crois pas...

Je lui laissai voir les larmes qui remplissaient mes yeux avant que quelqu'un ne le traîne vers une voiture qui attendait.

Laissant retomber mon front sur les planches du dock, je stabilisai ma respiration et attendis que celui qui me retenait me lâche.

Bon sang, que cet enfoiré était lourd !

Au lieu de cela, la pression se maintint et les menottes me serrèrent davantage les poignets.

— Soit vous me lâchez, soit je vous y oblige.

— J'ai un message de la part de vos directeurs, me dit l'homme avec un accent italien.

Mon sang se glaça et je me tus.

— Allez-y.

— Il est temps pour l'atout perdu de rentrer chez lui. Vous avez six semaines pour fermer boutique. L'époque où vous travailliez en free-lance pour le plus offrant est révolue. Vous pouvez garder tous les fonds obtenus jusqu'à ce jour.

— Comme si le Conseil avait l'intention de me laisser dépenser mon argent. Si jamais je mets les pieds en Europe, ils m'enfermeront dans un bâtiment et me feront travailler jusqu'à la mort.

Il ne tint aucun compte de mes paroles et poursuivit :

— Plus aucun travail sans approbation, et vous commencez à travailler sur des missions spécifiques dans trois semaines. Ceci constitue un rappel de votre appartenance permanente au Conseil européen, quoi que la directrice Patel ou vous puissiez en penser. Si vous vous écartez du plan, vous en assumerez les conséquences.

— Je préférerais que vous m'éliminiez. N'est-ce pas l'alternative lorsque la rétrogradation échoue ?

— Ce n'est pas mon objectif. Je suis ici en tant que messager.

— Sachez que vous serez un jour dans la même situation. Vous faites partie de la *task force*, comme moi. Je connais votre voix.

— Peut-être. Peut-être pas. Maintenant, répondez à cette question.

— Quoi ? grognai-je.

— Ai-je bien transmis le message ?

— Oui, abruti.

— Bien. Il est temps de vous donner un autre avertissement, dit-il alors que sa poigne se relâchait.

— Crachez le morceau.

— Ils ont infiltré les deux organisations de King. Ils écoutent. Ils observent. Le Conseil sait que King et vous êtes plus que des amants occasionnels. Si vous voulez qu'il reste en vie, cette fois, suivez le foutu plan !

Ma lèvre trembla.

— Dites à Abalo et Ress que c'est arrangé, ordonna l'homme.

La seconde d'après, les menottes disparurent de mes poignets, et il s'écarta de mon dos.

Cela ne servait à rien de le chercher, car il disparaîtrait dans la minute.

Lentement, je me relevai, et titubai un instant.

J'aurais dû m'attendre à ce que le Conseil place des personnes à l'intérieur de King Holdings. Solon était partout, de toute façon.

Me retournant, je balayai les environs du regard et vis Camilla et Devani qui se tenaient devant les portières ouvertes d'une camionnette noire. À leur droite se trouvaient Marcus et Noah.

Je m'approchai d'eux et m'arrêtai devant Devani.

— Tu as eu un messager ? me demanda-t-elle.

Je contractai la mâchoire.

— À l'évidence, oui.

— Qu'a-t-il dit ?

— Qu'ils voulaient récupérer leur atout.

— Autre chose ?

— Il a dit que c'était arrangé.

Elle acquiesça, puis jeta un regard à Marcus qui inclina la tête.

— Tu aurais dû me le dire !

Mon corps tout entier bouillait de douleur et de colère.

Devani se concentra à nouveau sur moi et me dit :

— Tu n'étais pas prête.

— Ce n'était pas à toi de décider.

— En fait, dit-elle en haussant un sourcil, si. J'ai le rang le plus élevé de tous ceux qui sont ici.

Refoulant l'envie de frapper Devani, je m'avançai vers Marcus. Je soutins son regard brun foncé.

— Dis-moi, Marcus, qu'est-ce qui est arrangé ? Je sais que ça t'était adressé.

Il poussa un soupir et ferma les yeux une seconde.

— Lil.

— Ne m'appelle pas *Lil !* m'exclamai-je, repoussant son torse.

— Tu savais que ça arriverait dès que tu es revenue ici avec Van.

Je le poussai plus fort.

— Tu aurais pu le faire depuis le début, et je ne serais jamais venue ici !

— Nous avions nos raisons, intervint Devani.

— Pourquoi avez-vous organisé cette merde ?

Je continuais à pousser Marcus, j'avais besoin que quelqu'un souffre autant que moi.

— Pourquoi as-tu fait en sorte qu'il m'aime à nouveau ?

Au moment où je ramenai mon bras en arrière pour le pousser encore une fois, Marcus saisit mon poignet et m'attira contre sa poitrine, m'entourant dans une étreinte serrée.

— Pourquoi m'obliger à lui briser le cœur ?

17

R eyhan

JE ME TENAIS de l'autre côté du van, avec l'impression que mon monde s'était effondré.

— *Pourquoi as-tu fait en sorte qu'il m'aime à nouveau ? Pourquoi m'obliger à lui briser le cœur ?*

Enfin, tout s'expliquait.

Toutes ses dérobades, toutes ses manœuvres pour me repousser, son besoin désespéré de s'enfuir.

Au début, je n'avais pas compris ce qui se passait lorsque cet enfoiré avait sauté sur le dos de Lilly après la fin du raid du FBI. J'étais trop loin dans la zone d'observation de la CIA, et je ne comprenais pas pourquoi les enfoirés de Solon ne l'aidaient pas.

Ensuite, j'avais compris que le type qui la maintenait au sol ne faisait pas vraiment de mal à Lilly. En fait, elle lui permettait de la garder là, et ils avaient une conversation.

Quoi qu'il ait pu dire, à un moment, le visage de Lilly avait blêmi.

Ce fut à ce moment que les pièces se mirent en place.

Elle était en train de berner Solon.

Pas n'importe quel Solon, mais la section européenne.

Comment avais-je pu ne pas comprendre ?

Sa peur des liens, sa relation avec Jameson, ses échanges avec Ress et son badinage avec Abalo.

Cette ordure appartenait à la fois à Interpol et Solon. Je ne comprenais pas la logique derrière tout ça.

Et maintenant, j'entendais Lilly s'effondrer. Pourquoi des gens qui semblaient l'aimer la piégeraient-ils ?

Comme si elle avait entendu mes pensées, Lilly leur demanda :

— C'est ce que fait une famille ? Comment peux-tu m'aimer et faire ça ?

Je me déplaçai vers l'avant du gros véhicule.

— C'est ce que fait le genre de famille que nous sommes. Nous devions te donner une chance d'en finir avec de l'amour, pas de la haine, murmura Abalo contre ses cheveux alors qu'il la tenait dans ses bras.

Le voir enlacer Lilly après l'avoir constamment harcelée

pour une raison ou une autre me donnait envie de l'arracher à lui.

Mais je n'étais pas certain de pouvoir assimiler ce qu'il lui avait dit. Ils nous avaient réunis simplement pour nous séparer à nouveau.

Certes, je ne la détesterais plus, mais en quoi était-ce mieux que de savoir que tout ce que nous avions était réel, et qu'elle était partie ?

— Et Noah et Cam ? Est-ce qu'ils étaient dans le coup aussi, ou il n'y avait que Van et toi ?

Qui était Noah ? Ce devait être Jameson.

— Ils m'ont mise au courant une fois qu'il était trop tard pour tout arrêter, dit Ress d'une voix aux accents allemands. Cet idiot là-bas est un homme de Van, alors je suis sûre qu'il l'a aidée à mettre les informations sur le téléphone de King.

Quelqu'un était-il celui qu'il prétendait être ?

Je jetai un coup d'œil vers Noah, anciennement connu sous le nom de Jameson, qui leva les mains.

— Nous mentons pour le bien général.

— C'est moi, le bien général ? s'exclama Lilly, se dégageant de l'emprise de Marcus, levant son visage dans l'air froid de la nuit.

— Oui, répondit Devani. Tu étais en train de mourir, Lil. Tu étais épuisée, tu perdais du poids, tu faisais des erreurs à gauche et à droite. Ta culpabilité te rongeait en permanence. Jamais au grand jamais, tu n'aurais laissé le Conseil d'administration te pousser à sortir de ta cachette si tu avais eu les idées claires. Tu aurais contacté l'un d'entre nous avant de faire quoi que ce soit.

— Ils allaient le tuer ! Il y avait quelqu'un de sa foutue équipe qui était prêt à appuyer sur la gâchette à la minute où il en aurait reçu l'ordre.

Je n'avais pas eu le temps d'assimiler tout ce qu'elle avait dit à la galerie dans le chaos de la mission.

Elle avait dit que quelqu'un avait mis un contrat sur ma tête. Je savais maintenant qu'il s'agissait de Solon. Et ils l'avaient fait par l'intermédiaire de personnes en qui j'avais confiance, des agents dont je pensais qu'ils me protégeraient toujours.

Combien d'affaires avais-je traitée dans lesquelles une ordure de Solon aurait pu se faire passer pour un membre de la CIA ?

— J'étais à l'intérieur, merde ! s'exclama Abalo, serrant le poing. Je les ai convaincus que tu l'avais tué pour te débarrasser d'un amant encombrant. Le fait que les King se soient lancés à ta recherche alimentait mon mensonge. Lorsqu'ils ont envoyé ce message, c'était un test. Un test auquel tu as échoué.

Lilly jeta un coup d'œil à Ress.

— Oh mon Dieu… C'est ce que tu voulais dire quand tu as déclaré que j'avais échoué au test. Je n'avais pas vraiment compris jusqu'à présent. Je suis sincèrement désolée. J'ai merdé.

Lilly baissa la tête et se couvrit le visage de ses mains.

Marcus s'approcha de Lilly et écarta ses doigts de ses yeux.

— Tu aurais dû me contacter en premier. C'est ce que tu aurais fait à n'importe quel autre moment. Je t'aurais dit ce qui se passait. Tu t'es totalement retirée. Tu as cessé de communiquer avec tout le monde. Comment pouvions-nous t'aider alors que nous ignorions totalement où tu étais ? On ne fait pas ça à sa famille.

— Depuis quand suis-je un pion ? J'étais tellement forte que personne ne me voyait arriver.

— Tu n'es pas un pion. Tu as simplement oublié ton rôle dans le jeu, dit Noah en se rapprochant de moi, sortant une pièce d'échecs de sa poche.

La tour.

Encore un autre foutu indice que j'avais ignoré.

L'amour de Lilly pour les échecs. Et Solon était connu pour utiliser des stratégies d'échecs pendant la formation.

Je me souvenais même d'une histoire que Lilly m'avait racontée, à propos d'un ami à qui elle avait offert une tour pour qu'il se souvienne d'elle après l'obtention de son diplôme. Ils plaisantaient régulièrement sur le fait que les enfants populaires, comme le chevalier et le fou, s'attribuaient toute la gloire et pleuraient ensuite lorsque la tour leur bottait les fesses parce qu'ils avaient oublié que c'était la deuxième pièce la plus puissante de l'échiquier.

Apparemment, Noah était l'ami en question.

— Tiens, dit-il, offrant à Lilly la pièce noire en forme de château. Je pense que tu as besoin de la récupérer.

Elle la prit, fit rouler l'objet sculpté entre ses doigts, puis leva les yeux vers Abalo.

— Les réparations structurelles sont-elles toujours en cours ?

Réparations structurelles ?

Et là, je compris.

Un coup contre le Conseil d'administration européen.

Il fallait qu'ils aient perdu la tête pour planifier une chose pareille. Il faudrait plus que quelques membres rebelles du Solon européen pour orchestrer quelque chose d'aussi énorme qu'une prise de contrôle du Conseil.

— Oui, dit-il avec un sourire en coin qui sembla agacer Lilly. Celui qui l'a imaginé a pensé à tous les scénarios. Enfin, à l'exception d'un seul. Ne pas t'avoir à nos côtés.

Elle leva le menton puis déclara, sur un ton auquel je ne m'attendais pas :

— Quand vous lancez l'opération, les deux au sommet sont à moi. Personne d'autre que moi n'a le droit de les descendre.

— Alors tu dois accepter ce que nous avons préparé pour toi, déclara Devani.

Lilly hocha la tête, puis demanda :

— Comment cela va-t-il se passer ?

— Tu le sauras quand tu le sauras, répondit Marcus.

Lilly resta silencieuse pendant quelques secondes, puis se décala pour monter dans le van.

Alors qu'elle montait dans l'habitacle, elle annonça :

— Je me fiche de ce que vous pouvez dire. Je ne peux pas partir sans qu'il sache tout. Je lui en ai déjà dit une partie. Plus de demi-vérités, plus de mensonges. Je n'en suis pas capable.

— Je ne pense pas que ce soit un problème, répondit Devani en me regardant par-dessus son épaule. Je crois qu'il en a entendu la plus grande partie.

Lilly se figea, puis se tourna lentement vers moi.

— Voilà ce que nous entendons par *tes erreurs*, Lil, dit Ress avec un ton plus doux et maternel, loin de l'attitude énervée à laquelle elle m'avait habitué. Tu aurais dû savoir qu'il était là, le sentir. C'est comme ça qu'on se fait tuer.

— J'ai compris.

Les lèvres de Lilly tremblaient tandis que nous nous regardions.

Tous les secrets et les tromperies avaient disparu.

— Reyhan King, intervint Devani, rompant le silence. Permettez-moi de vous présenter officiellement l'agent senior des forces spéciales, Lillian Josephine Lennox.

Au lieu de réagir aux propos de Devani, je la dépassai et m'arrêtai en face de Lilly.

— Maintenant, je sais.

Elle hocha la tête.

— Maintenant, tu sais.

— Depuis combien de temps étais-tu sous couverture lorsque nous nous sommes rencontrés ?

— Deux ans, cinq mois et seize jours.

Pas étonnant que j'aie cru qu'elle était vraiment l'analyste de données de niveau intermédiaire du BND qu'elle incarnait. Quiconque ayant vécu aussi longtemps sous couverture était tellement imprégné de son rôle qu'il en devenait presque une partie intégrante de sa personnalité.

— Tu as dit que je ne faisais pas partie du plan. Qu'il y aurait des conséquences pour avoir eu une liaison avec moi, pour m'avoir tiré dessus, et pour avoir laissé partir Busch. Je sais comment fonctionne votre conseil. Ils sont réputés pour leur discipline. Que t'ont-ils infligé ?

— Rétrogradation.

Je sentis quelque chose se serrer dans mon cœur.

Le Conseil d'administration européen l'avait pratiquement jetée en pâture à tous ceux qui voulaient l'utiliser comme cible. Elle n'avait plus eu accès à aucun des outils ou agents nécessaires à sa survie.

Elle n'avait pas eu d'autre choix que de se cacher.

— Tu es revenue pour me protéger, et maintenant, tu vas partir pour la même raison.

— Quelque chose comme ça.

— Et il n'y a pas de retour possible ?

Elle secoua la tête.

— Je ne l'accepte pas. Je trouverai un moyen.

— Rey...

— Terminez cette conversation en privé, nous interrompit Devani en faisant un geste vers un groupe qui s'approchait de nous.

C'étaient les équipes de la CIA et d'Interpol.

— C'est l'heure du débriefing.

UN PEU AVANT une heure du matin, au terme d'un long et épuisant débriefing portant sur tous les aspects de la mission, des personnes que nous avions rencontrées à la nourriture que nous avions consommée, je poussai un soupir de soulagement.

J'en avais ma claque. Plus de CIA.

Il me restait donc deux problèmes majeurs dans ma vie. Solon, et le départ de Lilly.

En ce moment même, l'équipe de Solon, sans Devani, nous ramenait, Lilly et moi, au bâtiment de King Holdings. Et personne ne semblait d'humeur à se dire quoi que ce soit.

Les heures interminables de discussion nous avaient sans doute tous épuisés.

De plus, les montagnes russes émotionnelles que je venais de parcourir sans ceinture de sécurité m'avaient laissé en miettes.

Se plonger dans la conversation entre Lilly et l'équipe de Solon revenait à travailler sur un puzzle composé d'un million de pièces retournées. La seule chose que je comprenais parfaitement, c'était qu'à un moment donné, Lilly avait été l'un des leaders de leur groupe. Ensuite, l'affaire Busch avait éclaté, ou peut-être que c'était le fait de me rencontrer et toute la merde qui s'était ensuivie.

J'étais toujours furieux à l'idée que les personnes qui tenaient à elles la croyaient faible. Elle était tout sauf faible.

J'avais vu des agents chevronnés ayant vingt ans de métier perdre la tête avec moins de stress que celui que Lilly avait subi.

Le fait qu'elle soit allée à ce foutu rendez-vous avec Huber, sachant qu'il l'avait achetée à une ordure de trafiquant d'êtres humains, faisait d'elle quelqu'un de plus fort que plus de la moitié des gens que je connaissais.

Je refusais de perdre Lilly à cause de leur plan. Il y avait un moyen de contourner le problème. Il fallait que je me prépare.

Je fermai les yeux, fis le vide dans mon esprit, et j'essayai d'imaginer comment Arin s'y prendrait.

Soudain, je me souvins d'une chose qu'il avait dite quelques mois avant sa crise cardiaque.

Si vous êtes bloqués, trouvez la solution ensemble. Pourquoi croyez-vous que je vienne vous voir tous les quatre ? Parce que je ne peux pas me débrouiller seul.

Je sortis mon téléphone et envoyai un message à la conversation de groupe des King.

Moi : Réunion d'urgence. Dans mon bureau. Onze heures.

Nik : À quel propos ?

Moi : Question de vie ou de mort.

Sam : Voilà qui me semble énigmatique.

Moi : Sans déconner.

Kir : Nous serons là.

Sam : Tu veux faire ça plus tôt ?

Nik : Tu es sûr de pouvoir arriver plus tôt ? La rumeur dit que tu es occupé.

Sam : Abruti. Donnez-moi l'heure et je serai là.

Moi : D'accord, disons neuf heures.

Tous les trois approuvèrent le nouvel horaire, et je remis mon téléphone dans la poche de ma veste.

18

L illy

Je poussai un soupir d'épuisement en entrant avec Rey dans l'ascenseur qui nous mènerait directement à son penthouse.

À la seconde où les portes de la cabine se fermèrent, nous nous retrouvâmes seuls pour la première fois depuis la dispute dans la galerie Dayal-King. J'avais l'impression que nous avions vécu toute une vie au lieu de quelques heures.

Mon univers avait complètement changé. Rey connaissait mes secrets, y compris mes échecs.

Je ne doutais pas qu'il avait d'autres questions à poser. Et je voulais lui donner les réponses qu'il attendait. Il les méritait.

Je voulais lui offrir la fin qu'il désirait.

Mais il n'y aurait pas de fin de conte de fées pour nous.

Je l'avais su dès le début. Le Conseil européen ne me laisserait jamais partir. Pas tant que les directeurs n'auraient pas été écartés du pouvoir.

Alors que l'ascenseur montait, ses yeux dorés se posèrent sur les miens, et une vague d'angoisse s'empara de mes nerfs. J'attendis et je me préparai à ce qu'il allait dire.

— Combien de temps me reste-t-il avec toi ?

Je ne m'attendais pas à cette question.

Il n'exigeait pas d'apprendre quoi que ce soit sur Solon. Il n'insistait pas pour obtenir davantage d'informations sur le passé. Il ne demandait pas si je mentais encore.

Il acceptait simplement l'inéluctable.

J'allais partir. Rien de ce qu'il pourrait faire ne me retiendrait ici maintenant.

Une onde de tristesse intense et de douleur enveloppa mon cœur.

Si seulement les choses étaient différentes. Mais cela ne servait à rien de se morfondre.

Je pris une grande inspiration, contemplai son magnifique visage, et je lui dis la vérité.

— Je ne sais pas.

— Que s'est-il passé avec cet agent qui t'a maintenue à terre ?

— Il m'a délivré plusieurs messages.

— Du Conseil d'administration européen ?

Je fermai les yeux un instant.

— Exactement.

Au moment où l'ascenseur s'ouvrit sur son hall d'entrée et où nous sortîmes dans le penthouse, il me dit :

— Ils se servent de moi pour t'obliger à retourner en Europe.

Je déposai mon manteau sur le bord d'un canapé voisin et me tournai vers lui.

— Tu le sais déjà.

Il se cramponna la nuque en s'approchant de moi, s'arrêtant lorsque je fus à portée de main.

— Tout ça, nous, dit-il avec un geste entre nous deux. C'est pour qu'on puisse se dire au revoir ?

— On dirait bien, répondis-je, ravalant la boule dans ma gorge en levant les yeux vers lui.

— Ce sont des conneries sadiques !

Il serra les poings sur les côtés, comme s'il voulait m'attraper, mais résistait.

Je détournai le regard, essayant de ne pas me laisser abattre par le poids de tout ce qui se passait, mais sans succès. J'avais passé tant de temps à lui résister que lui révéler à quel point j'avais besoin de lui me donnait l'impression d'exposer les parties les plus vulnérables de mon être.

— Peu importe ce qu'ils ont fait, ce sont mes décisions qui m'ont mise dans cette situation.

J'avais rejoint Solon. J'avais fui ma famille. J'avais eu une liaison avec Rey alors que je savais que c'était une mauvaise idée. J'étais sortie de ma cachette. Aujourd'hui, à cause de qui j'étais, j'avais à nouveau mis Rey en danger.

J'acceptais mon rôle dans tout cela. Et j'apprendrais à survivre avec cette déchirure dans l'âme à cause de cela.

— En dehors de ton engagement auprès de Solon, chacune de tes décisions était motivée par la nécessité de protéger les gens que tu aimes.

Les larmes me brûlaient la gorge et remplissaient mes yeux.

— Qu'est-ce que ça peut faire ? Je ne peux pas rester ici.

Rey posa un doigt sous mon menton pour me faire lever les yeux. Puis il se servit de son pouce pour essuyer les larmes qui roulaient sur ma joue.

— Alors, réponds à cette question. Ressens-tu la même chose pour moi aujourd'hui qu'à l'époque ?

— Oui.

Il inspira brusquement, comme s'il était soulagé par ma réponse.

— Que va-t-il se passer entre maintenant et ton départ ?

— À toi de me le dire.

— Non, répondit-il en secouant la tête. C'est ta décision. J'ignore totalement comment gérer ça.

Bon sang, si seulement je le savais ! La seule chose que je pouvais faire, c'était profiter de ce petit moment avec lui.

— Je ne peux pas faire de promesses. Je ne peux pas te donner l'avenir que tu souhaites. Mais, pour l'instant, je peux te donner tout de moi.

Il s'éloigna d'un pas, un pli se formant entre ses sourcils.

— Ensuite, un jour, tu disparaîtras ?

J'eus envie de lui répondre *à peu près, oui*. J'avais aidé d'autres agents dans des situations similaires. Nous avions tout mis en scène, des voitures piégées aux incendies de maison en passant par les fusillades.

— Peut-être. Je ne le saurai pas tant que le plan ne sera pas activé.

— Quel genre d'existence est-ce, Lilly ? N'as-tu pas envie de quelque chose de solide, de stable, qui ne t'oblige pas à fuir en permanence ?

— Cela ne sert à rien de vouloir une chose que je ne pourrai pas avoir. La dernière fois que j'ai fait ça, j'ai dû tirer sur quelqu'un.

Il se mit à faire les cent pas sans rien dire, puis il s'arrêta brusquement, reportant son attention sur moi.

— Je n'arrêterai pas de te chercher. Je t'ai retrouvée une fois. Je peux le refaire.

— Non, tu n'y arriveras pas, cette fois, soupirai-je. D'ailleurs, si tu m'as trouvée à Londres, c'est uniquement grâce à Devani.

— Que prévoient-ils de faire ?

— C'est ça le truc. Je ne connais même pas le plan.

— Et tu acceptes ça ?

— Oui. Ainsi, ça a l'air authentique.

— Tu crois que je ne suis pas capable de me protéger ? J'ai un foutu empire derrière moi !

— Si nos agents travaillent pour la CIA et Interpol, ne crois-tu pas qu'ils peuvent entrer chez King Holdings sans qu'aucun d'entre vous n'en ait la moindre idée ? Vous ne sauriez pas s'il s'agit de votre agent de sécurité ou de votre comptable. C'est l'une des choses que l'agent m'a dites. Ils nous observent depuis le début.

Il se remit à faire les cent pas, puis s'avança vers le bar ; mais au lieu de se servir un verre, il appuya les bras sur le bord.

Il me jeta un regard.

— Comment veux-tu que j'accepte ça ?

— Tu n'as pas le choix.

Quelque chose traversa ses yeux dorés, et pendant une seconde, je crus qu'il allait argumenter, mais, au lieu de cela, il demanda :

— Tu le penses vraiment ?

— Quoi ?

— Que je t'ai tout entière jusqu'à ton départ ? Tu ne résistes plus. Tu ne me repousses plus.

Nous nous regardâmes fixement, soutenant le regard de l'autre, pendant un instant intense et plein d'émotions. Puis, avant que je me rende compte que j'avais bougé, je tenais sa chemise et je l'attirais à moi, collant nos bouches.

Rey empoigna mes cheveux et approfondit le baiser, faisant glisser sa langue contre la mienne, déclenchant un flot d'excitation dans tout mon système nerveux.

Ce baiser ne ressemblait à rien de ce que nous avions partagé auparavant. Il n'y avait plus de secrets, plus de mensonges entre nous. Rien ne nous séparait, sauf la fatalité sur laquelle nous n'avions aucun contrôle.

Il attrapa mes fesses et je glissai mes bras autour de son cou, plaquant mon corps contre le sien, sentant chaque centimètre de son corps, son sexe massif contre mon clitoris douloureux.

— Rey, murmurai-je.

C'était ce dont nous avions besoin après tout ce qui s'était produit ce soir. Nous nous goûtions, nous dévorions, nous mangions.

Je le désirais, j'avais envie de lui, j'étais en manque de lui.

À peine avais-je remarqué que Rey me faisait reculer que ma colonne vertébrale heurta la vitre froide et je haletai.

Le choc disparut en quelques secondes, remplacé par un gémissement au moment où les dents de Rey frôlèrent la jonction de mon cou et de mon épaule.

Lorsqu'il mordit, me procurant cette pointe de douleur que j'aimais sans me faire mal, ma peau se couvrit de chair de poule et mes mamelons se dressèrent en pics raides.

Rey me pétrit la taille, appuya une paume sur le verre près de ma tête et fit glisser ses lèvres le long de ma gorge.

— *Merde*, Lilly. Je ne peux pas me rassasier de toi.

Je devais le toucher. J'avais besoin de le sentir.

Avant qu'il ne puisse anticiper mes gestes, j'inversai nos positions, le plaquant contre la fenêtre.

Je lus la surprise sur son visage pendant une fraction de seconde avant qu'un rictus diabolique n'apparaisse, entraînant un spasme au plus profond de mon ventre.

— Tu attendais de faire ça, n'est-ce pas ?

— Il fallait bien que je te prouve que tu ne connaissais

pas tous mes mouvements. De plus, je trouve plutôt excitant de savoir que je peux plaquer au mur un homme qui fait deux fois ma taille, ajoutai-je en lui rendant son sourire.

Il s'adossa à la vitre et haussa un sourcil.

— Maintenant que je suis là, qu'as-tu prévu ?

Un frisson me parcourut l'échine. Entre nous, le sexe était toujours un jeu de pouvoir, de *push and pull*, quelque chose qui nous excitait tous les deux. Mais, les rares fois où l'un d'entre nous cédait, cela semblait renforcer notre lien.

— Tu verras bien, dis-je en m'écartant de lui.

Passant la main dans mon dos, j'ouvris ma porte et la laissai glisser sur le sol. Ensuite, je défis le nœud qui retenait le haut de mon chemisier et je dévoilai lentement le soutien-gorge en dentelle que je portais en dessous.

Les yeux de Rey s'embrasèrent, se changeant en anneaux d'or, et sa respiration devint superficielle. Son membre était long et épais contre la couture de son pantalon, et je me léchai les lèvres, envahie par toutes sortes d'idées.

Lorsque je fus devant lui, vêtue uniquement de mes bas et de mon string, un léger bourdonnement d'énergie se propagea entre Rey et moi.

C'était une chose que nous n'avions pas partagée depuis bien longtemps, un désir brut et féroce.

Soutenant son regard, je revins vers lui. Me hissant sur la pointe des pieds, je mordillai sa mâchoire couverte d'une fine barbe, puis frottai ma joue contre lui, savourant la sensation rugueuse sur ma peau.

— Serais-tu en train de me marquer comme un chat ?

— Peut-être.

Je sortis sa chemise de son pantalon, détachai les boutons et repoussai le coton luxueux sur ses épaules.

Le corps de cet homme était digne d'un rêve.

Je suivis le contour des tatouages qui couvraient sa belle peau bronzée depuis son cou et le long de ses bras.

Ses muscles fléchirent et se contractèrent lorsque je passai mes ongles le long de ses abdominaux sculptés, avant de descendre.

Il laissa échapper un léger sifflement et me prévint :

— Lilly...

— Chut. C'est moi qui commande. Pendant des mois, tu n'as fait que me donner des ordres. Maintenant, c'est mon tour.

Je saisis la boucle de sa ceinture, et tirai le cuir.

— N'oublie pas qu'il y aura une revanche.

— Je n'en doute pas, dis-je.

Je glissai ma main dans son pantalon maintenant ouvert, et empoignai son sexe épais et tendu avant de le caresser de haut en bas.

— Tu n'es pas du genre à laisser les choses n'aller que dans un sens.

Relâchant mon emprise sur lui, je me laissai tomber à genoux, je levai les yeux, puis je lui adressai un sourire en coin qui indiquait exactement ce que j'allais faire.

— *Merde !* dit-il, la respiration saccadée. Tu n'as pas idée à quel point j'ai envie de toi.

Une douleur aiguë me frappa au cœur pendant une

brève seconde, sachant que de tels moments seraient de courte durée, mais je repoussai cette pensée dans les profondeurs de mon esprit.

Abaissant son pantalon, je glissai la main dans son boxer et libérai son érection dure et veloutée.

Une goutte perlait au sommet, et je salivai d'envie de le goûter. Puis, me penchant en avant, je pris la perle sur ma langue.

Je levai mon regard vers le sien : un désir charnel pur me fixa en retour, et un frisson me parcourut l'échine.

— Mets-moi dans ta bouche, Lilly.

— Toujours aussi autoritaire, dis-je une seconde avant de l'engloutir entre mes lèvres.

Un gémissement grave et guttural s'échappa de la gorge de Rey qui rejeta la tête contre la vitre.

Je le pris, d'abord progressivement, puis de plus en plus profondément, ma main suivant le trajet de mes lèvres sur son sexe. J'adoptai un rythme destiné à le tenir en haleine et à le rendre fou.

Il glissa les doigts dans mes cheveux et les empoigna presque trop douloureusement.

— Tu n'es qu'une foutue allumeuse.

Je ronronnai en poursuivant mon mouvement de haut en bas, caressant avec ma langue la lourde veine sous son membre. Son excitation ne faisait qu'amplifier la mienne, ma peau brûlait de désir.

Une palpitation presque douloureuse se manifesta au

creux de mon ventre et je serrai les cuisses en essayant de résister à l'envie de glisser ma main entre mes jambes.

Comme s'il avait perçu mes pensées, Rey fit basculer ma tête en arrière et m'arracha à lui.

— C'est à moi.

Il me tira vers le haut et inversa nos positions.

D'un coup sec, il arracha ma culotte de mes hanches, puis souleva mes jambes autour de sa taille.

Dans la seconde qui suivit, il se mit en position et s'enfonça brutalement en moi.

— Rey ! m'écriai-je, cambrant le dos contre la vitre, plantant mes ongles dans les muscles de ses épaules.

Aussitôt, mon sexe fut pris de spasmes et se contracta autour de lui, l'inondant de mon excitation.

— Mon Dieu, Lilly. J'aime te sentir comme ça.

— Comme quoi ? haletai-je entre ses coups de reins.

— Ouverte. Sans retenue.

Au lieu de m'attarder sur les émotions que je voyais tourbillonner dans ses yeux, je saisis sa tête et attirai ses lèvres contre les miennes.

Au cours des instants qui suivirent, nous nous perdîmes à nouveau dans les exigences de nos corps. Rey nous fit descendre sur le sol, me prenant en sandwich entre lui et le plancher sombre, et entama un rythme implacable, me pénétrant durement et rapidement tandis qu'il me rendait folle d'envie de jouir.

Lorsque mon orgasme finit par me submerger, je me

resserrai si fort sur lui que cela le propulsa vers sa propre délivrance.

— *Merde*, Lilly !

Il laissa retomber sa tête dans le creux de mon cou.

Je m'agrippai à ses épaules, le souffle court, contemplant le plafond du salon.

— Tu te rends compte que nous arrivons rarement jusqu'au lit ?

Il souleva sa tête, m'offrant son sourire incroyablement sexy.

— Faire l'amour sur un lit, c'est surfait.

PEU AVANT QUATRE heures du matin, j'entrai dans la galerie Dayal-King en redressant les épaules, prête à faire face à l'imprévu. Mon angoisse me brûlait les tripes. Cependant, j'étais persuadée que c'était le bon choix.

Bon sang ! Je n'en avais pas d'autre ! En tout cas, aucun qui me donnait une chance de vivre avec Rey.

J'étais restée éveillée pendant plus d'une heure à le regarder dormir, sentant mon cœur se briser.

Je comprenais pourquoi tout le monde voulait nous réunir, Rey et moi, mais je savais qu'aucun de nous ne serait capable de passer à autre chose.

Le Conseil d'administration nous avait tous acculés au pied du mur et, d'une manière ou d'une autre, nous nous étions entraînés à croire que disparaître était le moyen de leur échapper. Mais il devait y avoir un autre moyen.

Je ne pouvais pas me cacher sans essayer quelque chose. Je ne pouvais pas me terrer sans tenter au moins une dernière fois de remplir mon rôle dans le plan que j'avais commencé bien avant de m'occuper de l'affaire Busch ou de rencontrer Rey.

Non, je n'allais pas suivre le plan initial, et oui, Camilla et Marcus allaient sans doute me botter les fesses, mais je ne pouvais pas simplement accepter une vie en exil.

Mais, cette fois, je ne serais pas idiote. Essayer de tout faire moi-même m'avait épuisée.

Et, comme Camilla et Marcus me l'avaient dit, je n'arrêtais pas de faire des erreurs.

Eh bien, j'allais maintenant demander de l'aide à l'une des personnes les plus intelligentes que j'avais jamais rencontrées.

La question à un million de dollars était de savoir si elle me détesterait.

J'avais envoyé le message par l'intermédiaire d'un serveur crypté avec une signature totalement caractéristique de mon profil de hackeuse. Seule une personne ayant des compétences de mon niveau ou supérieures pouvait décoder le message.

Lorsque j'entrai dans le laboratoire d'évaluation, les lumières s'allumèrent.

Danika était assise à mon bureau, vêtue d'un pyjama et tenant un mug de café de la taille d'un ballon de football.

— Je rencontre enfin le côté Cora Hass de Lilly Lennox. Ça t'a pris un bout de temps, me dit Danika, haussant un sourcil parfaitement dessiné avant de boire une grande gorgée de sa tasse. Tu veux me dire pourquoi Cora demande à rencontrer le Petit Lapin ?

Comment avait-elle compris ? Et pourquoi n'avait-elle rien dit ?

— Depuis combien de temps le sais-tu ?

— Je pourrais te poser la même question.

Je souris.

— Depuis quelques années. Je suis très douée pour remonter les signatures numériques.

— Et tu ne l'as révélé à personne ?

— Disons que je comprends le besoin de garder des secrets, surtout en tant que femme dans ce secteur, dis-je, soutenant son regard. Quand as-tu su pour moi ?

— Depuis le jour où Rey est revenu en ville après que tu as commencé à travailler ici. L'intensité avec laquelle vous vous regardiez ne laissait planer aucun doute quant au fait que vous aviez un passé commun.

Je me souvenais encore de ce jour. Du choc qui avait envahi les traits magnifiques de Rey, et l'éclair de convoitise juste avant qu'il ne laisse place à la colère.

— Depuis, poursuivit Danika, plus tard dans la journée, j'ai surpris votre conversation lorsqu'il t'a plaquée contre le mur du laboratoire.

— Pourquoi n'as-tu rien dit ?

— Parce que, quoi qu'il se soit passé, cela n'avait rien à

voir avec le fait que tu ne l'aimais pas. J'ai vu la douleur sur ton visage quand il t'a accusée d'être du côté des méchants.

Tu avais une bonne raison de le laisser croire le pire de toi. Je sais ce que c'est que de jouer un rôle dans un but précis. Je n'allais pas te punir pour la même chose.

Je me doutais qu'elle pensait à son oncle et au père de Jayna et Sam, Ashok Shah. Pendant des années, elle avait fait semblant d'être sa marionnette pour garder un œil sur lui et les plans qu'il fomentait contre les gens qu'elle aimait.

— Est-ce que Nik est au courant ?

— Je n'ai pas de secrets pour mon mari, dit-elle, esquissant un sourire penaud. Enfin, pas dans des situations comme celle-ci.

— Et il l'a caché à Rey ?

— Eh bien, Rey lui cachait des choses, alors Nik s'est dit qu'il le méritait.

— Où est-ce que ça nous mène ?

— Tout dépend de ce que tu attends de moi.

— Je veux t'embaucher.

— Je l'ai compris en voyant l'étiquette de prix ouverte avec la demande de rencontre. Quel est le job ?

— Un moyen de pression digne d'un chantage sérieux.

— Je vois. Quel type de cibles ?

— Niveau platine. Le genre qui t'engagerait pour mettre en œuvre leur sécurité. Enfin, si tu as déjà abaissé ton niveau d'exigence pour travailler pour des gens comme eux.

Danika garda le silence, m'observant pendant quelques instants, puis me demanda :

— Et ton réseau Solon ne peut pas t'aider ?

Je ne réagis pas au fait qu'elle connaissait ces informations à mon sujet. Tout comme j'avais découvert qu'elle était le Petit Lapin, j'avais sans doute dû laisser des indices en cours de route. Et je ne m'étais pas montrée aussi prudente qu'avant.

— Oh, je suis sûre qu'ils se mobiliseront au moment opportun. Ils ont déjà pris trop de risques et il est préférable de les laisser dans l'ignorance. Du moins, jusqu'à ce que nous ayons mis les choses en marche.

C'est-à-dire une fois qu'il serait trop tard pour qu'ils puissent faire autre chose que se conformer à mon plan.

— Laisse-moi deviner. C'est une personne de chez Solon.

— Deux personnes, la corrigeai-je, lui tendant un papier avec les noms.

L'un était un célèbre créateur de mode italien, et l'autre était le directeur d'un label musical britannique.

Elle croisa mon regard.

— Pourquoi cela ne me surprend-il pas ?

— Nous nous présentons sous toutes les formes et dans toutes les tailles.

— Puis-je supposer qu'en nous attaquant à ces deux-là, nous nous attaquons à l'Europe ?

J'acquiesçai.

— Il leur a fallu moins de sept ans pour détruire la réputation d'une organisation qui était un modèle pour les autres.

— Quel est ton objectif ?

Avoir une chance avec Rey.

Je gardai cette réflexion pour moi, et lui dis :

— Avant de partir, je dois tenter une dernière fois de couper la tête du serpent qui m'a tant volé, et à d'autres comme moi.

— Nous sommes limités quant à ce que nous pouvons faire de notre côté. Tu auras besoin de renforts, et pas seulement de ceux en qui tu as confiance à Solon. Nous les plaçons déjà au cœur d'une guerre impliquant leurs propres membres. Laisse-moi faire appel à des ressources des King pour m'aider.

Je secouai la tête, sachant qu'il n'y avait qu'une seule personne que je pouvais contacter, et dont personne ne soupçonnerait qu'elle m'aidait. Il laisserait tout tomber pour être à mes côtés.

— Pas de King. Le Conseil a des gens qui les surveillent. Je ne peux pas prendre ce risque. Mais nous pouvons appeler quelqu'un qui mobilisera plus qu'une armée en quelques minutes.

— Assieds-toi, Lilly Lennox.

Danika ouvrit un sac à dos accroché sur le côté d'une chaise et en sortit un ordinateur portable.

Elle se mit à taper quelque chose. Soudain, des barreaux descendirent sur toutes les fenêtres, et un avertissement apparut sur tous les écrans de sécurité indiquant que le bâtiment était en mode confinement.

— Impressionnant.

Danika pinça les lèvres.

— Ne fais pas comme si tu n'avais pas quelque chose comme ça chez toi. Je parie que tu as construit une salle de guerre ultramoderne au sous-sol.

Je haussai les épaules.

— Tu marques un point.

Se levant de sa chaise, Danika prit son ordinateur et se dirigea vers l'ascenseur.

— Retrouve-moi à l'étage, à mon ancien appartement. Puisque tu connais mon secret, autant te monter le cœur de l'opération Petit Lapin.

— D'abord, laisse-moi passer l'appel pour organiser notre équipe de secours.

Danika acquiesça et monta dans la cabine.

Une fois les portes fermées, je sortis mon téléphone portable crypté et j'appelai un numéro que je n'avais pas composé depuis un nombre incalculable d'années.

— *Bonjour*, dit une voix grave et agacée en allemand. *Bon sang, qui est-ce ! Comment avez-vous eu ce numéro ?*

— *Papa*, dis-je, ravalant mes émotions. *C'est Lillian.*

— *Schatzi !*

— *J'ai besoin de ton aide.*

19

R eyhan

Un peu après neuf heures du matin, je contemplais l'horizon new-yorkais depuis mon bureau, me demandant ce que pouvait bien faire Lilly en ce moment.

Nous avions passé des heures à nous perdre l'un dans l'autre. Il y avait du désespoir à chacun de nos contacts, une conscience tenace que la fin approchait, mais d'une manière ou d'une autre, je m'étais réveillé seul une fois de plus.

Comment avait-elle pu sortir de mon appartement sans que je le sache ? Même mes hommes ne l'avaient pas vue quitter le bâtiment.

Elle était sans doute avec l'un de ces enfoirés de Solon qui allaient me l'enlever.

Comme si je n'étais pas capable de lire entre les lignes de ce que Lilly avait dit la veille.

Ils prévoyaient de mettre en scène sa mort.

Et la laisser dans l'ignorance du moment où cela se produirait rendrait les choses plus crédibles.

Je fermai les yeux, revoyant encore la détresse sur le visage de Lilly lorsqu'Abalo et Ress lui avaient parlé. Sa relation avec elle était aussi profonde que celle que j'entretenais avec mes frères.

Ils l'avaient blessée en nous réunissant, avec l'intention de nous séparer à nouveau. Mais, maintenant que j'avais l'occasion d'y réfléchir, je comprenais leur motivation.

Ils voulaient que nous puissions tous les deux tourner la page.

Ce qu'ils ne comprenaient pas, c'était qu'il n'y avait pas de fin pour l'un ou l'autre. Lilly était la femme qu'il me fallait. Et je ne doutais pas que la réciproque était vraie. Elle avait trop risqué pour que ce ne soit pas le cas.

Avec un peu de chance, le risque que j'avais prévu de prendre fonctionnerait.

Je secouai la tête en songeant à la manière dont Abalo s'était joué de moi.

Ordure.

J'avais travaillé avec lui par intermittence pendant deux ans sans me douter qu'il connaissait mon histoire avec Lilly.

J'aurais dû savoir que la tension entre eux ne se limitait

pas à son opposition à l'accord visant à blanchir le dossier de Lilly.

Ce n'était qu'une foutue comédie.

Pourquoi n'avais-je pas suivi mon instinct, et ne m'étais-je pas souvenu qu'il ne fallait jamais prendre pour argent comptant ce que disait Devani ? Elle appartenait à Solon corps et âme, et elle excellait dans l'art de la manipulation.

Même s'il n'y avait aucun doute sur la loyauté de Devani, le fait qu'Abalo, Ress et Lilly ne soient pas sous égide américaine n'avait pas d'importance. Elle les défendrait bec et ongles. En faisant venir Lilly à New York, elle s'était attiré les foudres de tout le Conseil d'administration européen.

Tous avaient protégé Lilly au péril de leur vie dans toute cette histoire avec le Conseil européen.

Les King et Joseph Lennox leur étaient redevables.

Merde. Il y avait un autre problème que je devrais régler à un moment ou à un autre.

Lennox.

Qu'allais-je lui dire si elle disparaissait à nouveau ?

Avec un peu de chance, Abalo et Ress seraient prêts à changer leurs plans pour Lilly quand je leur aurais fait ma contre-offre, et parler à Lennox deviendrait une question discutable.

Avant que les choses puissent avancer, je devais convaincre mes frères abrutis de me soutenir.

J'appuyai mon poing fermé sur la vitre froide et serrai les dents.

— Merde !

— Matinée pourrie, hein ? demanda Nik en entrant avec une tasse de café. Apparemment, c'est vraiment une urgence.

— Où sont Kir et Sam ?

— En route. Ils ne vivent pas dans le bâtiment comme nous.

— Techniquement, je suis le seul à vivre dans l'immeuble. Tu vis à l'étage d'une galerie d'art.

— Eh bien, nous sommes restés ici la nuit dernière. C'est mon penthouse. Je peux en faire ce que je veux, affirma Nik.

Il prit place sur l'un des fauteuils inclinables près de la fenêtre, s'adossa, puis me jeta son regard qui m'incitait à poursuivre.

— Maintenant que nous avons discuté de mes conditions de vie, que se passe-t-il ?

— Nous allons exiger quelques faveurs, énonçai-je comme un fait, et non comme une demande.

— Je vois, acquiesça Nik. Avant d'en arriver là, je vais te le demander une fois, et je veux une réponse directe.

Je savais déjà de quoi il s'agissait.

— Bien.

— Es-tu avec elle parce que tu te souviens de Cora ou parce qu'elle est Lilly ?

— Tu l'as compris avant ou après nous avoir surpris dans le laboratoire ?

— Avant.

— Quand ?

— Le jour où tu as soi-disant rencontré Lilly Lennox

pour la première fois dans la galerie de Danika. Vos expressions à tous les deux en disaient plus qu'assez, répondit Nik, se penchant en avant. En plus de ça, tu croyais vraiment que je n'avais pas remarqué ce foutu tatouage que tu aimes cacher sous la bague d'Arin ? Je sais lire le sanskrit. Ces mêmes mots sont inscrits sur le tatouage de Lilly.

Sans réfléchir, je fis tourner l'anneau de platine.

— Cora n'était pas réelle. Je suis avec Lilly.

— J'ai une autre question. Quand as-tu appris que Lilly était Cora ?

— Le jour même où Lennox a envoyé une photo d'elle et m'a ordonné de trouver et de protéger sa fille disparue.

— Voilà qui explique pourquoi tu t'es comporté comme un tel abruti pendant des mois après, dit Sam en entrant avec un sac de nourriture et un mug isotherme. Tu aurais pu nous dire qui elle était. Nous n'aurions pas perdu autant de temps et d'argent à la rechercher.

Je plissai les yeux.

— Va te faire voir, le financier.

— Apparemment, le fait de t'envoyer en l'air régulièrement n'a pas amélioré ton état d'esprit.

— Je vois que je n'ai pas manqué grand-chose, lança Kir qui secoua la tête en entrant avec sa propre tasse de café.

Il referma la porte derrière lui et s'installa sur le canapé à côté de Sam.

— Maintenant que nous sommes tous là, explique-nous quelles faveurs tu veux réclamer, me demanda Nik en se calant dans son siège.

— D'abord, je dois sécuriser cette pièce.

Je me dirigeai vers un panneau de contrôle et tapai un code.

Une seconde plus tard, les serrures s'enclenchèrent et tous les accès électroniques à la pièce cessèrent.

— Ça doit être sérieux s'il nous fait le coup de l'espion, constata Sam qui ouvrit son sac et en sortit un sandwich.

Je retournai dans le salon et m'installai dans un fauteuil.

— Nous devons découvrir qui dirige Solon Europe. En particulier, les membres du Conseil d'administration. Je me fous des directeurs régionaux. Idéalement, je veux absolument tout savoir sur les deux ordures qui président le conseil.

Un pli se forma entre les sourcils de Kir.

— Est-ce que tu as perdu la tête ? Ce n'est pas pour rien qu'ils gardent ce genre de choses secrètes. S'ils l'apprennent, ça équivaut à une déclaration de guerre.

Dès que l'idée m'était venue, j'avais su que Kir s'y opposerait. Il avait travaillé des années pour Solon en tant que consultant, en échange de faveurs futures. De nombreux agents le considéraient comme l'un des leurs à cause de tout ce qu'il avait fait pour eux.

— Est-ce que ça te ferait changer d'avis si je te dis qu'ils ont mis un contrat sur moi ? Et que nous avons des gens infiltrés au sein de notre organisation, qui n'attendent que l'ordre d'appuyer sur la détente ?

— Foutaises, protesta Kir en sortant son téléphone, qu'il jeta sur la table basse, se rappelant que rien ne fonctionnait à l'intérieur de la pièce pour le moment. Je surveille toutes les menaces qui pèsent sur nous. Je connais chacun de vos alias, et Danika fait sa part en parcourant le web.

— Comment pourrais-tu savoir s'ils ont ordonné à l'un des leurs de le faire ? Leurs agents se cachent au vu et au su de tous. La mondaine de Sam en est un excellent exemple. Qui croirait qu'une héritière du diamant fait partie de Solon ou qu'elle est membre du Conseil d'administration nord-américain ?

— Pour commencer, Devani n'est pas à moi, intervint Sam d'une voix froide. Deuxièmement, qu'as-tu fait pour les énerver ?

— Ce n'est pas quelque chose qu'il a fait. C'est quelque chose que quelqu'un d'autre a fait avec lui, répondit Nik en m'étudiant, avant de reporter son attention sur Kir. Kir, corrige-moi si je me trompe, mais n'as-tu pas mentionné le fait qu'un groupe d'agents européens ne suivent pas les pratiques normales des autres agents de Solon, comme d'avoir une vie normale, un mariage, une famille ? Qu'en fait, ils coupent tous les liens avec les personnes extérieures à l'organisation ?

— Les forces spéciales. Ce sont des individus dotés de compétences pointues, allant de la planification stratégique au développement de technologies et d'armes. On les appelle des atouts, et pas des agents. C'est totalement tordu.

— En d'autres termes, intervint Sam, l'Europe n'aime pas externaliser quoi que ce soit, et pour s'en assurer, elle maintient ses actifs spéciaux liés à elle par tous les moyens possibles.

— Exactement. Voilà pourquoi j'évite les contrats avec Solon Europe. Les directeurs sont corrompus jusqu'à la moelle, et on ne peut pas leur faire confiance. Kir se passa une main sur le visage et se leva pour s'avancer vers la fenêtre.

— Lilly est leur mode opératoire classique. Aisée, dotée d'une intelligence frisant le génie, et scolarisée dans un internat.

— Maintenant, les pièces s'assemblent, constata Nik. Elle a quitté sa famille pour les protéger, pas à cause des conneries avec son ex.

— Et le Conseil d'administration européen s'est servi de moi pour la faire sortir de sa cachette, ajoutai-je. Ils voulaient récupérer leur atout, mais Devani l'a enlevée pour l'intégrer au groupe américain.

Maintenant, ils se servaient à nouveau de moi pour la reprendre.

— As-tu jamais découvert où elle est allée, ou comment elle a disparu sans laisser de traces ?

— La seule chose que j'ai apprise, c'est qu'elle est capable de parler par énigmes et d'éviter à tout prix de répondre directement.

— J'en sais quelque chose, marmonna Sam, faisant sans doute référence à Devani.

— Et vous, les abrutis de la CIA, vous êtes différents ? demanda Kir en me regardant droit dans les yeux.

— Peut-être pas, mais elle est à moi, et il est hors de question que je la perde à nouveau à cause d'eux.

— C'est comme ça, hein ?

— Oui, répondis-je à Kir sans la moindre hésitation.

— Si nous faisons ça, dit-il d'une voix qui indiquait qu'il prenait les choses au sérieux, tu nous donnes tout, et tu n'oublies absolument aucun détail. J'ai besoin de savoir tout ce que tu sais.

Avant que je puisse ouvrit la bouche, Nik intervint :

— Tu peux commencer par la façon dont tu l'as fait chanter pour qu'elle vienne ici.

— Pour sa défense, je soupçonne que quelqu'un l'a manipulé pour qu'il le fasse, dit Sam en souriant.

Je secouai la tête et passai une main sur mon visage.

— Tu n'en sais même pas la moitié. Nous faisons tous partie du grand complot de Solon.

— Une fois que tout sera réglé, tu pourras faire amende honorable en appelant ton futur beau-père et en lui racontant en détail les ennuis que tu n'as pas pu éviter à sa fille, ordonna Kir.

— Si ça peut l'empêcher de disparaître, je ferais absolument n'importe quoi en guise de pénitence, affirmai-je.

Nik s'adossa à son fauteuil.

— Commence à parler.

Écoutant son ordre, je me mis à tout détailler, de ma relation avec Lilly en Allemagne à notre mission à New York, en passant par tout ce que j'avais appris la nuit précédente.

Lorsque je terminai, je me sentis vidé.

— Je ne sais pas si je dois être impressionné ou terrifié par leur niveau de coordination pour vous réunir tous les deux.

L'admiration de Sam face à cet exploit était à peu près équivalente à la mienne.

— Que veux-tu faire des informations sur le Conseil ? s'enquit Nik.

— Je veux leur rendre la monnaie de leur pièce.

— Moyen de pression, ou élimination ? demanda Kir, sachant que j'opterais pour le second choix si c'était possible.

— Tout dépend s'ils accèdent ou non à nos exigences.

Kir posa son café sur la table devant lui et frotta sa cicatrice.

— Tes supérieurs ne verraient-ils pas d'un mauvais œil ce type de comportement ?

— Je me fous de ce qu'ils pensent. C'est fini pour moi. Ma dernière mission s'est achevée hier soir, dis-je, reportant mon attention sur Sam. En outre, un abruti m'a informé qu'il ne pensait plus que j'étais un King. Il est temps pour moi de revenir et de lui montrer que je peux encore faire les choses à la manière d'Arin.

À ce moment-là, on frappa à la porte. Et je ne pus que secouer la tête. Tout comme Lilly, ils étaient parvenus à contourner notre sécurité pour entrer dans notre bâtiment. Ce qui prouvait que les agents de Solon étaient formés pour entrer n'importe où.

— C'est quoi ça ? s'exclama Kir, se levant d'un bond en dégainant l'arme qu'il avait toujours sur lui.

— Ne vous ai-je pas dit que Solon pouvait entrer partout ? dis-je en me dirigeant vers la porte. Toutefois, ces deux personnes ont été invitées. Mais, Kir, je pense que tu devrais améliorer la sécurité dans ce bâtiment.

En tapant le code d'accès sur le panneau, le sceau de la pièce fut désactivé et la porte s'ouvrit.

— King, vous vouliez discuter ?

Marcus Abalo se tenait là avec Camilla Ress, arborant tous les deux un sourire suffisant.

— Bienvenue, agents Abalo et Ress. Merci de nous avoir rejoints.

Je leur fis signe d'entrer, et, une fois qu'ils furent passés devant moi, je sécurisai à nouveau la pièce.

— Parler à l'un ou l'autre d'entre nous ne va pas changer les plans.

Abalo scruta les visages de mes frères, notant tout ce qui les concernait.

Ress ignora tout le monde, s'avança près de la fenêtre et s'y adossa comme s'il s'agissait de son bureau. Je devais le lui accorder : elle avait sa manière bien à elle de s'approprier une pièce en dépit de son mètre soixante-cinq.

— Elle dégage carrément des ondes Solon. Vous, en revanche, je ne suis pas certain... Interpol ou Solon ? demanda Sam à Abalo. Vous étiez au dîner avec la directrice Patel l'autre soir.

— Ah. L'amoureux intermittent, dit Abalo avec un sourire. Pour répondre à votre question, tout ce qui précède.

Je pouvais presque entendre Sam grincer des dents.

— Asseyez-vous, dit Nik. Rey, tu veux nous expliquer pourquoi tu les as fait venir ici ?

— Tu comprendras dans un instant, répondis-je en me tournant vers Abalo. Je vous ai entendu dire que vous vouliez purger le Conseil d'administration européen. Comment voulez-vous que nous vous aidions ?

Abalo me scruta. L'intelligence de cet homme ne faisait aucun doute. Il n'aurait pas pu intégrer Interpol à son niveau s'il n'était pas au top.

— Et quelle faveur devrais-je aux King en échange de cette généreuse assistance ?

— Exactement ce que vous avez dit que vous ne feriez pas en entrant dans la pièce. Annuler l'ordre de Lilly.

— Nous ne pouvons pas faire cela, car cela vous rend vulnérable, ce qui rend Lilly vulnérable à son tour, répondit Ress avec un regard noir.

— Tout ça, c'est à cause de moi. Il est temps que ce soit moi qui la protège, et non l'inverse.

— Vous l'aimez ? me demanda Abalo, soutenant mon regard comme un parent ou un frère m'aurait jaugé.

— Oui.

— Vous pensez avoir le pouvoir de faire tomber l'un des groupes les plus puissants d'Europe ?

— Il ne s'agit pas de le *penser*. Nous ne faisons peut-être pas étalage de notre pouvoir, mais notre réseau a une portée étendue et approfondie. En le combinant avec ce que vous avez déjà mis en place, je suis certain que vous obtiendrez tout ce dont vous aurez besoin pour rétablir la structure initiale de l'organisation.

Le silence de Nik, Kir et Sam traduisait leur soutien total à ma position.

Ress se déplaça et vint se poster à côté d'Abalo.

— Vous impliqueriez votre empire dans une guerre pour la protéger ?

— Sans la moindre hésitation. Je ferais n'importe quoi pour Lilly.

— Comment savoir à qui faire confiance pour mener cette guerre ? Les directeurs ont des gens à l'intérieur de ce même bâtiment qui se retourneraient contre vous si on leur en donnait l'ordre.

— Ce que vous ne comprenez pas, c'est que nous avons grandi dans la rue et que c'était notre quotidien jusqu'à ce qu'Arin nous prenne en charge.

— Nous allons les éliminer, mais, même en cas d'échec, nous savons que vous y parviendrez. Surtout la formatrice ici présente. Je suis persuadé que certains d'entre eux sont passés par ses cours autrefois, ajoutai-je en regardant Ress.

— Vous croyez que j'aurais intérêt à vous aider ?

— Vous feriez n'importe quoi pour Lilly. Elle est comme une fille pour vous. Vous la traitez comme Arin l'a fait pour nous : durement, mais pour pourriez prendre une balle pour elle.

Ress acquiesça.

— Ce n'est pas parce que je ne les ai pas mis au monde qu'ils ne sont pas à moi.

— Voilà quelque chose que nous comprenons sans problème, intervint Nik. Nous avions tous les quatre des parents, mais Arin était notre père, sans le moindre doute.

— Sommes-nous d'accord ? demandai-je.

Marcus hocha la tête.

— Le moment viendra peut-être plus tôt que vous ne le pensez

— Alors c'est réglé.

— Absolument pas, répondit Ress, avec un sourire qui me rendit nerveux. Il y a un problème majeur à résoudre avant que nous ne puissions faire quoi que ce soit.

Je soutins son regard calculateur.

— Qu'est-ce que c'est ?

Abalo poussa un soupir épuisé.

— Lilly a déjà pris votre plan et est allée plus loin. Elle est parvenue à attirer les coprésidents du Conseil sur le sol américain. En fait, ils seront là d'ici la fin de la journée.

Un rugissement envahit mes oreilles. Bon sang, mais qu'avait-elle fait ?

— Comment savez-vous tout cela ?

— Pour deux raisons.

— Et qui sont ?

— Tout d'abord, les directeurs nous ont contactés pour que nous prenions des dispositions pour leur arrivée, y compris au niveau de la sécurité.

Abalo marqua un temps d'arrêt. Ress inclina la tête, puis continua.

— Ils voulaient surprendre Lilly.

— Pourquoi vous contacteraient-ils ?

— En tant que directeur du recrutement et de la formation, Cam ne fait pas partie du conseil d'administration, mais elle rend compte directement à l'un des coprésidents du conseil, déclara Abalo. Et je suis le prochain sur la liste des candidats au Conseil, ce qui signifie que dès que les coprésidents estimeront qu'un directeur ne travaille plus au mieux de ses capacités, je le remplacerai. Je suis ce que l'on pourrait appeler le protégé des coprésidents.

— N'est-ce pas pratique ? dit Nik.

Abalo soutint le regard de Nik.

— Trouvez-moi un meilleur moyen de se positionner pour assassiner les dirigeants sans être à la même table ?

— Vous marquez un point, concéda Nik.

Ramenant l'attention de tous sur le sujet principal, Kir demanda :

— Pourquoi Lilly voudrait-elle qu'ils viennent ici ?

Mes pensées se tournèrent vers la conversation que j'avais entendue entre Lilly et les membres de Solon : *Quand vous lancez l'opération, les deux au sommet sont à moi. Personne d'autre que moi n'a le droit de les descendre.*

Mon cœur se serra, car je connaissais la réponse.

— Elle se sert d'elle-même comme appât pour pouvoir les éliminer.

— C'est exact. Elle n'est pas du genre à partir en exil

tranquillement, confirma Abalo avec un hochement de tête. Ce qui nous amène à la deuxième raison. Lorsqu'il était trop tard pour dévier de son plan, elle nous a envoyé des options sur la manière dont nous pouvions nous coordonner avec sa stratégie.

— Quand était-ce exactement ?

— Environ cinq minutes avant que vous ne convoquiez cette réunion, répondit Ress.

Voilà qui expliquait pourquoi j'avais obtenu si facilement une réponse de leur part.

— Qui l'aide ? demanda Kir. Pour obtenir ce type de réaction en quelques heures, il faut une coordination à grande échelle.

Ress secoua la tête et soupira.

— Pendant que vous, les garçons, vous dormiez, Lilly a usé de son influence considérable pour activer une armée à laquelle très peu de gens ont accès par un simple coup de fil. Et elle a fourni à ladite armée des informations très détaillées qu'elle avait rassemblées avec un autre hacker du dark web pour faire chanter le Conseil d'administration européen.

Nik et moi nous regardâmes avant qu'il demande :

— Et qui est le hacker ?

— Ces données ne nous ont pas été communiquées. Lilly protège ses sources.

Nik marmonna quelque chose en se levant, puis il sortit son téléphone et me jeta un regard noir en voyant l'écran vide.

— Veux-tu bien déverrouiller cette foutue pièce ?

— Pas avant d'avoir réglé les choses, dis-je, m'adressant à Ress plutôt qu'à Abalo.

Cette rencontre avec eux, c'étaient les salades habituelles de Solon. Ils auraient pu nous communiquer ces informations dès le début, sans avoir besoin d'en faire tout un plat.

— Arrêtez les conneries. Vous aviez un plan en arrivant ici. Je le vois dans vos yeux. Que voulez-vous que je fasse ?

— Nous voulons vous utiliser comme moyen de pression.

20

L illy

— TU PEUX ENCORE ANNULER, me dit Danika dans mon oreillette alors que je me dirigeais vers le restaurant où j'étais censée rencontrer un représentant du Conseil.

J'avais passé la journée enfermée dans la galerie avec Danika, à passer en revue toutes les situations possibles pour assurer sa sécurité et celle des King.

— Il est un peu tard pour avoir des doutes, Dani. Il est même trop tard. Je sais ce qui m'attend à l'intérieur.

— C'est ce qui me fait peur.

J'avais reçu un message codé m'invitant à rencontrer un représentant du Conseil moins d'une heure après que les hommes de mon père avaient livré des colis aux domiciles réels des membres du Conseil d'administration européen et non à ceux figurant dans les bases de données publiques. Chacun de nos cadeaux contenait des informations allant des relevés bancaires personnels aux données de santé de leurs enfants, en passant par leurs dernières vacances et les noms des personnes avec lesquelles ils trompaient ou non leur conjoint.

En revanche, je ne m'étais pas attendue à ce que mes frères participent à l'opération. Ou à ce qu'ils prennent la décision de séquestrer toutes les familles des membres du Conseil afin de disposer d'un moyen de pression supplémentaire.

Apparemment, mon incapacité à suivre un plan était héréditaire.

Je ne craignais pas qu'il arrive quoi que ce soit aux familles. Mes frères ne fonctionnaient pas ainsi. Il y avait fort à parier qu'ils finiraient par être effrayés, mais sains et saufs. Cependant, les conjoints allaient apprendre beaucoup de choses sur leur partenaire.

J'aurais peut-être dû éprouver des remords ou quelque chose de ce genre pour avoir fait subir à la famille de quelqu'un un soupçon de peur, mais honnêtement, j'étais incapable d'éprouver la moindre once de culpabilité dans cette situation.

Peut-être que les années que j'avais passées sous la coupe oppressive des coprésidents avaient détruit une partie de mon sens moral. Si c'était le cas, je m'en moquais éperdument.

— Dani, nous avons déjà planifié l'embuscade. Marcus et Cam vont mettre des gens en place. Et Van a des yeux à l'extérieur.

— Alors que moi, je reste assise dans mon immeuble à surveiller tout le monde à des kilomètres de distance.

— Ce n'est pas ton combat. Je refuse que tu sois prise entre deux feux. En plus, Nik a besoin de toi.

— Rey n'a pas besoin de toi ? répliqua Danika.

Ce fut à ce moment-là que je ressentis vraiment quelque chose : la culpabilité de laisser Rey dans l'ignorance me rongeait. Vers midi, il avait envoyé un message m'annonçant qu'il quittait la ville pour les affaires de King Holdings et qu'il ne reviendrait pas avant le soir. En fonction du résultat de cette « rencontre », je le reverrais... ou non.

— Ce que tu ne comprends pas, c'est que je n'ai aucune chance de construire quelque chose à long terme avec Rey si ça ne marche pas.

— Alors, espérons que tu feras échec et mat.

— Oh ! Une référence aux échecs ! m'exclamai-je.

— Côtoyer Devani pendant toutes ces années devait bien finir par déteindre sur moi.

— Je suis arrivée, annonçai-je.

Je retirai mon oreillette, me penchai et la glissai dans la poche cachée de ma botte.

Dès que j'entrerais dans le bâtiment, quelqu'un vérifierait si je portais des équipements. J'avais beau avoir perdu mon côté aiguisé, je n'étais pas idiote. Faire confiance à quelqu'un pour respecter sa parole, c'était comme croire qu'on pouvait se blottir contre un ours noir sauvage dans la forêt.

Je m'approchai d'un petit restaurant situé à l'angle d'une zone d'activités et de commerces divers. La réunion ayant eu lieu bien après l'heure de pointe, la foule était moins dense que celle qui se pressait chaque jour dans le quartier.

Avant que je saisisse la poignée de la porte, celle-ci s'ouvrit et un homme grand et mince apparut, inclinant la tête pour me faire signe d'entrer.

Ensuite, une femme de ma taille, vêtue d'un jean et d'une veste en cuir, aux yeux marron foncé et à la peau d'ébène, vint près de moi.

Elle me scruta de la tête aux pieds, enregistrant tout de moi, de mes vêtements à mes cuissardes.

Se plaçant devant moi, elle garda une expression neutre, sortit de sa poche un appareil de la taille d'un petit pilulier, me le montra, puis scanna mon corps, évitant délibérément certaines parties de mes bottes.

Parfait. Il était bon de savoir que j'avais au moins une personne de mon côté.

Alors qu'elle se relevait, elle soutint mon regard et me dit :

— Vous n'êtes pas ce à quoi je m'attendais.

— Qu'attendiez-vous ?

— Quelqu'un de beaucoup plus grand. Et peut-être un peu plus effrayant, surtout vu le chaos que vous avez causé.

Qu'aurait-elle pu espérer ? Je mesurais un mètre soixante-douze, ce n'était pas rien.

Elle tourna les talons et repartit dans la direction d'où elle était venue.

Au moment de franchir le seuil du passage menant à la salle à manger du restaurant, elle s'arrêta et inclina le menton.

— Suivez-moi.

Je lui obéis, et nous entrâmes dans le restaurant. L'endroit était bondé, bar et tables compris. Et personne n'était là pour la nourriture.

Ouais, c'était une foutue embuscade.

Enfin, au vu des apparences.

Dans la salle, je remarquai des visages qui n'auraient jamais pris le risque de se retrouver au même endroit au même moment avant. Des personnes qui faisaient partie du réseau que Camilla avait mis en place bien avant mon recrutement à Solon.

Je pouvais imaginer que certains d'entre eux s'étaient mobilisés pour être présents dans le court laps de temps que j'avais accordé à Marcus et Camilla, mais un tel nombre ?

Bon sang, mais que se passait-il ?

— Nous y sommes. Le directeur Abalo vous demande de le rejoindre à sa table. Il sera bientôt là.

Je m'arrêtai et fronçai les sourcils.

— Qu'entendez-vous par directeur Abalo ? Quand a-t-il été promu ?

— Le directeur Abalo a remplacé le précédent directeur de l'infrastructure de sécurité du Conseil.

— Les livraisons de colis matinales et les acquisitions de

marchandises que vous avez effectuées aujourd'hui ont permis d'identifier un point faible au sein du Conseil, déclara Marcus en s'approchant de moi, accompagné de Camilla et de deux personnes que j'aurais aimé pouvoir tabasser à mort.

— Les coprésidents ont estimé que mon expérience était plus adaptée au poste de sécurité.

— N'est-ce pas pratique ? murmurai-je.

— On ne refuse jamais une opportunité.

Je soutins les regards de Sophia Barker-Caster et de Lorenzo Castello sans me soucier du fait qu'à cet instant, ils me haïssaient autant que je les détestais.

— Bonjour, directeurs. Ne le prenez pas personnellement lorsque je vous dis que ce n'est pas un plaisir de vous voir. Et puis, est-ce que ça ne craint pas de se faire manipuler par ses propres méthodes ?

Sophia fit un pas vers moi, et je me préparai à devoir contrer un coup de poing, mais Lorenzo leva une main.

— Voyons si nous pouvons gérer cela de manière civilisée, d'accord ?

Je détournai mon attention de Sophia et demandai :

— Est-ce possible ? Compte tenu des circonstances.

— Nous pouvons toujours essayer, répondit Lorenzo avec un regard noir, faisant un geste vers Marcus.

— Asseyons-nous et discutons de cette situation.

J'attendis que tout le monde se soit installé sur un ensemble de canapés avec une table basse au centre avant de m'asseoir.

Je détestais être dos à la pièce, mais Marcus et Camilla étaient de chaque côté de moi, alors je pouvais m'en accommoder.

— Je veux retrouver mes enfants, dit Sophia, dont le visage reflétait sa colère de mère enragée.

J'aurais voulu compatir, mais la souffrance qu'elle avait fait subir à d'innombrables personnes et à moi-même m'empêchait de lui accorder une once de sympathie.

— Je veux ma liberté. Je veux que vous oubliiez jusqu'à mon existence. Je veux que vous oubliiez que le nom de King existe.

Lorenzo afficha un rictus.

— C'est tout ? Comprenez-vous combien d'argent nous avons investi pour vous former ?

— Vous n'avez rien investi. Si quelqu'un me possédait, c'était le conseil précédent. Ils ont approuvé mon recrutement. Ils ont financé et supervisé ma formation. Je suis leur atout. Leur disparition n'implique pas pour autant que la propriété vous soit transférée.

Lorsque Camilla et le coprésident décédé, Silas Walsh, m'avaient recrutée, j'avais nourri de nombreux rêves naïfs concernant ma vie et le fait de changer le monde. Ensuite, ces deux ordures, Lorenzo et Sophia, étaient entrés en scène, et j'étais passée d'un agent à un foutu atout, sans choix ni avenir en dehors de celui qu'ils me dictaient.

— C'est exactement ce que ça veut dire, répliqua Lorenzo, s'adossant à son fauteuil.

— Alors, je suppose que vos enfants et vos conjoints

m'appartiennent désormais. N'y a-t-il pas un proverbe américain qui dit que *possession vaut titre* ?

— Ne prétendez pas être moralement supérieure quand vous prenez nos familles en otage pour nous donner une leçon.

— Vos enfants sont probablement en train de manger des glaces et de regarder des dessins animés. Je peux vous garantir que cela n'aurait pas été le cas si vous aviez utilisé les enfants de mon frère contre moi. Oh, et, encore une chose au sujet de ma supériorité morale. Vous devez savoir que vos moitiés ont appris dans les moindres détails vos activités extraconjugales. J'ai entendu dire que les règlements de divorce pour les cadres supérieurs pouvaient s'élever à des dizaines de millions.

Le visage de Sophie reflétait sa rage.

— Vous ne sortirez pas d'ici vivante. À qui croyez-vous que les personnes présentes dans cette salle sont loyales ?

— Je dirais que trente-trois pour cent se rangeraient de votre côté, mais que les soixante-sept autres pencheraient lourdement en ma faveur.

— Êtes-vous prête à prendre ce risque ? Abalo vous connaît et connaît vos contacts. Il retrouvera nos familles. Vous n'avez plus aucun moyen de pression. Tout ce qu'il me faut, c'est une balle, et c'en est fini de vous.

— Il en va de même pour vous deux, dis-je en regardant Marcus, puis de nouveau Sophia. Permettez-moi de vous poser une question. Quand ai-je travaillé pour la dernière fois avec le directeur Abalo ? Ou, pour le dire autrement, quand ai-je eu pour la dernière fois un contact avec lui qui n'était pas de nature officielle ?

Lorenzo et Sophia gardèrent le silence, alors je poursuivis.

— Les gens changent en cinq ans. Le directeur Abalo me connaissait, mais me connaît-il aujourd'hui ? Êtes-vous prêts à mettre en péril vos familles sur la faible probabilité qu'il se souvienne correctement de mes comportements ?

— Est-ce que quelque chose vous fait peur ? s'enquit Lorenzo.

— Qu'aurais-je à craindre, vu que je tiens les cartes en main ?

Il se pencha en avant.

— En êtes-vous bien sûre ?

— Absolument.

— Et King ?

— Quoi, King ? Je couche avec lui.

— Alors King n'est rien de plus qu'un type avec qui vous couchez ?

La voix de Sophia recelait une nuance qui me donnait la chair de poule et me tordait le ventre de peur.

— Exactement.

— C'est bon à savoir, affirma Lorenzo, faisant un geste vers quelqu'un. Alors vous n'aurez aucun problème à nous le prouver. Laissez-nous vous montrer quelque chose.

Nous nous dirigeâmes vers une double porte qui donnait, selon moi, sur la cuisine.

Une minute plus tard, deux agents amenèrent un

homme inconscient avec un sac en tissu sur la tête. Je reconnus les chaussures et la chemise, des vêtements que j'avais vus dans l'armoire de Rey.

Une sensation de vertige m'envahit, mon estomac se contracta en un étau douloureux et la bile monta dans ma gorge.

— Êtes-vous vraiment certaine que ce n'est rien d'autre qu'une simple aventure ? demanda Sophia de cette manière condescendante qui me donnait envie de sortir un couteau et de la poignarder. Votre réaction me fait dire qu'il est très important pour vous. L'amour a toujours été votre faiblesse, Lennox. Pathétique.

C'est alors que je remarquai les deux hommes qui avaient amené Rey, Jace et Art. Tous deux étaient des membres de confiance de l'équipe de sécurité de King Holdings.

Ils reportèrent leur attention sur moi, et je leur laissai voir mon mépris pour eux. Si je m'en sortais, leurs jours étaient comptés.

— Que lui avez-vous fait ? demandai-je à Jace.

— Nous lui avons simplement donné un sédatif léger.

— Maintenant, Lennox, vous voyez que les rôles sont inversés. Que vaut sa vie pour vous ? me demanda Sophia, qui connaissait parfaitement la réponse.

Me mordant l'intérieur de la joue, je tâchai de contrôler la fureur qui envahissait mon esprit.

— En échange de sa vie, vous allez nous rendre nos familles, ordonna Lorenzo.

— Votre parole ne vaut rien pour moi. Vous n'êtes que des menteurs.

— Alors nous sommes dans une impasse.

Il fit un geste en direction de Jace qui sortit son arme et la pointa sur la tête de Rey.

— S'il lui arrive quelque chose, vous perdrez tout moyen de pression sur moi. Êtes-vous sûrs de vouloir prendre ce risque ? D'autant plus que je détiens toujours ce qui vous est précieux, à tous les deux.

— Vous nous prenez un enfant, nous vous en prendrons un aussi, lança Sophia, s'interposant entre Rey et moi. Vous n'avez peut-être pas de relations avec votre famille, mais nous savons que vos nièces et vos neveux vous sont précieux. Nous pouvons les prendre un par un.

— Il en va de même pour vous. À l'exception de Marcus, il y a huit directeurs du conseil avec leurs conjoints, et deux ou trois enfants chacun. Oh, attendez ! Nous les détenons déjà. N'allez pas croire que, parce que j'ai quitté ma famille, je n'ai pas pris goût à leurs méthodes.

— Vous n'apprenez jamais, n'est-ce pas, Lilly Lennox ? Comme pour tout, une démonstration est l'unique moyen d'avoir un véritable impact.

Sophie se déplaça, tira un pistolet de sa ceinture, le pointa dans la direction de Rey et appuya sur la détente.

— Noooon ! hurlai-je, m'élançant vers Rey, mais une main m'attrapa, me projetant en arrière.

— Lil, reste concentrée. Reste concentrée. Ne regarde pas ailleurs que devant toi, me dit Marcus dans mon dos, son arme pointée par-dessus mon épaule, visant les directeurs. Lil, tu es avec moi ?

Mon esprit était en ébullition lorsque presque toutes les personnes présentes dans la pièce dégainèrent leurs armes et les braquèrent sur les autres.

— Êtes-vous sûr de vouloir suivre cette voie, Abalo ? demanda Lorenzo, qui visait Marcus.

— J'ai choisi ma voie il y a des années.

Alors que Camilla se postait à côté de moi, l'arme au poing, Sophia demanda :

— Est-ce un coup d'État, Ress ?

— À vous de me le dire. N'est-ce pas vous qui en avez orchestré un il y a sept ans ?

— Je n'arrive pas à croire que vous nous en vouliez toujours au sujet de Silas.

— C'était mon mari. Vous attendiez-vous à autre chose ?

Un léger tremblement agita la main de Camilla, et je commis l'erreur de la regarder. Depuis que je la connaissais, je n'avais jamais vu autant de douleur et de fureur sur son visage.

C'est alors que j'enregistrai les mots qu'elle venait de prononcer.

Oh, mon Dieu ! Le directeur Walsh était son mari, et Sophia et Lorenzo l'avaient tué pendant leur prise de pouvoir.

— Vous avez de la chance d'avoir gardé votre poste. Vous auriez pu connaître le même sort. Silas vous a affaiblie, tout comme King affaiblit Lennox. N'êtes-vous pas censée leur apprendre à ne pas faire la même erreur que vous ? Les agents et les atouts suivent deux voies distinctes.

À présent, tout ce qui concernait Camilla prenait sens.

Pourquoi elle se montrait si dure avec moi. Pourquoi ma relation avec Rey l'effrayait à ce point.

Elle avait aimé quelqu'un comme j'aimais Rey. Et le Conseil le lui avait enlevé.

Elle nous l'avait caché pour la même raison qui me faisait repousser Rey : ne pas se sentir vulnérable.

Si nous ne mettions pas un terme à cette situation, ils enlèveraient d'autres personnes à d'autres agents.

Dans ma vision périphérique, j'aperçus les chaussures de Rey, allongé sur le sol. Aussitôt, des larmes me brûlèrent les yeux, et une rage sans précédent jaillit au creux de mon ventre.

Après tout cela, je l'avais quand même perdu.

Comme s'il avait lu dans mes pensées, Marcus chuchota :

— Lil, concentre-toi. Rey est toujours en vie.

Il n'en savait rien. Sophia était une excellente tireuse, qui ne manquait jamais un tir mortel.

Avant même de me rendre compte que je bougeais, je sortis deux pistolets de l'intérieur de mes cuissardes, visai, logeai une balle dans la tête des deux directeurs et continuai à décharger autant de munitions que je le pouvais, sans me soucier de ce qui m'arriverait.

— Oh merde, Lil ! s'écria Marcus.

— Je les veux morts. N'essaie même pas de m'arrêter.

Je pivotai, cherchant les ordures qui avaient amené Rey

ici. Au moment où je les trouvai, quelqu'un me plaqua au sol, projetant l'arrière de ma tête sur le béton.

— *Tu nous donnes toujours autant de fil à retordre. Reste à terre, merde, Lillian*, m'ordonna un type en allemand avant de se relever.

Je haletai, essayant de repousser la douleur qui irradiait mon esprit et tout mon corps.

Bon sang, combien pesait-il ? Et avait-il dit *Lillian* ? Personne ne m'appelait ainsi ici. Et il parlait allemand ?

J'avais tellement mal à la tête ! J'aspirai quelques minuscules bouffées d'air, mais la douleur était trop grande. *Merde.* Pourquoi ne parvenais-je pas à contrôler mon rythme cardiaque ? J'aurais dû pouvoir le contrôler.

Roulant sur le côté, j'essayai de me repérer. Des cris et des coups de feu résonnaient tout autour de moi, et des débris jonchaient le sol.

Je devais trouver Rey. Je ne pouvais pas le laisser ici.

Clignant plusieurs fois des yeux pour dissiper le brouillard, je balayai la zone du regard. Mes lèvres frémirent lorsque j'aperçus Rey, immobile au milieu des tables et des chaises renversées et du chaos le plus total.

Lentement, je me relevai. Ignorant la vague de vertige, je titubai un instant, puis je courus vers lui. Me laissant tomber à genoux en arrivant près de Rey, je le pris dans mes bras.

Je détachai puis dégageai le tissu qui couvrait son visage.

— Lilly, murmura-t-il, ses yeux dorés entrouverts.

Oh, mon Dieu... ! Il était vivant.

Un soulagement incroyable m'envahit, puis une sensation de panique lorsque je vis tout le sang qui nous recouvrait tous les deux.

Il fallait que j'aille lui chercher de l'aide.

— Rey. Je suis tellement désolée. Je vais te sortir de là. Je te le promets.

— Je vais bien.

— Non, tu ne vas pas bien, répliquai-je, regardant autour de moi.

Qui allais-je appeler à l'aide ?

Mon cœur battait à tout rompre et mes respirations devenaient erratiques. Je ne pouvais pas le laisser ici.

Mes yeux se remplirent de larmes.

— Bébé, écoute. C'était un coup monté.

— Quel coup monté ? demandai-je, indifférente aux taches de sang qui s'agrandissaient sur nos vêtements. Je suis vraiment désolée, Rey. Il y a tellement de sang.

— Quel sang ? *Merde !*

Rey remua et je m'agrippai à lui, essayant de le maintenir immobile.

— Ne bouge pas. Je dois faire pression sur ta blessure.

Je tirai sur sa chemise, mais je ne compris pas ce que je voyais.

— Tu portes un gilet.

Je clignai des yeux plusieurs fois pour dissiper le voile qui se formait devant mes yeux.

— Mais, tout le sang...

— C'est le tien.

— Oh !

Je m'affaissai contre lui, agrippant sa chemise alors qu'une vague d'épuisement absolu me submergeait. La douleur soudaine qui emplissait ma poitrine rendait ma respiration presque insupportable.

— Par ici ! cria Rey à quelqu'un.

— Merde, Lil ! s'exclama Marcus lorsqu'il apparut. Ces foutues bottes !

— Abalo, vous étiez censé la protéger.

— C'est de votre faute, vous vous êtes fait tirer dessus.

En entendant les mots de Marcus, mes doigts se crispèrent sur la chemise de Rey.

— Tu dois te faire aider. Je t'en prie.

— Lilly, je porte un gilet, tu te souviens ? C'est toi qui as des problèmes.

Je secouai la tête et plaquai une paume sur le sol pour tenter de me redresser, mais une souffrance comme je n'en avais jamais ressenti irradia ma poitrine, et je m'écroulai.

— *Schatzi*, tu es toujours aussi têtue. Tu dois nous laisser nous occuper de toi.

Papa ? Que faisait-il ici ?

Je ne comprenais pas ce qui se passait.

— Lilly, regarde-moi, me dit Rey, me regardant fixement.

Ses lèvres bougeaient, mais je n'entendais pas ses mots. Pourquoi parlait-il si bas ?

Quelqu'un pourrait-il, s'il vous plaît, pousser l'abruti qui appuie sur ma poitrine ?

Pourquoi ne pouvais-je pas parler ? Mon Dieu ! J'étais si fatiguée. Peut-être que si je fermais les yeux pendant quelques secondes, cela m'aiderait. Oui, juste quelques secondes...

Le Chevalier Déloyal

quelques secondes, cela m'aiderait. Oui, juste quelques secondes...

21

R eyhan

— DITES-MOI, King, dois-je vous remercier ou vous tuer ?

Relâchant ma prise sur mes cheveux, je levai la tête et contemplai le visage complètement épuisé de Joseph Lennox lorsqu'il entra dans la chambre d'hôpital de Lilly, tenant deux gobelets isothermes.

Moins d'une heure auparavant, Lilly était sortie du bloc opératoire et ne s'était pas encore réveillée.

— Votre fille a tendance à avoir une réaction viscérale lorsque la seconde hypothèse se produit.

— J'ai remarqué, répondit-il, me tendant une tasse de café. Buvez ceci. Vous ressemblez à un mort-vivant.

Je bus le liquide chaud, laissant la chaleur s'infiltrer dans mon corps. La présence calme de Lennox avait quelque chose d'à la fois réconfortant et déconcertant.

Il dégageait une autorité paisible qui incitait à ne pas se frotter à lui, ce qui me rappelait Nik. Même face à ce qui arrivait à sa fille, il n'avait pas montré une once de peur. Il avait demandé à ses hommes de se coordonner avec Abalo et Ress, et en quelques minutes, ils avaient sécurisé la zone.

Mon respect pour lui avait décuplé à ce moment-là, car, de mon côté, j'avais failli perdre la tête lorsque Lilly était entrée en état de choc après avoir perdu trop de sang. Heureusement, les secours étaient arrivés quelques secondes après qu'elle avait perdu connaissance.

— Ce n'est pas ainsi que je voulais que vous la retrouviez, lui dis-je, contemplant le visage endormi de Lilly.

— Non, ce n'est pas l'idéal, mais bon... soupira-t-il. Elle se lance toujours tête baissée dans tout ce qu'elle entreprend. Je croyais qu'en l'envoyant dans un internat, elle se calmerait.

Je levai les yeux au ciel.

— C'est là qu'ils l'ont recrutée.

— Je devrais détruire cet endroit au bulldozer et épargner du chagrin à un autre père, marmonna Lennox en s'approchant de Lilly pour lui passer une main sur le front.

— Votre aide nous a été précieuse aujourd'hui.

— Je pourrais brûler le monde pour mes enfants. Vous comprendrez cela un jour, quand vous en aurez à vous.

Mon regard passa de Lilly à lui.

Le fait qu'elle l'ait contacté signifiait qu'elle avait prévu de lancer une attaque en règle contre le Conseil dès le moment où elle avait quitté notre lit.

Heureusement, son pari avait fonctionné.

À cette heure, cinq des neuf anciens membres du Conseil d'administration européen avaient été éliminés, trois étaient en détention et un était en fuite. Lilly avait déclenché une réaction en chaîne, et d'autres réseaux d'agents s'activaient pour coordonner des actions similaires.

Cependant, pour autant que nous le sachions, Lilly et l'un des lieutenants de Lennox étaient les seuls à avoir subi des blessures mettant leur vie en danger.

Après la chute des directeurs en place, Marcus Abalo et huit autres personnes représentant à la fois les forces spéciales et les agents ordinaires avaient immédiatement pris leurs fonctions au sein du Conseil. En revanche, Camilla avait décidé de rester à son poste, préférant s'occuper des recrues plutôt que de la bureaucratie.

— J'espère que vous savez que votre homme lui a causé une commotion cérébrale quand il l'a fait tomber au sol.

— Il la protégeait quand elle était enfant. C'est donc son homme à elle, précisa Lennox avec un haussement d'épaules. Talli oublie sa taille. Il a pris deux balles qui lui étaient destinées, il a donc payé sa pénitence.

Le géant se trouvait dans la chambre voisine, où il se remettait de sa propre opération.

— Croyez-vous qu'il envisagerait une mutation sous l'égide de King ?

— Vous pouvez toujours lui demander, mais il ne travaillera jamais que pour un Lennox.

— Et s'il est affecté à une ancienne Lennox ?

— Vous comptez garder ma Lillian ici ?

— Oui.

— Le lui avez-vous demandé ?

— Je n'ai pas à le faire. Elle m'aime.

— L'aimez-vous ?

— Oui.

— Je m'en fiche. Demandez-lui d'abord.

— Je ne demande pas.

Il planta son regard sur moi.

— On ne dit pas à un père qu'on va garder sa fille sans lui demander.

— Je ne vais pas simplement la garder. Je vais l'épouser.

— King, ma fille est dans ce lit parce que vous ne l'avez pas protégée. Qu'est-ce qui vous fait penser que vous pourrez la forcer à se marier ?

— Je n'ai pas besoin de la forcer. C'est un fait.

— Vous voudriez bien m'expliquer ?

L'irritation sur son visage était presque comique, et je le lui aurais dit s'il n'était pas l'homme qu'il était.

— Je suis au courant de votre arrangement avec mon père. Je sais pourquoi vous m'avez fait marcher toutes ces années.

Lennox afficha un léger sourire.

— Quand avez-vous trouvé le contrat ? Ce doit être récent, sinon, vous l'auriez mentionné depuis longtemps.

— Il y a un mois à peine, j'ai fait faire des travaux dans l'ancienne maison de mes parents. Il se trouvait dans un coffre caché sous le plancher de leur chambre.

— Croyez-vous qu'un morceau de papier puisse lier ma Lillian à vous ?

— Non. C'est le destin qui l'a fait.

— Vous parlez comme ma femme. Elle dit des choses comme ça tout le temps.

— Comment appeler ça autrement ? Les enfants de deux alliés se sont rencontrés sous d'autres noms, sous de faux prétextes. Ils sont tombés amoureux. Ils ont rompu. Ils ont eu à faire face à des situations aberrantes destinées à les séparer, et ils ont quand même terminé ensemble. Et pendant tout ce temps, leurs pères avaient souhaité qu'ils soient ensemble.

— Je vois où vous voulez en venir, constata Lennox, s'asseyant sur une chaise près du lit de Lilly. La dette de votre père sera réglée à une condition.

— Laquelle ?

— Ramenez-la à la maison pour qu'elle voie sa mère et ses frères.

— Ça a toujours été mon intention.

22

Berlin, trois mois plus tard
Lilly

ASSURE-TOI DE VENIR SEULE, me disait le message sur mon téléphone. Comme si j'avais besoin qu'on me le dise. J'avais passé plus de dix ans à jouer à ça, je savais à quoi m'en tenir.

Abrutis.

Sortant de mon hôtel, situé près de la rivière Spree, dans l'air glacial du matin, je resserrai mon manteau et ajustai mon bonnet autour de mes oreilles. Je descendis quelques rues et montai dans le taxi qui m'attendait. Après vingt minutes de route, j'arrivai devant une maison en briques peinte en blanc.

La voiture s'engagea dans une longue allée menant à une vaste demeure à un étage. Des gardes étaient postés stratégiquement à différents endroits du toit, surveillant tous les éléments de la propriété.

Le chauffeur s'arrêta dans un grand garage, déverrouilla ma portière et attendit que je sorte pour faire marche arrière et m'enfermer à l'intérieur.

Je me dirigeai vers une porte en acier qui s'ouvrit à mon approche.

Jetant un coup d'œil aux deux caméras placées autour du seuil, je secouai la tête et entrai.

Un grand plateau vide était posé sur une table, me signifiant de suivre le protocole et de laisser les objets personnels dehors. Je retirai mes vêtements d'extérieur, les déposai sur le plateau et plaçai mon sac à main sur une étagère vide.

— C'est bon. Je suis prête, lançai-je à la personne qui surveillait les écrans.

Comme rien ne se passait, je grognai et demandai :

— Vous êtes sérieux ?

— Désarmez-vous, m'ordonna une voix électronique.

Avec un soupir, je tirai mon t-shirt, révélant la ceinture qui retenait mon arme de poing. Après avoir déposé mon pistolet dans la corbeille à armes, je relevai ma jambe de pantalon et retirai tous mes couteaux.

Dès que j'eus terminé, une porte s'ouvrit sur un couloir sombre. Je levai les yeux au ciel et m'avançai. S'ils essayaient de donner à cet endroit un air de film d'horreur, c'était raté.

J'avais connu des situations plus effrayantes lorsque j'étais enfant.

— C'est tellement stupide.

Lorsque la porte claqua derrière moi, me laissant dans le noir complet, je m'arrêtai, croisai les bras et commençai à taper du pied.

— Marcus, je te le jure. Je vais te botter les fesses si tu n'arrêtes pas ces conneries. On dirait un gamin qui s'est trop souvent cogné la tête.

Les lumières s'allumèrent et je vis Noah, Devani, Cam et Marcus, tous assis autour d'une table.

— Quand as-tu commencé à adopter les traits de Cam ? Elle est la seule à pouvoir porter le titre de grincheuse, me dit Noah en souriant.

Camilla lui lança un regard.

— J'ai hâte que tu retournes à tes vaches en Amérique.

— Des chevaux, Cam. Ce sont des chevaux.

Je regardai Marcus, qui secoua la tête et me sourit.

— Tu arrêtes, Lil ?

— Je ne dirais pas ça. Il s'agit plutôt d'un changement de profession. En tant que free-lance. Pour le bon prix.

— De tous les endroits au monde, tu as choisi New York, dit Camilla d'une voix dégoûtée qui me donna envie de rire. En été, ça pue. Alors, pourquoi pas Bora Bora ou quelque part en Californie, si tu dois vraiment être en Amérique ?

— Tu sais pourquoi.

Le visage de Camilla se radoucit, et elle hocha la tête.

— Je sais pourquoi. Sait-il où tu es ?

— Je suis sûre qu'il le saura bientôt.

Rey et moi avions convenu que si je partais, ou, pour reprendre ses termes, si je faisais le mur, je l'informerais de l'endroit où j'allais. Cela l'agaçait toujours autant que je puisse m'échapper sans qu'il s'en aperçoive, mais il n'était pas aussi habile ou sournois que moi.

Tout à coup, je sentis la tristesse m'envahir.

— Je suppose que c'est un adieu.

— Non, Lil, ce n'est pas un adieu. Nous nous verrons, mais plus de la même manière. Ce sera davantage comme la famille que nous prétendons être.

L'idée de ne pas faire partie de ce noyau dur, de ne pas travailler avec eux, de ne pas planifier les choses avec eux, de ne pas vivre avec eux me donnait l'impression de perdre une part importante de mon identité.

Mais, dans le même temps, je gagnais quelque chose de plus : Rey et l'avenir que nous aurions ensemble.

— Qu'est-ce qu'on fait, maintenant ? demandai-je.

— Nous allons te retirer tes autorisations et tes accès, annonça Devani, s'adossant à sa chaise. Ensuite, tu seras considérée comme officiellement à la retraite.

Je songeai à la vie qui m'attendait, sachant qu'il n'y avait plus d'obstacles.

— Eh bien, dans ce cas... Allons-y.

DEUX HEURES PLUS TARD, je sortis du bâtiment de briques blanches avec un mélange de mélancolie et d'exaltation. Enfin, j'avais refermé plus d'une décennie d'une histoire à la fois incroyable et douloureuse.

Il me restait une chose à faire aujourd'hui. Mais cette étape, je ne la franchirais pas seule.

Alors que je parcourais l'allée, un picotement familier remonta le long de ma colonne vertébrale, et je m'arrêtai. Une seconde plus tard, Rey sortit de l'ombre du bâtiment et haussa un sourcil.

Mon Dieu ! La présence de cet homme me donnait envie de tant de choses. Et enfin, c'était à ma portée.

— Un jour, je te surprendrai en train de faire le mur.

— C'est bien d'avoir des objectifs, lui répondis-je en souriant. Tu te rends compte que nous sommes dans une zone sécurisée. La seule raison pour laquelle la patrouille ne t'a pas tiré dessus, c'est que tu es à moi.

Je fis un geste en direction des gardes qui arpentaient le toit de la maison.

— J'ai tenté ma chance. Mais tu sais que je peux te traquer grâce à ton téléphone ?

— Oui. Et je t'ai laissé un mot.

Rey s'approcha de moi et posa sa main sur ma hanche.

— Tu vas bien ?

Je hochai la tête.

— Ça fait un bout de temps que j'en avais fini. Maintenant, c'est officiel.

— Alors, allons faire une dernière chose.

— Je croyais que nous y allions cet après-midi.

— Cela fera-t-il une différence si nous partons maintenant ou plus tard ?

Un frisson me parcourut l'échine.

— Je suppose que non.

L'idée de voir ma mère, mes frères et leurs familles était presque trop écrasante. Et puis, il y avait Isa.

Elle serait là.

Mon amie d'enfance, que j'avais laissée tomber et qui, pour une raison que j'ignorais, m'avait pardonné à la seconde où je l'avais contactée. Le fait qu'elle comprenne le monde de Solon pour avoir travaillé sur des projets d'évaluation pour eux avant le coup d'État avait sans doute aidé.

J'étais capable de le faire. *J'étais capable de le faire.*

— Regarde-moi, Lilly.

Je levai les yeux pour les poser sur lui.

Rey replaça une mèche de cheveux égarée sous le bord de mon bonnet et m'embrassa sur le front.

— Ça ira. Je te le promets.

— Comment ai-je pu passer du stade où je te repoussais sans cesse à celui où j'ai besoin que tu m'ancres ?

Il m'adressa un sourire diabolique.

— Je t'ai *sexpnotisée.*

— Tu es ridicule ! m'exclamai-je.

Je commençai à rire, sachant qu'il l'avait dit pour détourner mon attention.

— Allons-y.

Il nous fallut trente minutes pour arriver dans le quartier de mes parents. Parcourir les rues de mon enfance me paraissait presque surréaliste. Tout était presque pareil, depuis les rangées de maisons jusqu'aux boutiques d'angles.

Mon père possédait toutes les maisons de sa rue, et ses lieutenants en habitaient certaines autour de lui.

Rey se gara devant la maison de mon enfance, puis se tourna vers moi.

— Prête ?

— Je crois que oui.

Il sortit de la voiture et fit le tour pour ouvrir ma portière, puis il me prit la main.

Un groupe d'hommes sortit de l'ombre des maisons qui bordaient la rue. Ils inclinèrent la tête pour indiquer qu'ils nous avaient vus ; plusieurs d'entre eux m'étaient familiers. Je leur rendis la pareille, et en vis certains sourire.

— Tu vois. Tu es toujours l'une d'entre eux.

Rey porta mes doigts gantés à ses lèvres pour embrasser mes jointures.

Je jetai un coup d'œil à la porte d'entrée de la maison.

— Et s'ils ne peuvent pas me pardonner ?

— Tu sais que ce n'est pas vrai. Ton père te l'a déjà dit.

Il avait raison. Mon père avait traversé un océan pour se battre à mes côtés, et mes frères avaient fait la guerre en Europe pour moi.

Une partie de ma tension quitta mes épaules. Tout allait bien se passer.

Rey passa un bras autour de ma taille, puis nous nous dirigeâmes vers la maison.

— Il est temps de te ramener à la maison.

— Non, ce n'est pas ma maison.

Surpris par mes paroles, Rey fronça les sourcils en me regardant.

— Ce sera toujours chez toi. C'est ici que tu as grandi.

— Peut-être en partie, dis-je, prenant son visage entre mes mains tandis que je me hissais sur la pointe des pieds. Mais, ma vraie maison, c'est là où tu es. J'ai commis énormément d'erreurs en ce qui nous concerne et malgré tout, nous avons quand même eu une deuxième chance. Je vais où tu vas.

Un amour et une émotion pure brûlaient dans ses yeux.

— Tu es aussi ma maison, Lilly. Le destin a voulu qu'il n'y ait personne d'autre pour nous deux.

Un sourire me vint.

— Puis-je considérer que tu crois officiellement au destin maintenant ?

— Absolument. Le destin se cache à la vue de tous avant de surgir et de vous surprendre avec ses plans.

— Nous, les femmes, nous sommes fourbes.

— Absolument.

Précommandez dès maintenant le prochain livre de la série
— *L'Héritier Impitoyable*

Ou

commencez une nouvelle série en attendant — *Le Maître du Péché*

Fin

L'HÉRITIER IMPITOYABLE

Précommandez le prochain livre de la série des *Rois De La Rue* — *L'Héritier Impitoyable*:

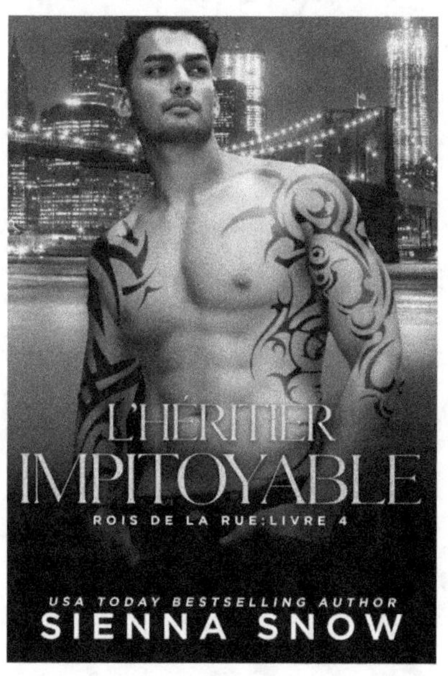

L'Héritier Impitoyable

Je suis le joueur, le flambeur, celui qui n'a ni cœur ni âme.

Aucun risque ne me fait peur, aucun défi ne me rebute.

Mais elle a surgi dans mon monde, faisant fondre la glace dans mes veines, et me faisant entrevoir une vie qu'un homme comme moi ne mérite pas.

Mais ce n'était qu'un mensonge.

Elle a choisi un chemin plus sûr et plus facile, comprenant trop tard qu'il était entouré de chaînes.

Maintenant, elle est prise au piège, elle doit s'échapper, et je suis le seul à pouvoir la libérer.

Je ne suis pas le héros des livres de contes, mais le diable trahi dès sa naissance.

Les cartes jouant en ma faveur, j'emploierai tous les moyens nécessaires pour récupérer mon empire et ma reine... quitte à tout réduire en cendres.

LE MAÎTRE DU PÉCHÉ

Lisez le premier livre de la série *Les Dieux de Vegas* :

Le Maître du Péché

Ça a toujours été lui…

Celui que je ne devrais pas vouloir, pas désirer, celui qui pourrait détruire cette vie que j'ai soigneusement construite.

Hagen Lykaios était l'essence même du péché, du plaisir, et du danger. Tout ce que savais devoir éviter.

Il a suffi d'un contact inattendu pour que je me consume et supplie, en manque, et avide de plus encore.

Il m'a prévenu que si j'entrais dans son monde, il me corromprait, me posséderait et changerait tout ce que j'avais toujours connu…

Et, vous savez quoi ? **J'y suis allée quand même.**

LIVRES DE SIENNA SNOW

<u>Les Dieux de Vegas</u>

Le Maitre du Péché

Le Maitre des Jeux

Le Maitre de la Vengeance

Le Maitre des Secrets

Le Maitre du Controle

Le Maitre du Destin

<u>Rois De La Rue</u>

<u>*Le Roi Dangereux*</u>

<u>*Le Prince Immoral*</u>

<u>*Le Chevalier Déloyal*</u>

<u>*L'Héritier Impitoyable*</u>

À PROPOS DE SIENNA SNOW

Puisant l'inspiration dans ses années passées à travailler dans le monde de l'entreprise aux États-Unis, Sienna aime raconter des histoires de femmes accomplies et sûres d'elles, qui savent ce qu'elles veulent et comment l'obtenir... Que ce soit dans la chambre à coucher, ou en dehors.

Ses héroïnes pleines de vie et bien éduquées trouvent souvent l'amour et la romance dans des conditions atypiques. Sienna offre à ses lectrices et lecteurs des tranches alléchantes de romance torride, empreintes de liberté et de plaisirs gourmands.

La vie de Sienna est pleine de voyages et d'aventures. Elle prévoit de visiter même les coins les plus reculés du monde et se réjouit de découvrir la diversité des cultures en route. Quand elle n'écrit pas ou ne voyage pas, Sienna s'occupe de son conte de fées personnel aux côtés de son mari et de ses enfants.

Inscrivez-vous à sa newsletter pour être informé des sorties, promotions, des événements et de bien d'autres choses encore.

www.SiennaSnow.com

facebook.com/authorsiennasnow

tiktok.com/@authorsiennasnow

instagram.com/bysiennasnow

x.com/sienna_snow